JN311301

丸亀ナイト

山下貴光
Yamashita Takamitsu

文芸社文庫

女の子に腕を引っ張られるほど必要とされるというのは、男として誇らしいことだと思う。けれど、その女性が新聞部の高部ヨウコということになると、話は別だ。

彼女の武器は溢れる好奇心と執拗な質問攻勢。時に面倒事を持ち込む。それが何よりも迷惑だった。

「カメ君、もっと早く歩いて。先輩たちが帰っちゃうじゃない」

ヨウコが手綱のように力を込めて、腕をつづけざまに引く。本名を亀井カズキという僕のことをカメと呼ぶことに問題はなかったが、この強引さには困ってしまう。

「約束してるから、そんなに急がなくても平気だって」

僕たちは放課後の学校にいた。一年近くも高校生として過ごせば、当初はよそよそしかった校舎にも慣れ、日常として違和感なく溶け込むことができる。疲労と解放が同時に漂う廊下には様々な会話が飛び交い、これもいつもの風景と言ってよかった。

「先輩たちのことだから、気が変わっちゃうかもしれないでしょう」

ありなくもない、と考えたけれど、「今日は大丈夫だから」と根拠のない返事をした。

校舎を出ると、まっすぐ体育館へと向かう。弱々しく吹く風だが、その主張は強く、冷たさに首筋が震えた。冬本番が近いことを肌で感じ、思わず肩を縮ませた。

バレーボール部員と思われる数人が、練習用のユニフォーム姿で体育館へと入る。僕たちはそんな光景を横目に、正面入り口を通り過ぎた。外壁に沿うように進み、右に折れる。

グラウンドが見渡せる体育館の外通路に、二人の先輩の姿を発見した。背中を壁に預け、ぼんやりと部活動の様子を眺めている。奥に見えるプールの角では、陸上部の準備運動がはじまっているようだ。

「ほら、ちゃんと待ってくれてる」

「結果を見せつけるような言い方はみっともないと思うよ」

ヨウコは不満そうに頰を膨らませた。

「やっぱり新聞部の君も一緒だったんだね」

猫沢ハジメこと、ネコがこちらに顔を向ける。一つ年上の彼は大らかな人柄を体現するような笑みを浮かべていた。端正な美を目指して精巧に作られたような容姿は、女子生徒に絶大な人気がある。柔らかな茶髪が風に揺れ、遊んでいるようにも見えた。

「ほらね、僕の勘が当たった」

「こいつが現れるといつも面倒なんだ」

犬崎タダシこと、イヌが舌打ちをする。ネコと同学年の彼は胸の前で腕を組み、煙たそうに表情を歪めた。身長が高く、容貌に圧迫感があって人を寄せつけない。つっけんどんな対応だけれど、それほど面倒だと思ってないことを僕は知っている。

彼らとは高校入学前に巻き込まれたある事件をきっかけに知り合ったのだが、今でもその関係はつづいており、後輩である僕を巧みに助けてくれる頼りになる存在であり、一方では玩具のように軽快に弄ぶ厄介な存在であったりもする。

「さっさと帰るんだったな」

僕はようやくヨウコの拘束から解放された。指の末端まで血液を送ろうとするように、ブンブンと大袈裟に腕を振る。

「呼び出してしまって、すみません」

ヨウコが申し訳なさそうにお辞儀をした。

「それで、何？」ネコが早速、本題に入ろうとする。「隣にいる彼女に関係することかな？」

そのことはずっと気になっていた。今日一日のカリキュラムが終了し、ヨウコが教室に飛び込んできた時、すでに彼女は隣にいた。表情を曇らせ、何も喋らず、ただ寄り添うように従っていたのだ。だから僕は声をかけることが憚られ、気になりながらも指摘するのを遠慮していた。

「はい、そうなんです」ヨウコが頷く。「彼女、一年一組の水尾マミっていうんですけど、少し話を聞いてもらえないか、と思いまして……」

「楽しい話題ならいいんだけど」僕は口を挟む。「期待できないようだね」

「新聞部の目安箱にこういう投書が入っていまして」

〝相談があります〟

差し出されたヨウコの手に、そのように書かれたメモ用紙が握られている。

目安箱というのは全校生徒の声を新聞作りに反映しようと、ヨウコが設置したポスト型の木箱のこと。その中にこの短い訴えが入っていたようだ。

「裏には名前とクラス、携帯電話のメールアドレスが書いてあったので、待ち合わせて会うことにしました。それがマミで、私が話を聞いた、というわけです」

「だったらお前が責任を持って何とかしろ」イヌが鼻息を抜く。「俺は聞きたくねえぞ」

「何ともできそうにないので、先輩たちに相談を……」

「相談を委託しようってことだね」とネコが言うと、ヨウコが申し訳なさそうに眉を下げた。

「話だけでも構いません。とにかく聞いてください」

ヨウコが頭を下げると、マミも細い声で「お願いします」とつづけた。

「どうする?」とネコがイヌに問う。

「……話だけだ」

感謝の言葉のあと、すぐに本題をつづけた。

「マミが付き合っている、大学生の恋人が消えたらしいんです」

「消えた、というのは蒸発ってこと? 液体のように」ネコが胸の前で両手を開き、消失を表現する。「それともちゃんと身支度を整えて、計画的に失踪したのかな」

「どちらかといえば、液体のように、でしょうか。ね?」

「私」マミが口を開いた。薄い唇を必死に動かしている印象だった。「彼の部屋の合鍵を持ってるんです。週末になると遊びに行ってました。一週間前も連絡を入れずに、お昼くらいから部屋で待っていたんです。約束をしていてもタイキがいないことはたまにあって、でも、遅くても夕方までには帰ってきていました。待たせて悪かったな、なんて言って」

「タイキ、というのはマミの恋人の名前です」ヨウコが注釈を加える。「立川タイキさん。二十歳だったよね」

それからマミは彼の通っている大学名を口にした。県庁所在地の中心部近くにある私立大学だとわかる。急ぐような語調で、癖なのかサイドの髪を何度も耳にかけ直していた。

「荷物をまとめた痕跡とか、部屋が荒らされているとか、そんな様子はどこにもありませんでした。ただ、夜になっても、次の日が来ても、彼は帰ってこなかった。もちろん何度も電話をしました。でも、電源が入っていないのか、電波の届かないところにいるのか、繋がる気配はなくて……」

「大学の友達は？」

「面識のある数人に話を聞きましたが、わからないということでした。一週間経った今も連絡は取れないし、部屋に帰った様子もない。彼の友達は、しばらくすればひょっこり帰ってくる、って言ってましたけど、心配で……」

「トラブルとかはなかったのかな」

僕は何となく訊ねてみる。

マミは首を横に振った。「そういう話は聞いてない。友達も、心当たりはない、って」

「大学のサークルや部活の関係で大学に泊まり込んでる、という可能性は？　部屋には着替えだけをしに帰ってるんだ。忙しくて、電話にも出られない」

「タイキは、大学のサークルや部活には所属してないはずだから」

「じゃあ、彼の両親に連絡は？　実家に帰ったのかもしれない。実家なら大きな荷物をまとめる必要はない」

「まだ、というか、実家の連絡先は知らない。帰省しただけなら電話には出るでしょう」

「理由なき失踪か」とネコがつぶやく。

「これはあれだな」イヌが結論を言いたそうに伸びをした。「警察の仕事だ」

「それは私も言いました」ヨウコが割って入る。「でも、男子大学生が一週間いなくなっただけじゃすぐに動いてはくれないだろう、ってことになって。もしも事件に巻き込まれたんだったら、手遅れになる場合もあるじゃないですか。だから、先輩たちに」

「どうしてそこで俺たちが出てくる」

「私の近くにいて、頼りになるのは先輩たちだけです」

「人手不足だ」

「あの、お願いします」

マミが上半身を折るようにして頭を下げた。

「そう言われても、僕たちは警察や探偵じゃない。それに、話を聞いたかぎりじゃ解決に向かうような糸口もなさそうだ。もし僕たちが暇を持て余していて、引き受けたとしても期待外れで終わる可能性がある。というか、その公算が高い。それは僕たちにとってもよくないことだ」

「手がかりならあります」マミがカバンに手を突っ込んだ。「あります、と断定するのは違うかもしれませんが、失踪に関係があるんじゃないか、と疑いのあるものはあるんです。あの、これ」

マミが茶色い封筒を差し出した。下のほうに何か印字されている。

それを見た僕ははっと喉で息を詰まらせた。

「これって」マミから茶封筒を奪い、顔に寄せる。「もしかして……。あの、これの中身は？」

「そうなの、中身が問題なのよ」

マミが深く頷く。

「だから、中身はどうしたの？」

「一週間前にこれを部屋で見つけた時には、この状態だった」

「おい、カメ」イヌが吠えるように声をぶつけてきた。「何を興奮してんだ。お前はこの封筒を知ってるのか。説明しろ」

「ああ、えっと……」

「そうだね」ネコが賛同した。「今度はカメの話を聞こうよ」

四人の目がこちらに集中する。

僕は気乗りしない雰囲気を漂わせながら、生唾を飲み込んだ。

「これが本当に僕の知ってる封筒なのかどうかはわからないんだけど……」

「いいから、話せ」

イヌの声には問答無用の圧力が備わっていた。

「うん、わかったよ。話は三ヵ月前の夏休みまで遡るんだ……」

*

僕は一人、山道をトボトボと歩いていた。肩を落としながら、後ろに傾こうとする身体を前に倒すようにして、傾斜のきつい上り坂を進む。道は上り下りを繰り返し、自分が山を登っているのか、下っているのか、時々わからなくなった。

腕時計を確認すると、午後十一時を過ぎていた。ということは、すでに一時間ほど歩いた計算になる。深夜とはいえ、額と脇に滲む汗が酷暑だった昼間の名残を感じさせた。夕立が降ったためか、湿度も高い。

周辺は暗く、街灯もない。たまたま持っていたキーホルダー型の照明装置は狭い視界しか確保できず、心細さを取り除くことはできない。窮屈な車道を圧迫するように左右から木々に迫られており、それが暗さを際立たせていた。時折、夜空を覆うような大木も窺え、その様は巨人の腕を連想させた。

僕は舗装された車道の中央を歩いているのだが、先ほどから一台の車ともすれ違わない。蛙など小動物の声や風が揺らす枝葉から発せられる音だけが耳に届き、あとは静寂に近い状況だ。自分の足音が騒音のように感じられた。

首元の汗を手の甲で拭い、長い息を吐き出す。パン、というか、ドン、というのか、乾いた音がどこからともなく聞こえた。小さく音が拡散し、空気の波紋が広がっていく様子が想像できた。

夏休みが終わるのを惜しむ若者が、どこかで花火を上げたのかもしれない。振り返るが、その正体を裏づけるものはどこにもなかった。吸い込まれるような闇があるだけだ。興味を失うように進むべき道を見据え、足を踏み出す。

どうして僕がこのような試練を受けているのかといえば、それは簡単、忘れられたからだった。県北で開催された野外音楽イベントにクラスの友人と赴き、存分に堪能したのち、その興奮や解放感に引きずられたためだろうか、屋台で発泡酒やカクテルなどのアルコール類を買い込み、アウトドア感覚で飲みはじめてしまった。

どのくらい飲酒したのかは覚えていない。気づくと眠っていたようで、僕は仮設トイレの裏で倒れていた。トイレに立ち寄った帰りに力尽きたのだろうが、やはり記憶になかった。イベントの撤去作業をする音によってその状態に気づき、唖然としたのだ。友人の姿はどこにもなく、一万五千人以上いた観客も逆立つほどの刺激も綺麗に一掃されていた。

山に囲まれたその場所を訪れるには臨時バスを使用するほかなく、タクシーなどという金銭的余裕もなく、最終バスを逃した僕は歩くほかなかった。

これは、罰。そう理解すれば仕方ないことのようにも思えた。


さらに二十分が経過した。

前方の道がUの字を書くように右に曲がっている。左側に寄ると急な勾配が窺えた。玩具のようなライトを照らしてガードレールの下を照らしても、鬱蒼とした木々に邪魔をされて下まで確認できないが、足を滑らせれば命の保障はないだろう。崖と表現してもよかった。

高い場所が苦手な僕は道の反対側まで遠ざかる。そびえるような斜面が夜空に向かって延び、落石防止用のネットが頭上に窺えた。道の端には細い側溝があって、気をつけながら足を前に進める。

ポケットをまさぐると、携帯電話を取り出した。開くと、青い光が顔を照らす。山の中ではあるが、電波の状況を報せるアンテナはすべて立っていた。

先ほど、友人に恨み言を伝えたが、彼らは僕がバスに乗っていなかったことに驚き、そこには呆れるような語調も読み取れ、家族に頼んで迎えにいこうか、という申し出を断った。自分でなんとかする、と。通話を切った数秒後には後悔したのだけれど。

両親の顔を思い浮かべる。しかし、携帯電話をもとのポケットに戻した。この動作は先ほどから何度も繰り返されている。疲労を覚えるたびに、闇夜の恐怖を感じるたびに両親にすがろうとするのだけれど、結局は断念するように携帯電話を仕舞うのだ。

今日は友人の家で勉強をしているはずなのだ。そういう約束で外泊の許可を得た。アルコールの匂いを漂わせながら助けを求めては、信用が一気になくなってしまう。

ところが数分後、単調で変化のなかった帰路に新鮮な音が割り込んできた。僕は足を止めて耳を澄ます。その音は後方から聞こえており、次第に明瞭となる音の正体にようやく気がついた。

黄色く光る二つの目は夜の山中においてはとても異様で、恐ろしいもののようにも感じられた。唸り声を上げるようにエンジンを回転させ、勢いよく坂道を下る。山の高い地点から道なりに下る車は時々、姿を見せ、また木々や山陰によって姿を隠し、こちらに近づいてくる。

後方から近づく車は光の塊のようにも見えた。孤独から解放されたように安堵するとともに、その光に畏怖のようなものを感じた僕は思わず飛び退くように脇へと逸れた。側溝をヒョイと越え、山肌にへばりつくように身を隠す。

必死に手を振り、自分の存在をアピールした。声も出ていたが、叫んでいるだけで言葉にはなっていない。

乗用車は速度を緩めることなく、通り過ぎた。

「嘘だろ」

力なく肩を落とした。

そこで思いもよらないことが起こる。数十メートル向こうで、車が停止したのだ。赤いテールランプが目を細めてこちらをじっくりと眺めるように、点灯している。

僕は山の壁面から身体を離し、次の展開を見守った。

車が後退をはじめる。そこには忘れ物を取りに戻るような忙しなさがあり、この暗闇の中、前進時と同じ程度のスピードで再びこちらに近寄ってくる。

今度は隣で車が止まった。国産軽ワゴンの車体が微かに震えている。ゆっくりと運転席側の窓が下り、男が顔を出した。

「人間か?」

ハンドルを握る三十代前半の男が、恐る恐る訊ねた。坊主頭である彼は迫力のある面構えをしており、一見すると近寄りがたい人物に映る。容姿や態度、言葉に力のある人間の前に出ると、どうしても気後れしてしまう。自分が正しいと信じている事柄も、いつの間にか否定している自分がいて、そんな自分が情けなくなる時があった。

「一応、そうだと思います」苦笑を浮かべながら僕は答えた。「尻尾はありません」

と背中を向けた。

「幽霊ってやつも、つまらないことを言うのか？」男が助手席に顔をやる。「知ってるか、お前」

軽く爪先立ちをしながら覗き込むと、助手席にも男がいた。こちらは二十代前半の目鼻立ちのはっきりとした人物だ。頬がこけて痩せており、何らかの疾患を抱えているのではないか、と思わせる雰囲気を醸し出していた。シートベルトをして、姿勢がいい。膝にリュックサックを載せていた。

「生前つまらなかった人間は死んでもそのままなんじゃないですか」助手席の男が素っ気なく答える。視線をこちらに向けることもなかった。「馬鹿は死ねば治るらしいですけど、趣に欠ける人間は変化しない」

運転席の男が噴き出す。こちらに向き直り、「何歳だ？」と質問した。

「十六です」

「何度目の？」

「……それはどういう意味ですか？」

「死ねば年齢もそこで止まるだろ。つまり、お前が魂だけの存在なら年を取らない。毎年、十六歳を繰り返すというわけだ」

「来年には十七歳になるつもりです」僕は眉を下げる。「まだ生きてますから」

そうか、と運転席の男が安心した表情を浮かべた。

「深夜、山の中を走行中に誰かを見つければ、幽霊だと思うだろ。とうとう見てしまったか、と愕然としてたんだ。真夜中に人気のない道路を運転中に幽霊に出くわすっていう怪談話は、よく聞く話だ。白い着物をまとった女性や杖を突いた老婆とかな。けど、男のようにも見えたし、助手席のこいつも見た、って言う。このまま通り過ぎても、モヤモヤとした気持ちが残るだけだ。だったら確かめてみようと、引き返したってわけだ」

「そうですか。知らないところで迷惑をかけたようで……」

僕は恐縮するように鼻先を掻いた。

「で、こんな時間にこんなところで、生きてる人間が何をしてるんだ？」

「町まで下りようと歩いていたところです」

「登山家には見えない」

車に乗せてもらうためにはすべてを話す必要がある。僕はそう判断し、包み隠さず正直に伝えた。野外音楽イベントのトリを務めた和製パンクバンドのパフォーマンスに加え、サプライズで登場したアメリカ出身の超人気ロックバンドが、僕の手をアルコールに伸ばさせたのかもしれません。そんな言い訳じみた分析をした。

「だから酒の匂いがするのか」運転席の男が苦笑する。「けど、まあ、俺もそれを説教できるだけの人生を歩んじゃいない。困ってるなら、乗れ。近くの駅まででいいなら送ってやる」

「ありがとうございます」

感謝と安堵が混じった礼の言葉だった。

車は順調に進む。車内は派手な装飾で溢れ、芳香剤も甘ったるかった。足元の傘が邪魔で、後部座席は窮屈だったが当然、文句を言うわけにはかない。喉が渇いただろ、と運転席の男が飲みかけのペットボトルを渡してくれた。

遠慮や躊躇はなかった。枯渇した僕の身体が強くそれを欲している。炭酸飲料が喉の奥で弾け、水分が全身を回るようだ。強張った筋肉をほぐしてくれるようでもあった。

「唐渡《からと》ヒロマサだ」運転席の男がバックミラーでこちらを見ている雰囲気があった。「名前は?」

僕は疲労と飲酒でくらくらとする意識を押さえつけるように名前を伝える。それに対する感想はなく、話を膨らませるつもりもないようで、短い沈黙が流れた。

「で、お前は?」

唐渡が助手席に視線を送る。

僕はその行動に違和を感じ、唸った。「あの」と後部座席から顔を出して声を発する。

「二人は知り合いじゃないんですか」

「違う」唐渡は明瞭に否定した。「友人関係があると思ってたのか？」

「てっきりそうだとばかり思っていました。じゃあ、どういった関係で？」

「拾った」捨て猫を飼うきっかけを喋っているようだった。「お前と同じだよ。亀井を乗せる数分前、同じように歩いて山を越えようとしてたこいつを偶然、見つけたんだ。だから自己紹介もまだだった」

「後ろに同じ境遇の人間がいたなんて、気づきませんでした。あの、僕の存在には気づいていましたか？」

「いや」助手席の男が首を左右に振る。「まったく知らなかった」

「こいつは乗ってた車がパンクしたそうだ。修理の方法がわからず、助けを呼ぶための携帯電話も持ってない。仕方なく歩いてたところに俺が車で通りかかったってわけだ」

「そうですか」

「名波《ななみ》カナメです」

助手席の男が愛想の欠片もなく、姓名を明かした。

「……おい」

ハンドルを握る唐渡が声を引き攣らせ、唐突に車を止めた。

「何ですか、今度こそ幽霊でも見ました？」

名波が軽口を叩く。

「ああ、サラリーマンの幽霊だ」

僕は勢いよく振り返る。後方は闇に覆われ、ブレーキランプの赤が道路を染めていたが、そこに何かを見つけることはできなかった。

「目の錯覚じゃないですか。低木が人の姿に見えた、ということも……」

「それを確かめるには」唐渡がシフトレバーを操作する。「戻るしかない」

十メートルほど下がると、そこに答えが待っていた。

確かに、サラリーマンだ。身長が高く、痩せた男が驚いた表情で立っていた。二十代半ばといったところか。

「人間か？」と窓を開けた唐渡が訊ねた。

「あの、はい」

サラリーマンは怯えたように答える。乱れた前髪を直した。

「トラブルか？　それともトレーニングや戒めか？」

「えっと、トラブルのほうで。恥ずかしい話ですが、乗っていた車が故障してしまいまして、それで仕方なく歩いていたというわけです。パンクらしいのですが、修理をするだけの知識がなくて」

「その車はどうした？」

「邪魔にならない場所に移動しました。山を越えるために走っていたのですが、勾配の頂上付近に差し掛かったところで車に異常が発生して、慌てて停車したわけです」

「お前とまったく同じだな」唐渡が助手席に顔をやる。それから向き直り、「誰かに連絡をしようとは思わなかったのか」とサラリーマンに訊ねた。

「もちろん何度も考えました」サラリーマンが半歩、近づく。「けれど、この時間ですから。もう日付が変わろうとしている。この時間になれば寝ているか、酒を飲んでいるかのどちらかです。友人の面倒そうな声を聞くのは忍びなくて……」

「ＪＡＦなんかのロードサービスは？」

「年会費をケチって加盟してません。会員でなくともサービスを受けられることは知ってますが、高額な料金を請求されると聞いたことがあります。こういうことになるなら備えていればよかった、と反省していたところです」

「高い金を払うなら歩く、か。納得だ。駅まで行くのか？」

「そうですね。ゆっくりと進んで、終電に間に合えば、と思っています」

「だったら、乗っていけ」男が後部座席を親指で示した。「俺たちも駅に向かう途中だ」

「いえ、でも……」

サラリーマンは遠慮する。

「見ず知らずの人間の車に乗るのは危険かもしれない。そう考えるのももっともだ。けどな、駅まではまだかなりの時間がかかる。一時間か、二時間、もっとか。ダイエットと割り切って歩くこともできるが、厳しい道のりになるぞ」

「乗ったほうがいいですよ」僕は仲間を引き入れるように誘った。「この人は、たぶんいい人です」

運転席の男がふっと笑う。

「ここで俺がどんなにいい人間なのかを語っても疑念は消えない。気まぐれな善意を押しつけるつもりもない。お前が決めろ。乗るか、このまま歩くか、どうする?」

サラリーマンは俯くようにして長考する。沈黙の中、乗用車のアイドリング音に混じって、思考の音が聞こえそうなほど熱心だった。

「それほど謝礼はできませんが」とサラリーマンが薄らと笑う。

「礼なんていらない。気を遣わずに乗れ」

「でしたら」サラリーマンは済まなそうに肩を狭めた。「お言葉に甘えさせてもらいます」

「男に甘えられるのは遠慮したいが、今夜はサービスだ」

サラリーマンは丁寧に頭を下げると、後部座席のドアを開けた。僕は彼が座るスペースを空けるために、左に寄る。後部座席はさらに窮屈になった。

波多野キヨヒコ。サラリーマンは恐縮しながら、そう自己紹介をした。僕と助手席の彼が自分と同じく山中で拾われた人間だと知ると、当然のごとく驚きを放出した。

「しかし、あれだな」唐渡が口を開く。「こんなに近くで同じ不運に見舞われるなんて偶然だよな。今日は何かあるんじゃないか。運勢や巡り合わせが最悪だとか」

「何か……」隣の波多野がつぶやく。「これ以上の不運は勘弁してほしいですね。疲労も激しいですし、対応する自信がありません」

「タイヤのバースト以上の不運なんていたるところに転がっています」名波の声は冷めていた。「その程度の小さな不幸に怯えるってことは、幸福な人生を歩んでるんですね」

「それは」波多野の声調がピリッとする。「批判と考えていいのかな。僕だってね、突然身に降りかかった不幸や思いどおりにならない数々の問題くらいあるんだ。苦労はしてる」

「おいおい、自分の車がパンクをして苛立つのはわかるが、喧嘩はやめろ。俺の車だぞ」

重たい静けさが車内を包む。

ここは年下の無邪気さが空気を軽くするんじゃないか、という使命感めいたものが胸に湧き上がった。「人生は厳しいですか?」と僕は訊ねた。

反応があったのは、助手席。溜め息のような空気が抜ける音が聞こえた。

「何もかも捨てたくなる時がある」

「今まで積み上げたものを捨てるのか」唐渡が唸るように言った。「もったいない」

「まだ捨ててはいません。今はグッと我慢している状態でしょうか。いや、もうギリギリなのかな。一気に捨てる勇気のない僕は、少しずつ捨てているのかもしれない」

何があったのだ、と唐渡が質問することを僕は期待していたのだけれど、彼は興味を失ったように「そうか」と頷き、それ以上、名波の人生を掘り下げることはなかった。

他人の不幸に感興を催された僕だけれど、自らが声を上げて答えを求めることはない。その姿が下品であることは容易に想像がついたし、彼の告白を受け止めるだけの覚悟もなかった。互いの関係性は薄く、それにもかかわらず面倒なことを背負い込む危険性もあった。

「気持ちはわかるよ」と波多野が賛同したので、僕は隣に視線を振った。

「何だよ、お前も捨てたくなるのか?」と唐渡。

「僕が感じた、捨てる、というのが当てはまっているかどうかはわからないですが、頭の中がカッとなって投げ遣りになる、っていうのか、真っ白になって我を忘れる、というのか、そういう状態は理解できるな、と思いまして。どうでもいい、って叫びたい時ってあるじゃないですか」

「……あるな」唐渡が深く首肯した。車がスピード緩め、大きく右にカーブする。「カッとなるのはよくない。思いもよらないことをやってしまう」

「よくないですね」波多野は同調するように声を落とした。「何か後悔しているんですか?」

「……してるんだろうな」唐渡は声を弱々しくする。「高校時代、仲のよかった友人をつまらないことで殴ったことがある。で、悪いことに大怪我だ。それ以来、口を利かなくなった。家は近所なのに、いまだに関係を修復できてない。風の噂だと、その時の怪我が原因で右手に少し麻痺が残ってる、って話だ。喧嘩の理由なんて忘れたのに、後悔だけが残った」

「引き摺っていますね」

名波の言葉は軽かった。

「ああ、そのとおりだ。その時のことを思い出すと、どうしようもなくなる。頭の中だけじゃ整理をつけられないんだ。自分を責めて、胸を掻き毟られているような心地になったりしてな」

「対処法はありますか」

波多野は飛びつくようにして、訊ねた。

「何だ」唐渡が一瞬だけ後方を見た。「お前にもあるのか、整理しきれない過去が」

「幸福ばかりを感じる人生じゃないですから」波多野は助手席に聞こえるように言った。「それなりに、というやつです」

「全速力で走りつづける」唐渡は一拍の間を置き、対処法についてそう答えた。「実際にそれを実行したことがある。殴った友人が入院して、その見舞いに行った帰りだ。息が切れ、汗が噴き出し、足がもつれる。最後は昼間に食ったものを全部、嘔吐した。それでも必死に足を動かした。心臓なんて暴れるように跳ねてたな。膝が震えて立てなくなるまで、それを繰り返した」

「それで整理はつきましたか」

唐渡が鼻から息を抜く。

「言っただろ、引き摺ってる。そう簡単にいくわけがない。いまだに走りたくなることがあるよ」

「僕の場合」名波が発言した。「その状態が静かにつづいているのかもしれません」

「こんな時間まで仕事だったのか?」

唐渡が訊ねた。その問いは後ろに向けられているような気がして、僕は隣を眺める。

「僕ですか？」と波多野が確認した。

「スーツ姿だ」唐渡が指摘する。「それに、隣の高校生と違ってアルコールの匂いもしない。夜中に単独で、素面《しらふ》のスーツ姿の人間を見れば、たいていが仕事に追われてる人間だろ」

「正解です」波多野は認める。「出張でした。月に一度、本社に集まって報告会があるんです。普段は所長が出席するんですが、病欠でして、代理で僕が。といっても、僕が優秀なわけではなく、小さな営業所なもので人員にかぎりがあるんです。時間的な余裕があるのは僕だけでした。遅くまで会議室に閉じ込められて、死にそうでしたよ。安月給なのにコキ使われるわけです。実をいうと本社に行くのははじめてでして、この町にも慣れていません。ですから、本当に助かりました」

「大変だな、サラリーマンも」

「ということは、唐渡さんはサラリーマンじゃないんですか」

「……探偵」唐渡の声には少々の照れが内包されていた。「とはいっても、まだはじめたばかりで、胸を張れるような仕事をしたことはない。ペット探しや不倫調査が主な仕事内容だ。便利屋のような依頼も来れば、やる」

「探偵ですか」波多野は声を高くする。「もしかして、仕事の途中でしたか？」

「ああ、そうだな。便利屋のような仕事だ」眉を下げた唐渡はそれから助手席に視線をやった。「お前は何をやってる？」

「大学生です。友人の家からの帰りでした」

「そうか」唐渡が考えるような顔をする。「お前の家がどこなのかは知らないが、山を越えようってくらいだ、西側の町のどこかなんだろうな。けど、疑問が湧く。山を避けて帰ろうとは思わなかったのか」

「山越えの道を進むことが悪い、と言っているように聞こえます」

「そうじゃない。二ヵ月ほど前だったか、山裾にトンネルが開通しただろ。山を越えるよりも、そちらのほうが時間的に十五分は短縮できる。ここは快適な走行とかけ離れた山道だし、夜は特に見通しが悪い。だから、この時間帯になると車通りがないんだ。町の初心者である波多野がトンネルの存在を知らずに山を越えようとしたのはわかるが、友人の家があるなら何度も行き来をして知っている道だろ」

「知っているからこそ、こっちの道を選びました。ほかに車がなければ自分のペースを守って走ることができます。急かされることや、焦れることは好きではないんです」

「あ、僕も」質問をされる前に先に発言しておこうと思った。「この町は僕も不慣れで、臨時バスが山越えの道だったので、そのとおりに歩いていました。トンネルがあっただなんて知りませんでした」

「なるほど」唐渡が軽く頷く。「悪いな、気になったことは確認しないといられない性分なんだ。職業病ってやつだ」

「その姿勢はよい傾向だと思います」

「でも、あれですよね」波多野が割り込むようにして声を発した。「僕が学生の頃は車なんて贅沢品は持てなかったなあ。仕送りが少なくて、生活をするだけで必死だった。一時期は大学に通うよりもバイト先に顔を出すほうが多かったくらいですよ。自家用車を手にしたのは、社会人になってから。そんな車が今夜、故障してしまった。営業車を使わせてくれればよかったんですが、今日は運悪くすべて出払っていまして」

「嫌味ですか」名波がボソリと言った。「それとも苦学生だった自分を自慢したいんですか」

「あ、いや」波多野は咳払いをする。「……そんなつもりはないよ」

「まあ、いいじゃないか」唐渡が仲裁に入る。「寂しい山道を男四人でドライブだ。仲よくやろう」

「僕はそれほど会話をしたいとは思いません」と名波が明確に伝えた。

「三人には恋人がいるのか？」

唐渡がそう訊ねたのは興味ではなく、気遣いだったのだろう。雰囲気の改善を願ったのだ。言葉の端々に溜め息の破片が感じられ、乗車させたことを悔いているようでもあった。

「いません」

波多野と名波の二人はほぼ同じタイミングと語勢で答えた。

そのあとで、僕も控えめに否定する。

「そうか、いないのか」

唐渡は失策を反省するように声調を落とした。

「僕たちに恋人がいないことが、何か?」

波多野が言葉に棘を生やす。

「特別な意味はない。気にするな」

「唐渡さんは結婚してるようですが」名波が右に顔を向ける。「そのことに関係していますか」

「目敏《めざと》いな」唐渡は左手を助手席に向け、薬指の指輪を親指で弄《いじ》った。「確かに家に帰れば嫁がいる。けど、関係ない。先日、妊娠が判明したばかりだからって、三人に妊婦との接し方について助言を得ようとは思ってないよ」

「それはおめでとうございます」

僕は祝福の言葉を贈る。

「結婚ってどうですか」波多野が質問した。「いいものですか?」

　僕にとってはまだ遠い先の未来のことだったが、波多野がそういう質問をするということは、やはり社会人ともなると意識するのだろうか。

「あらゆる真面目なことの中で、結婚というやつが一番ふざけている」唐渡がつぶやいた。「モーツァルトが作曲したオペラ、『フィガロの結婚』に出てくる一節だ。的を射てるかもしれない」

　名波が不思議そうに運転席を眺めた。

「結婚はふざけていますか」

「ふざけた行為かもしれないな。ありゃ勢いだ。二人で同時に盛り上がって、一気に行き着いた、って感じだ。いろいろな不安や心配もあったろうが、そんなものを横に置いて、突き進む。ふざけてるからこそ結婚した、って言うこともできるな。ただ、それが真面目なだけの行為なら、そこに大きな愉悦は生まれなかったはずだ。浮かれて、馬鹿な真似をするってのは楽しいことだろ。それが好きな女となら、喜びは二倍以上になる」

「のろけ、ですか」と名波が呆れた。

「結局のところ」波多野は眉根を寄せる。「結婚ってどうなんですか?」

「いいに決まってる」

　そう言い切った唐渡の言葉に嘘は含まれていないように思われた。

「あれ?」僕は外から聞こえる音に敏感に反応する。聴覚神経の活動を手助けするように、左耳を窓ガラスに近づけた。「今、緊急車両のサイレンが聞こえませんでしたか」「聞こえたか?」と唐渡が隣に訊ねたが、名波は否定の言葉とともに首を横に振った。「幻聴じゃないの?」と波多野。

「そうかもしれません」自信がなくなった。「一瞬でしたから。今はもう聞こえません。消防なのか、警察なのか、それさえも判断がつかなかった」

「消防のサイレンといえば」と唐渡が口にした直後、その発言を妨げるように携帯電話の音が鳴った。けたたましい警報音のようにも感じられる。「おっと、俺だ」と唐渡は車のスピードを緩め、左に寄せて停車した。

サイドブレーキ近くに置いていた携帯電話を掴むと、唐渡が送話口に言葉をぶつける。報告や説明を受けているようで、頷く時間が長かった。相手が誰なのか想像もできないし、会話の内容を推量することも難しい。

唐渡は深刻な口調を崩さず、会話を進める。気がかりだったことが片づいたのか、「お疲れ」と電話の相手に伝えた。「こっちも用事を終わらせ次第、すぐに合流する」と通話を切断する。

「仕事ですか?」

波多野は気にするように質問を向けた。

「そうだな」

「用事、というのは僕たちのことですね。本当にすみません」

「夜中に山中をさまよう人間を放ってはおけない」

「道徳心に溢れる言葉です」名波が茶化す。「正義の探偵ですね」

唐渡がふっと口元を緩めた。正義の味方か、と彼はつぶやいてハンドルを回すと、アクセルをゆっくりと踏み込んだ。

「そういえば、携帯電話に邪魔されて話が途中になってたな。消防のサイレンといえば、ってやつだ。全国で多発してる連続爆破事件。知ってるだろ？」

「ああ」

僕は声を発し、いくつかの報道記事を思い出した。

最初の爆破事件が起こったのは、岡山県。今年はじめのことだった。薄らと雪が積もる一月の中旬だ。まだ町が寝静まる早朝、郊外にあるサッカー場の隅に不法投棄同然に駐車されていた軽自動車が燃え上がった。二件目は、埼玉県。時期をさほど置かず、公園に設置されていたベンチが黒焦げになった。三件目は三月、福岡県。テーマパークの駐車場に停まっていた幌馬車が破壊された。

「四件目は五月の半ばだったか」唐渡が思い出す。「秋田県の、どこかの墓地だ」

「まだつづくんでしょうか」波多野が心配そうに眉を下げた。「インターネットで検索すれば、作成方法も材料も簡単に手に入るような時限式爆弾だそうじゃないですか。すべてが同じではなく、細かい箇所で統一感はないようですが、同じ犯人の仕業なんですかね」

「警察も解決に苦労してるようだ。犯人像が見えてこないからな。場所がバラバラで離れてる上に、犯行声明なんてものもないようで、目的も不明だ。次の犯行までに一週間以上も期間が空くと、犯人の人数も絞れない。複数だとしても共謀しているのかどうかもわからない。いたるところで推測は挙がってるが、どれもパッとしない」

「巻き込まれる人間が出ていないうちに犯人が確保されるか、このまま終わればいいんですが……」

「そう都合よく終わらない」唐渡は溜め息交じりに言った。「犯人の目的がこれで終了したとは思えないからな。ストレスの発散、破壊に快感を覚える、知識や手先の器用さを世間に披露したい、世の中の混乱やマスコミの反応を見て楽しむ、なんかの理由が考えられるが、どれも目的を達成するのは難しそうだ。ストレスがなくなることはないし、快楽や欲求なんてものは中毒みたいなもので、満足することがない。結局、捕まえるしかないんだよ」

「警察に期待、ですね」

「ここには」名波が口を挟んだ。「探偵もいます」

「そんな派手な事件の依頼は来てないな。俺が名探偵と呼ばれるには、まだ時間がかかる」

「でも、事件を思い返してみると」僕は会話に参加した。「犯人は人の命を奪うのを目的としているわけではないようです。爆破が起こるのは深夜などの人気が消える時間帯ですから」

「爆弾を使う人間の心理なんてわからないよ」波多野が反応した。「人気がないということは、爆弾を仕掛けるのに都合がいいから、ということも考えられる。心のうちは計り知れない」

「波多野の言うことにも一理ある」唐渡が頭を縦に動かす。「犯人は他人の命なんて考えてないのかもしれない。自分の命さえも軽く考えてる輩なのかも、な」

「自分の仕掛けた爆弾に巻き込まれて犯人が死ぬ、っていうのはどうですか」名波が平坦な声で言った。くくっ、と小さく笑う。「警察や探偵が手をこまねいているなら、神の裁きです」

「神様ってやつがそれほど気の利いた存在ならいいんだが……」

「あの、疑問なんですが」僕は隙間を見つけて発言した。「爆弾って、そんなに簡単に作れるものなんですか」

「ああ、僕が言ったことだね」波多野が気づく。「ネット検索をして知識を得れば、簡単だよ。固形燃料や木炭、過酸化水素水など、あと電子式の秤があれば便利だろうね。ほとんどは量販店でも揃う」

「……詳しいですね」

「あ、でも、作ったことはないよ」波多野は慌てて否定した。「四年くらい前だったかな、男子高校生が同級生全員を殺害しようと爆弾を作ろうとしていた、って事件があっただろう。彼はいじめられていた、とか。犯行に及ぶ前に、殺人予備容疑で逮捕されたけどね。彼の部屋からは爆弾の材料、五十点以上が押収されたんだよね。殺傷能力を高めるためにネジや鋲を混ぜるつもりだったらしいよ。それを教室で使おうとしてたんだから、恐ろしい。だからさ、知識さえあれば、高校生にでも作ることのできる代物もあるんだ」

「爆弾に興味があるようですね」名波が笑う。「四年前のそんな小さな出来事を詳細に覚えてるなんて、不自然です。興味がなければ三日で忘れてしまってもおかしくない」

「違う違う」波多野は顔の前で手を振った。「僕がこの事件を覚えていたのは、いじめの部分だよ。僕も中学の頃はいじめられていたからね。爆弾を使って復讐しよう、って考えた彼の気持ちも理解できたんだ。そこまで追い込まれたんだな、って同情して」

僕と、おそらくは唐渡もそうだったのだろうが、彼にどう声をかけてよいものか判断がつかず、黙ったままだった。けれどそんな中、名波はすぐに対応する。

「あ、そう」

とても軽い口調だった。

「おい、嘘だろ」

唐渡が肩を怒らせるようにして、ハンドルをきつく握った。不安そうに手を動かし、同時に車体が細かく揺れる。気のせいかゴムが焼けた時のような臭いがして、僕は前の座席にしがみ付くようにした。

「信じられない話だが」

唐渡は揺れを押さえるように車を慎重に走らせ、適当な場所を見つけると左に寄せた。

「パンクかもしれねえ」

ずっと同じタイヤを履きっ放しだったからな、と悔やむ唐渡の声が前から聞こえてきた。

「ちょっと見てくる」ドアが開いた音がした。「なあ、波多野。懐中電灯を貸してくれ」

「え、僕ですか……」

「持ってるよな」と唐渡が後ろを向く。

「あ、えっと、持っているには持っていますが」波多野の声が動揺していた。「でも、どうしてそのことを？」

「明かりが見えたんだ。暗闇の中でお前を発見できたのは、その光を見つけたからだ」

「そ、そうですか」

波多野はビジネス鞄に手に突っ込み、小型の懐中電灯を出した。

「それなら、僕も持ってますよ」

僕はキーホルダー型のライトを差し出す。

「僕が君を見つけたのはその玩具のためじゃないけど」名波が覗き込む。「その大きさじゃ今は役に立たないと思うよ」

「そうだな」唐渡が笑顔を広げた。「気持ちだけ貰っておく」

外に出た唐渡は腰をかがめ、四本のタイヤに懐中電灯の光を照らし、入念にチェックする。頭を掻き毟りながら肩を大きく上下させ、唇を突き出す姿がぼんやりと確認できた。不調の原因はやはりタイヤにあるようだ。

名波が助手席のドアを開けて、車外に出た。僕は波多野と顔を見合わせ、お互いの意思を確認した上で、後部座席のドアを押し開ける。生暖かい空気が肌に触り、表情を歪めた。

「右前のタイヤが破損してるようだ」唐渡が指を差して説明する。「釘やネジが刺さった状態ならゆっくりと空気が抜けるだろ。けど、そんな兆候は今までなかった。おそらくガラス片が刺さったんだな。ついてねえ。運の悪さってのは伝染するのか。俺たちは呪われてる」

　波多野が乾いた笑みを浮かべた。「すみません」と口にする。

「こういう時は、応急処置のためのパンク補修剤があれば手っ取り早いんだが」唐渡が腕を組んだ。「そんな気の利いたものは積んでない」

「困りました」波多野が周囲を見回す。「これからどうしますか?」

「また歩くのか」

　名波が暗く沈んだ道の先を眺めた。

「心配するな、スペアタイヤがある」

「最近の軽ワゴン車にはスペアタイヤが装備されていない、と聞いたことがありますが」と名波。

「その点も大丈夫だ。この車は嫁のものでな、人一倍用心深く、心配性な嫁は購入の際、ちゃんとオプションとして積んである。しかも、標準タイプのものだ。パンク補修剤よりも長距離を走行できる」

「素晴らしい」と僕は思わず口にしている。

「できた嫁だ」

「しかし、先刻も言いましたが、僕にはパンクを修理する知識がない。探偵さんはわかりますか？」

「それは僕も」波多野が軽く手を挙げる。「情けない話ですが、タイヤが破損したと判明した時点で、どうしていいものかと呆然としてしまいました」

「任せておけ」唐渡が力強く胸を叩く。「それよりも、手袋か何か持ってないか。名波、その大事そうに抱えてるリュックサックの中身は何だ？」

「ペットボトルに入った飲料水、財布、タオルにスウェットカーディガン」名波がリュックサックを開けてこちらに見せる。「それだけです」

「役に立たないものばかりだな」唐渡は顔を右にやった。「波多野は？」

「僕は見てのとおり出張からの帰りですから。鞄には仕事の資料や筆記用具くらいしか。ポケットにも、車のキー以外はこれといって何も。偶然、懐中電灯を車に載せていたのが、幸運だったたくらいです」

「高校生、お前は聞くまでもなく手ブラだな」

「はい、財布の中身も軽いです」

僕はポケットの袋布を出して見せた。

「素手でやるしかないか」

唐渡が車の後方に回り、ハッチバックを開ける。荷台の底をゴソゴソとやるとスペアタイヤや工具が姿を現した。

「手伝いましょうか」

僕は声をかけながら近づいた。

「そうだね、そのほうが時間の短縮になる」と名波。

「その言葉を期待して待ってたんだ」

そう言葉にした唐渡の視線が、控え目に波多野に移動した。

「あ、あの、これは個人的なことなんですが」波多野の語調が慌てる。「僕、壊れたものに触れられない、というか、触りたくない、というのか、身体が拒否をしてじんましんが出るんです。腕が折れて曲がった人形や破れてしまったシューズには、子供の頃から接触することができなかった。縁の欠けた皿などにも手を伸ばすのは遠慮したいくらいなんです」

「珍しい体質だな」

「ということは」名波が気づく。「もしもパンク修理の知識があっても、それを行動には移せなかった、ということですか」

「そうだね」波多野は観念するように頭を掻いた。「パンクをした車には触りたくない。

うね」

どうせ触れられないんだから、知識を持っていても仕方ない。だから頭にないんだろ

「触っても平気だぞ」

唐渡が車のボディをさする。

「頭では理解しています」波多野は苦笑した。「でも、故障や破損したものに触っているとと生を吸い取られるような、蝕まれていくような気分になって……。少し異常ですよね」

「いいんじゃないか」唐渡は軽く言う。「障害はあるだろうが、苦手なものなんて人それぞれあるだろ。俺は猫が嫌いだ。触れたくもない。ペットの猫探しの際は、できるだけ肌を出さない格好でやってる。似たようなものだろ」

似てはいるが、波多野の体質は生活の妨げになることもあるだろう。猫と触れ合う機会など、それほどない。波多野もそのあたりのことに納得できなかったのか、「まあ、そうですね」と曖昧な表情で返事をした。

「だったら」唐渡がダッシュボードの上にあったビニール袋の中から何かを取り出した。「これでも食って待ってろ」

懐中電灯で手元を照らすと、箱の中で綺麗に饅頭が並んでいた。半分には黒ゴマがまぶされ、もう片方には黄粉が振りかけられている。

波多野は手を伸ばしかけるが、直前で止めた。

「心配するな。昼間、浮気調査をした依頼人に貰ったばかりで、賞味期限は切れてない」唐渡は大きなゴマ饅頭をポンと自分の口に放り込んだ。「ほらな、食える」とモゴモゴした。

僕も勧められて、一口で口内に入れた。黄粉が食道とは別の器官に向かい、咳き込む。

名波は前歯で半分ほど噛み千切り、喉に通した。

「和菓子なんてあまり口にしませんが、たまに食べると美味しいですね」

「波多野も食え」

「いえ、僕は……」波多野はやはり遠慮する。「甘い物は苦手でして、すみません」

「そうか、そういうことなら仕方ないな」

唐渡は饅頭をもう一つ口に投げ入れ、それからスペアタイヤを取り出した。

タイヤ交換は問題なく進められた。主に身体を動かすのは唐渡と僕の二人で、名波は懐中電灯でこちらの手元を照らすことだけに専念した。

パンクしたタイヤのナットをL型ボックスレンチによって緩めたのち、車両前方の下部中央あたりに置いた小型ジャッキを使って、車体を持ち上げる。付属のレバーを取りつけ、長いボルトを回転させることによってジャッキが伸びる。車重がかかるとさすがに抵抗があったようで、唐渡の力を込めるような声が漏れた。ナットを完全に外し、パンクしたタイヤをスペアタイヤと入れ替え、ナットを仮止めしていく。ジャッキを下ろし、スペアタイヤを地面に接地させた。工具を使ってスペアタイヤのナットをきつく締める。

「これで安全に走ることができる」

唐渡が大きく疲労の息を吐いた。

「勉強になりました」

名波がボソリとそんなことを言った。

「かなり時間をロスしたな」唐渡が腕時計を眺める。「乗れ。約束どおり送っていく」

僕たちは慌しく車に乗り込むと、忙しない様子で出発した。先ほどのような揺れはなく、快適だ。

「くそ、手が真っ黒だ」唐渡は白革に覆われたハンドルを指でつまむようにしている。

「汚すと嫁に文句を言われそうだな」

ポケットティッシュならあります、と僕は数枚を引き抜き、唐渡に手渡した。

ティッシュをハンドルに巻きつけたあと、「そういえば」と唐渡が助手席に視線をやった。「どうしてお前の手は汚れてないんだ」

「懐中電灯を持つだけでしたから」

名波は手の平を運転席に向ける。

「それは今の話だろ」唐渡が片眉を上げた。「自分の車がパンクした時、何もしなかったのか？　いくら手元が見えず、パンク修理の知識がなかったといっても、たった一人でこんな山の中で故障したんだ。どうにかしようとするものだろ。仕方ないから歩こう、と決めるのはそのあとだ。タイヤを触ってみたり、地面に手を着いて覗き込んでみたり、な。手が汚れる場面はいくつもある。そうじゃないか？」

「手を見ていたんですか」名波は感情を消すように平坦な声を出す。「饅頭に手を伸ばした時ですか」

「差し出した饅頭を躊躇なく、掴んだ。波多野のように手が汚れていれば、辞退してたはずだ」

波多野は無言で自分の両手を見て、擦り合わせた。

「甘い物は苦手、なんて言って断ってたが、あれは嘘だ。波多野は自分の手の汚れを気にしたんだよ。そうだろ？」

「どうして」波多野は不思議そうに顔を前に出す。「嘘だと？」

「お前を呼び止めて話した際、口臭が甘かった。あれは濃いパイナップルの香りだ。

この車に乗り込む直前まで飴を口に入れてたんだろ。甘い物が苦手なら、そういうものは持ち歩かない」

助手席から緩やかな拍手が聞こえてきた。

「さすがです、探偵さん。でも、それがいったい何だっていうんですか」

何だか話に深刻さが増し、重量というのか、刺々しさが加わったように感じられ、僕は落ち着かなくなる。

「この山の頂上付近に大きな別荘があるのを知っているか？」

唐渡がゆっくりとした口調で訊ねた。

「知りません」

波多野が首を振り、僕も同じことを伝える。名波は無言だ。

「椎名ユタカという国会議員の別宅だ。数年前、与党の幹事長を務めた実力者だな。名前や顔くらいは知ってるだろ」

「その人物がどうしたんです？」

名波の声は平らだったが、気になってはいるようだった。

「その国会議員に、別荘の管理を任せられてる。シーズンオフの時期は、何度か様子を見に来る。掃除や、壊れてるところがあれば修理もする。風を通し、虫が湧かないように配管に水を流すんだ。今は夏休み期間中だから、議員が利用しなければ、月に一度くらいのペースで管理の仕事を、な」

「探偵業にはそんなことも含まれているんですか」

僕は思わず声に出した。

「探偵の、便利屋のような仕事の一つだ」唐渡は自己批判をするような口調で答えた。

「そこで困ったことが起きた。俺が管理を任されてる別荘で、トラブルだ。椎名ユタカが趣味の部屋として活用してた場所が、何者かの手によって滅茶苦茶にされた」

何だか急に緊張感のある話になってきたな、と僕は眉を動かす。状況が呑み込めず、慌てる心情もあった。

「今夜、俺が別荘に近づいた頃のことだ。小さな爆発音が聞こえた」

「あっ」僕は声を発した。「それって、あれのことですか。パン、っていう音。僕も聞きました」

「それなら、僕も聞いたかな」と波多野。

「その音を聞いて嫌な予感がした俺は、アクセルを踏み込んだ。五分後、別荘に到着すると窓ガラスが割れ、周辺に焦げた臭いが立ち込めてた。椎名ユタカが大事にしてた、多くのドールハウスが見る影もない状態だ。壁を壊したり、屋根を吹き飛ばすようなことはなかったが、高価な人形や細かな作りのミニチュア家具は破壊されてた。隅のほうで火が燻ぶってたからな、バケツに汲んだ水をぶっかけて消したんだ」

「全焼せずに済んだことは幸いです」

名波の声に安堵の感情はない。

「周辺をいろいろと見回ったが、犯人らしき人物は見当たらなかった」

「それは残念です。探偵さんの仕事は失敗ですね」

「あとのことを考えると嘆きたくもなるが、そういうことが言いたいわけじゃない」

唐渡は名波を一瞥した。「お前がやったのか?」

嘘、と僕は言葉を詰まらせる。連続爆破事件、という言葉が頭に浮かび、生唾を飲み込んだ。

名波に動揺の色が滲むことはなかった。いや、暗い車内にあって、横顔しか確認できない位置ではそう見えなかっただけなのかもしれないが、「どうしてそう思うんですか?」と彼は冷静に訊ねた。

「助けを求めようとしなかっただろ」唐渡が明晰に言った。「夜中に山道を一人で歩いていたなら、車が通りかかれば助けを求めてもいいはずだ。亀井は両手を上げて、そうした。俺も、そうする。道の中央まで出て、車を必死に止めようとする。けど、お前はそれをしなかった。誰とも出会いたくなかったんだ。後ろ暗さがあったからじゃないのか」

「知らない人間が運転する車を止める、というのは勇気がいるものですよ」名波は間髪入れずに答えた。「性格的な問題です。僕は探偵さんのようなタイプの人間じゃない。

それを言うなら、波多野さんも止めようとはしなかったように記憶してます。だから僕は見つけられなかった。そうですよね？」

急に話を振られ、波多野はどぎまぎしていた。

「そう、だね。性格的なことはあるかな」

「そういうことですよ」

「別荘に、俺の知らない車が置いてあった。白いステーションワゴンだ。しかも、高級外国車。不審に思って調べさせてもらったよ。施錠はされておらず、鍵も挿ったまま。故障している様子もなかった。あれはお前の車なんじゃないのか？　修理の必要がなかったから、手が汚れていない。パンクをした、っていうのは嘘だ」

「そこに繋がりましたか」名波が薄らと表情を崩した。「じゃあ、僕は自分の車で山を越えるべきですよね」

「お前は、あそこに自分の車を故意に置いたんだ」

「決めつけることはよくないですよ」

「お前が持ってるそのリュックには計画性が透けて見える。山を歩いて下りる際に必要なものしか入っていない。喉の渇きを潤すためのスポーツドリンク、汗を拭くタオル、夜になって気温が下がった場合に備えて上着も用意されてたな。明かりがあれば万全だが、舗装された山道を下るだけなら必要ないか。逆を言うと、そのほかの荷物になるようなものは何も入ってなかった。余計なものがないんだ」

「これらはいつも常備しているものです」

「じゃあ、パンクしたっていう車の鍵はどこにある？」

「……」

「リュックサックの中に車の鍵が入ってない、っていうのはどういうことだ。俺の確認不足なら、見せてくれ。故障をして仕方なく置いていかなければならないとしても、しっかりと施錠をして、鍵を携帯して離れるのが常識だろ。そうだよな、波多野？」

「まあ、そうですね」

波多野はポケットの膨らんだ部分を触り、キーケースを前部シートに見せた。

「車はパンクしました。確かに鍵は置いてきましたが、壊れると直すのではなく、買い換える。そう考える人間もいるでしょう。使い捨て、という感覚ですよ。壊れてしまうと急に愛着や情がなくなるんです。動かなくなった物にひどく落胆するんですね。思い入れが一瞬で消える。世の中は物で溢れていますから、買い換えるほうが手っ取り早い」

「……無理があるな、それ」

「そうですよね」名波がクスリと笑った。「車を乗り捨てられるほどの富豪には見えませんよね」

「そうだな。それほど余裕のある顔じゃない」

「ついてない」名波がポツリと洩らした。「こんな夜中に車が通りかかって、見つかってしまうとは思っていませんでした。ましてや声をかけられるなんて、考えてもなかった。その運転手が別荘を管理している探偵だなんて、悲運としか言いようがない」

「それは自白と受け取っていいのか」

「そうですね、認めてしまおうかな」

「あの、あなたが——」

僕は強張った声を前部シートにぶつけた。

「連続爆破事件の犯人なんですか?」

「あの人はどう言ってました?」

名波が冷たい声を出す。それは僕の質問に対する答えではなく、運転席へと向けられた問いのようだった。

「別荘の異変を依頼人である椎名ユタカに報告しましたよね。便利屋のような探偵さんなら当然、そうする。あの人はこのことを事件にする、と言っていましたか? そんなことは言わないはずだ。何もなかったことにしろ、とそう指示を受けたんじゃないですか」

「そりゃ、あれだ……」

「誤魔化すのが下手ですね。その口振りでは雄弁に語っているのと同じです」名波が微笑する。「彼は根っからの政治家ですから。不祥事やスキャンダルを極端に嫌う。自分の別荘が爆破された、などという事件が表に出れば、マスコミや野党がその裏に潜む何か、を探り出そうとするかもしれない。透明性と清潔さを売りの一つにしている彼にとって、それは最も避けたい事柄でしょうね。波風を立てられたくない、ということはやましい何かを隠しているからなのでしょうが……まあ、何もなくても爆破事件ですからね、醜聞が広まる恐れはあります。政治生命を縮める可能性もあるし、もしかすると致命的な傷になるかもしれない」

「よく理解してるじゃないか」

「彼にとって身近な存在ですから」

「息子、か」

「そのことも聞いていましたか」

「乗り捨てられた車のことを訊ねると、すぐに思い当たったようで、息子の犯行の可能性を語った。なおさら表沙汰にできない事件になり、堅く口止めをされたよ」

「それで、僕を探すようにと依頼された」

「別料金で、な」唐渡は親指と人差し指の先をくっつけて円を作った。「東側から山を登る際、一台の車ともすれ違わず、人影を発見することもなかった。ということは、お前がいるのはもう一つの道だ。西側の道。周囲に視線を配りながら進むと、お前の姿を見つけた」

「なるほど」名波は唸るように納得した。「探していたからこそ、あの暗闇の中で僕を見つけることができたんですね」

「ところがお前を拾ってからすぐに亀井を見つけ、しばらくして波多野を乗せた。どいつが雇い主の子息なのかわからなくなった」

「あの人から、息子の特徴を得ていなかったんですか?」

「名前や年齢についての情報はあったが、身体的特徴についてはまったくだ。慌てたんだな、俺も。思いついてかけ直したが、依頼人は電話に出なかった。このあとの対応を考えていたんだろう」

「探偵さんのミスですね」

「高校生だという亀井にしても、依頼人の息子の年齢である二十一歳に見えなくもない。困ったことに人間は嘘をつく。後ろめたいことをしたあとの人間なら、なおさらだ。そのあたりのことが面倒だった」

「だから最も有効的で、直接的な質問をしなかったんですね」

「ああ。事実、お前は嘘をついた。名波カナメというのはでたらめだ。学生っていうのは本当か。真実の中に巧みに嘘を散りばめられちゃ選別が困難だと考えた俺は、別荘のことを明かさずに他愛もない会話から情報を得ようと試みた」

「友人の名前を借りました」と答えた名波、いや自称名波の声は柔らかにも聞こえた。

「そうですか、そういうことだったんですか」

「どうしてあんなことをやった」唐渡はブレーキを踏んで充分に減速し、右にハンドルを切る。「気に障ることでもあったか」

「僕を説き伏せて、改心させようとしても無駄です」

「お前はただの依頼人の息子だ。そんな人間に諭し教えるようなことをしても、俺の人生に益はない。ただな、すっきりとしない。仕事として関わったからには納得をしたいんだ。引き摺るのは嫌なんだよ」

「そんな理由で、僕が話すとでも？」

「今夜のお前の行為はないものとなる。依頼人が表に出したくないからだ。事故としての発表もないだろう。この山の闇の中に消えて、朝になれば修理業者が別荘を元に戻し、変わらない毎日がつづく。何も変わらないんだ。お前は無駄なことをした。悔しくないのか。いや、悔しいはずだ。お前は何かをしようとしていた。俺に話せば、お前の思いは残るぞ」

「……魅力的な誘い文句ですね」

「誰かに思いが伝われば、意味はある」

短い間が空いた。窓の外を覗くと眼下に望む町の灯が近づいたようで、そろそろ山道も終わりだろう、と予感できた。僕はゆっくり息を吐き出し、次の展開をじっと待った。

「あの人の別荘がここに完成してからは、使えなかったはずの携帯電話が使用可能になり、ネット環境も整い、道路も整備された」名波は淡々と言葉にする。「大物政治家は身の回りの環境を快適にしたがるんですよ」

「それは俺の質問への答えなのか？」

「僕も、あの人の周辺環境の一部なんです。あの人が快適に生活できるように、僕は存在している。優秀で、従順な息子を演じ、あの人の後任を務める準備をするためだけに毎日の学習や経験がある。そのためだけに努力をするんです。レールから外れることは許されない。それはあの人だけではなく、町の人たちからのプレッシャーでもある。僕は個人ではなく、世間では椎名ユタカの息子。それらしく振る舞わなければならない」

「息苦しそうだ」

「この車の中よりも窮屈ですね」名波が肩を下げる。「だから反抗を」

「で、爆破か」唐渡が笑った。「親にとっては手厳しい。二十歳を超えて反抗期を迎えると、過激だな。自我の発達過程で、意識の高まりを抑制できなかったのか？」

「与えられることをこなすことで精一杯でした。それほど器用ではありませんから」

「自分の車を置いてきたのは、メッセージってところか」唐渡がふっと表情を崩す。「自分がやった、っていう証を残したかったんだな。反抗を主張したいなら、誰が犯人か伝えないとな」

「息子の仕業だと知れば、あの人は大いに困る。それにあの車は大学の入学祝いにあの人から貰ったものだった。趣味の人形を着飾らせ、純銀製のミニチュアの皿を小さな棚に並べるのと同じように、所有物である息子にも高級車を買い与えた。突き返したい、という思いもあったのかもしれません」

「なるほど、だから車の鍵も置いてきたというわけか」

「説明をすると恥ずかしいものですね」名波が気恥ずかしそうに表情を歪めた。「自分の行動を改めて振り返ると、とても幼稚だ。発想が貧困。父親の関心を惹きたい子供のようです」

「そういうことになるだろうな。自己分析をする余裕が出てきたじゃないか」

「はじめての反抗の効果でしょうか」

「まあ、気持ちはわかる」

名波は弱々しく笑った。

「わかりますか、僕のすべてが」

「ほかに何かあるのか?」

「そりゃあります。あの行為に至るまでの心の動きは複雑です。一つの不満や思いを胸に、身体が動いたわけじゃありません」

「違いない」唐渡が両眉を上げた。「人間を二十年以上もやってれば、いろいろと苦い経験もするし、つまずくことだってある。複雑にもなるってもんだ」

「探偵さんに迷惑をかけるつもりはありませんでした」名波が殊勝な様子で頭を下げた。「すみません」

「構わない。今日のことはなかったことになってる。口止め料も報酬に加わるらしいし、な。逆に、礼を言いたいところだ」

「あの、それで……」

僕は話が終盤に差しかかったところを見計らって、言葉を挟んだ。

「こいつは連続爆破事件の犯人じゃない」唐渡がこちらの心情を読み取り、答えた。

「ただの反抗期だ。なあ、そうだろ」

「……そうですね」名波の声は不服そうだった。「もしかすると、連続爆破事件というのは的外れなネーミングなのかもしれません」

「どういうことだよ」

「あれは同じ犯人による連続事件のように見せかけて、実は意思も理由も統一されていない、それぞれが単発の出来事なのかもしれません。ただの興味だったり、恨みだったり、模倣犯だったり、愉快犯だったり……反抗だったり」

「そうかもしれない」

唐渡が静かに頷いた。

「あの、ということは」僕は声を出す。「爆弾はやはり名波さんが作ったんですか。さっき波多野さんがネットで検索をすれば簡単、と言っていましたが、やはりその手法で？」

「いや」名波が首を振る。「僕は不器用でね、数字や記号にも苦手意識がある。大学の学部も文系だ。作ってもらったんだよ」

「友達に、ですか？」

「いや、材料費や技術料を支払った。便利なサービスがあるものだろ」

「……そ、そうですか」

「突然ですが、話を変えても構いませんか」名波が運転席に視線を振る。「疑問が湧きました」

「何だよ、俺に不自然なところがあったか？」

「はい。仕事とはいえ、こんな夜中に別荘の様子を確認に行く、というのは不自然のように思えます。あの人から何か連絡があったのなら別ですが、どうなんですか」

確かにそうだ、と僕は内心で唸る。

「なるほど、気になるよな」唐渡の声に硬さが窺えた。「別の仕事だ」

「というと?」

「お前が父親の部屋を爆破したということは、人殺しは後ろのお前か」

一瞬で、車内が凍りつく。流動していたはずのぬるい空気がピタリと止まり、粘り気のある不浄なものに感じられた。

「なあ、波多野」

僕は隣人を見つめ、飛び退くように距離を取った。


「絶句、という状態ですね」

名波が冷静に状況を説明した。

「何を言ってるんですか」波多野の声が上擦る。「僕が、どうして?」

「彼が人殺しなら、直接的な言葉をぶつけるのは危険じゃないですか。刃物でも持っていたらどう対応するんです」

その静かな指摘を聞き、一番危険なのは自分ではないか、と僕は身体を硬直させる。最初の被害者、または人質になり、ナイフを突きつけられる。

「波多野はそんなものは持ってない。さっき、三人の持ち物を確認しただろ。パンクしたフリをして、タイヤ交換をした時だ」

「やはり嘘でしたか。タイヤが変形しておらず、裂傷部も確認できないと思っていました」

「自然な形で三人の所持品を確認したかった。絞り出した案だ」唐渡が後方を気にした。「それに波多野は運転手にいきなり襲いかかるような馬鹿でもなさそうだ。今、俺に危害を加えれば、車が道を外れて斜面を滑り落ちるかもしれない」

「じゃあ、僕か、高校生が標的になるかもしれないじゃないですか。ナイフを持っていなくても、殴られたり、締められたりするのは遠慮したいです」

「父親の部屋を滅茶苦茶にした罰だ。諦めろ」

「ぼ、僕も遠慮したいんですが……」

後ろから小さく主張した。

「お前も、調子に乗って酒を飲んだ罰だ」

「……厳し過ぎます」

「や、やだな」波多野が笑顔を引き攣らせた。「悪い冗談はよしてくださいよ。人殺し、ですよ。僕がそんなことするはずがない。恨みや怒りによって人を殺す、なんて何の解決にもならないってことは理解してます。少し考えればわかることです」

「あんなこと言ってますよ」と名波。

「依頼人は、藤波モエコという女子短大生の両親だ」唐渡が口を動かす。「彼女は親元を離れて一人暮らしをする学生でな、最近娘の様子がおかしい、っていう子供の微妙な変化に気づいて、母親が様子を見るためにこっちに出てきたが、娘のほうは笑ってはぐらかすだけで何も言わない。三日間、娘の部屋で世話になって帰るわけだが、心配が消えない母親はたまたま見つけた俺の事務所に立ち寄った。娘の態度や表情に深刻なものを感じ取ったのかもしれないな」

「娘の身辺調査ですか」

「簡単に言えば、そうだ」唐渡が頷く。「俺は彼女を尾行し、生活を覗き見る。三週間、張りついていたが、いたって普通の真面目な学生だった。毎日、大学の講義を受講し、サークル活動に顔を出す。夜は適度に遊び、取り乱すこともない。理想的な短大生に見えたな」

「深刻な悩みなんてなさそうですね」

波多野は貧乏揺すりが止まらない。僕はその動きを気にしつつ、さらに距離を置いた。ドアに邪魔されて、あとは外に飛び出すくらいしか回避方法はないだろう。

「僕の話を聞いてましたか」波多野が抗議する。「僕は人殺しだと言われ、否定したんです。侮辱と同じです。助けてもらった立場ですが、そんなことを言われれば、怒りますよ。僕を無視して、勝手に話を進めないでください」

「あんなこと言ってますよ」と再び名波。

「彼女のバイト先の同僚に、話を聞いた」唐渡は波多野の訴えに耳を貸さない。「悪く言う人間はいなかったな。少し真面目すぎる、っていう面接の際に言う自分の短所のような答えが、唯一のマイナス点だ。恋人がいる、という噂もなかった」

「両親の思い過ごし、ということですか」

「俺もそう結論づけようとしていたところで、彼女を見失った。両親に依頼されてることとはいえ、大学の構内で特定の人物のことを訊ねて歩くのはまずい。彼女がいつも利用するバス停で、彼女が出てくるのを待ってた。けど、いつまで経っても彼女は現れない。日は暮れ、バスの本数も少なくなってくる。そこで彼女の友人を見つけ、俺は声をかけたんだ。身分を明かし、仕事の説明をしたが、なかなか信用してもらえない。しかし、その友人も藤波モエコの最近の様子が気がかりだったようで、迷ったすえに話してくれた。藤波モエコは学食で昼食を摂ったあと、どこかに行ったらしい」

「見逃した?」

「馬鹿、言え。ちゃんとバスの時刻表はチェックしてた。トイレの時だってその時間を外してある。彼女が住むアパートは徒歩で帰宅できるほど近い距離じゃないし、自転車を借りたようでもなかった」

「車で、誰かに送ってもらったんですよ」

「そうだな。そう考えるのが自然だ。彼女の友人に連絡を取ってもらい、知り合いで車を所有している友人に当たってもらった。だけど、誰も彼女を送っていない」

「初対面のイケメンに誘われて乗った、とか？」

「それほど不用心な女性じゃない」

　唐渡は断定する。

「大学の近くに住む友人の部屋に行ったんじゃないんですか？」

「それももちろん調べたが、彼女はいなかった」

「じゃあ、新しい出会い。学食を出たところで運命的な出会いをして、話をすると気が合い、そこで別れるのは寂しく、家に来ないか、と誘われたので立ち寄った。それが男ではなく、女性ならあり得ることです」

「彼女は午後にも講義を受ける予定だった。それに放課後にはサークルの集まりもあったそうだ。三週間見てきたが、彼女が講義やサークル活動をサボるなんてことははじめてだ。友人に頼んで彼女の携帯電話に連絡を入れてもらったが、繋がることはなかった」

「それでどうしたんです？」

「彼女の両親に連絡を入れた。心の平静を失ったように声を震わせてたな。過去に起こった残忍な事件を思い起こしたのかもしれない。俺はゆっくりと慎重に話を進めた。

最近の携帯電話にはGPS機能が付いてるだろ。彼女の両親は娘の様子が変だってことに気づいてたわけだ。素行調査を探偵に依頼したほどだからな。両親は娘の身を案じ、月額使用料金を支払って、もちろん娘の同意が必要だが、GPSでの検索を可能にする設定サービスに加入してた。俺はそれを利用して、彼女の居所を絞り込もうと考えたんだ」

「なるほど、いい考えかも知れません」

「しかし、何度試みても彼女の居場所ははっきりとしない。携帯電話の電源が入っていないのか、それともGPSの電波が届かない場所にいるのか。はたまた電源を落とされたのか、もしくは何者かに破壊されたか……。そのうち彼女の両親がこっちに出てくる。コーヒーを出しても落ち着かない様子でな、見ていてかわいそうになった」

「まだ話をつづけるつもりですか」波多野が痺れを切らすようにつぶやいた。「そういう話ばかりをするなら、僕はここで降ります。もう充分だ、降ろしてください。あとは歩く」

「必死に訴えてますよ」と名波。

唐渡はそれでも対応することはなかった。じっと正面を向いて、スピードを緩めることはない。

その態度に頭に血が上ったようで、波多野は腰を浮かせると、唐渡の肩と腕を掴んだ。

「僕の声が聞こえないのか！」

車が不安定に大きく揺れる。僕はドアにしがみ付くようにして、身体が左右に揺れるのを我慢した。酔っちゃいそうですね、と助手席から落ち着いた声が聞こえる。

その声にも腹が立ったのか、「止めろ」と波多野が唾を飛ばした。

急ブレーキが踏まれ、車体がつんのめるようになる。波多野は後方から強く押されたように前方に飛び出た。カーステレオに頭をぶつけ、シフトレバーで胸を打った。息が詰まったのか、しばらく動くことができない。

首根っこを押さえつけられた。「嫁の車の中で暴れてんじゃねえよ」と唐渡に威喝される。

苦しさと、不利な体勢に反抗を考えることができないのか、波多野は従順に同意するように頷いた。

「お前は黙って後ろで座ってろ。質問がある時はこっちから話しかける。異論があるならあとで聞いてやるよ。俺の説明のあとだ」

波多野は無言で上半身を立てた。後部座席に戻り、肩を狭める。

「シートベルトの必要性を実感しましたね」

名波が自分の胸を擦った。

「友人、バイト先の知り合いなどを一つずつ潰すように訪ね歩くが、藤波モエコの所在は掴めない」唐渡は話をつづける。「彼女の両親はオロオロとして落ち着かないようで、警察に届け出ようか、と思案をはじめた。けどな、届けたとしてもすぐに警察は動かない。何とか俺の力で情報を引っ張り出そうとは思うが、良案は浮かばない。夜は深まり、イライラとするばかりだ。そこで藁にも縋る思いで、再び携帯電話のGPSによって彼女の居所を探った」

「そういう話をするということは——」名波が興味深そうに声を出した。「反応があったのですか?」

「あった」唐渡は再び車を発進させる。「これが奇跡ってやつなのか、それとも何かの導きなのか、そんなことは知らない。その反応地点に彼女がいる、っていう確証もないわけだからな。けど、向かうべき場所は定まった」

「もしかして」僕はピンと来る。「その場所というのは、ここですか」

「正解。携帯電話の基地局を建てた、お前の親父の功績かもしれないな」唐渡が笑みを助手席に送った。「反応はこの山を示してた。けど、彼女が山にいるのだとすれば、焦りもした。深夜に山だぞ、何かあったに違いない。大急ぎで目的地に赴き、周囲に気を配りながら慎重に山を登った」

「急停止と急発進を繰り返しながら向かったというわけですね」名波が苦笑する。「だからタイヤが悲鳴を上げてゴム臭かった。そして、山に侵入して頂上に向かう途中で、僕の行為に感づいたわけです」

「余計な仕事を増やしてくれた」唐渡はげんなりとする。「俺は別荘で足止めを食らい、対応してる間に仲間に捜索をつづけてもらってた」

「先ほどかかってきた電話は、その仲間からですか」

「そうだ」

「電話の対応を思い出したのですが、彼女は見つかりました？」

「……ああ」

「嘘だ！」

波多野は思わず反応した、という様子だった。その発言を失敗だと気づき、息を止めるような態度を見せるが、すでに吐き出された言葉はなくならない。

「何だよ、波多野」唐渡が首を曲げるようにした。「何が嘘なんだ？」

「いや、その」波多野は自分の唇を触り、落ち着きをなくす。「嘘、というか、そんな話が現実にあるなんて、信じられなくて……」

「近くでパンクをした乗用車が見つかってる。木々の間に隠すように駐車してあったそうだ。お前のものじゃないのか」

「どう申し開きをします？」

　名波が後ろを振り返る。

「……確認していないのでわかりませんが、それは僕の車かもしれません」波多野は鼻の頭を擦り、咳払いをした。「でも、それは偶然です。偶然、その藤波モエコという人物が見つかった場所の近くで、僕の車はパンクした。仕方なく、僕はその場所に車を置いた。隠したのではなく、邪魔にならないところに移動させただけです」

「なるほど」名波が頭を振った。「そういうこともあるかもしれません」

「お前、彼女と交際してたんじゃないのか？」

　唐渡が慎重に訊く。と同時に、車が町に下りた。最後の足掻きとばかりにクネクネとつづく曲がり角が連続したのだが、それが終わると真っ直ぐな下り坂が伸び、すぐそばに町の明かりが窺える。左右を確認したのち、片側二車線道路に出た。

「な、何を証拠に」

「さっきキーケースを出して見せただろ。四つの鍵がぶら下がってた」

「ああ、はい」波多野はポケットから取り出す。「これが何か？」

「車の鍵、自宅の鍵、真ん中のやつは簡易な作りだったから、自転車の盗難防止用の鎖の鍵だろう。バイクなら、その鍵があるはずだ。で、俺の疑問だ。残りの鍵はどこのだ？　形状から判断すると、アパートの鍵のように見えた。会社のロッカーの鍵じゃなかったな」

「これは」波多野は生唾を飲み込んだ。「あれですよ、実家の鍵です。自宅から近いんです。時々、帰るものですから、ここに」

「俺の友人にもいる」唐渡が軽く頷いた。「独身でな、給料を使い切ると実家に飯を食いに帰るんだ。そいつも実家の鍵を持ってる。けどな、こう考えることもできる」

「何ですか？」

「それは自宅とは別に借りてるアパートの鍵なんだ。狭く、古く、家賃の手ごろな部屋。安月給である波多野がどうしてそんな無駄なことをするのか。経験から言うと、そういうことをする男は結婚をしていて、嫁や子供には内緒で秘密の部屋を借りてることが多い」

「結婚してるんですか？」

名波はそう訊ねるが、波多野は無反応だった。

「幼い子供もいる」唐渡が代わりに答えた。「小さい子供っていうのは、いろんなところにシールを貼りたがるんだ。友達の子供が事務所に遊びに来た時なんて、壁にベタベタとキャラクターのシールを貼られて、困ったもんだ。波多野、お前は気づいてなかったのか。キーケースの裏にかわいいシールが貼られてあった。お前の子供、女の子だろ？」

波多野は動かない。鼻息を荒くするだけだ。

「秘密の部屋を借りてる既婚者の男性のほぼ百パーセントが、別に交際してる女がいる」唐渡は息継ぎを感じさせない滑らかさで話をつづける。「しかもその女には自分が結婚してることを話してない」

「ずるいですね」と名波が感想を言った。

「藤波モエコは、波多野に騙されて交際してた」

波多野は息を吸い込み、反論のために口を開けようとするが、その雰囲気を感じ取ったのか、唐渡は「黙ってろ」と先手を打った。「これは俺の推測だ。戯言だと思って聞いてろ」

拳をきつく握る波多野は肩を怒らせ、唇をうねらせるが、声を発することはなかった。

「でも、彼女に恋人の影はなかったんじゃないですか?」名波が疑問を言った。「友人たちの話ではそうでしたよね」

「秘密というのは、できるだけ表に出ないほうがいい。そうだろ。どういう説得をしたのか、波多野は二人の交際を秘密にしよう、と約束させた。彼女は渋々、納得して頷いたんだろう。真面目すぎる彼女は友人やバイト先の人間にもそのことを言わなかった。秘密を守るためにさらなる秘密を作った、ってわけだ」

「まったくのでたらめです」波多野が溜め息をつく。「僕に秘密なんてない」

「何かトラブルがあったのか?」唐渡が訊ねた。「藤波モエコに結婚のことがばれて責められたのか、もしくは、嫁に秘密の部屋のことがばれて不倫を精算しようと別れ話をしていたところで、藤波モエコが思い詰めて包丁を握ったのかもしれない。お前は近くにあった鈍器で彼女を殴ってしまうんだ」

「馬鹿な」

波多野は吐き捨てる。

「馬鹿だと思う行為でも、カッとなるとやってしまうことはある。さっきお前が言ってたことじゃないか。俺もそれを経験してる。その瞬間、お前はいろんなものを捨てたんだ」

波多野は俯くような姿勢になり、強く口をつぐんだ。

「お前は動かなくなった彼女を前に、どうにか処理しなければ、と考えた。そして、喧騒とは無縁の静かな山に運んだんだ。彼女を埋めるために、な」

「そんな恐ろしいこと」波多野の声が沈む。「僕が……」と言って、そこで声が途切れた。

「お前の手はどうして汚れてる?」と唐渡は質問するが、返答はなかった。「壊れたものに触ることを敬遠するお前はパンクの修理をすることはない。それなのにお前の手は爪の中まで黒くなるほど汚れが付着してる。おかしいじゃないか」

「それは不思議です」と名波が頷く。

「名波と同じように、俺に助けを求めようとはしなかった」

「後ろめたいからです」

「パンクをして車を寄せたと言ってたが、お前の身体は体質と異なる反応を見せてるじゃないか。壊れた車を触ったんなら、じんましんが出ているはず。どこにも見えなかったな」

「触ってないからです。車は最初から道を外れていた」

「名波とは反対に、波多野には計画性が透けて見えない。突然のことだったんだろうな。懐中電灯は思いついたんだろうが、身なりはスーツ姿だし、足元も革靴だ」

「あら、駄目です」

名波は楽しんでいるようだった。

「もういいですか」波多野が重苦しく声を上げた。「間の抜けた推理はそのへんでやめてください。いくら戯言だといっても、少々悪ふざけが過ぎます。僕は疲れてるんです。そんないい加減な話に付き合う体力はない」

「いい加減な話」唐渡が噛み締めるように囁いた。「まあ、そうだな。細かな部分は間違ってるかもしれない。俺が今、急いで都合のいいように組み立てたストーリーだ。

詳細は聞いてみないとはっきりしない」

「聞いてみる」名波が首を傾げた。「というと、誰にですか？」

「藤波モエコ」唐渡は明晰に言った。「彼女は生きてる」


「彼女が生きてて驚いたか？」唐渡が質問した。「それともほっとしたのか」

「……関係ありません」

「お前の性質が彼女の命を救ったんだ、波多野」車が赤信号で停車し、唐渡がこちらに顔を向けた。「お前は壊れたものに触れられない。じんましん程度のことだろうが、お前はそれを嫌う。当然だな、不愉快この上ない。彼女が壊れた……いや、死んだと思ったお前は布団で包み、しっかりとロープで縛って、衣装ケースに彼女を押し込んだ。蓋をし、車に積み込む」

「想像もしたくない」と名波が合いの手のような感想を洩らす。

「彼女は気を失っていただけで、命を失ったわけじゃなかった。お前は確認することなく、布団に包んだんだ。なぜなら、壊れたものに対するアレルギー体質だから。彼女は運がよかった。いや、運は悪かったな。お前のような男に騙されたんだ」

車がゆっくりと発進する。深夜の時間帯なので、町に出ても車の往来は少ないようだった。

「……僕じゃない」波多野がささめいた。「僕はやってない。降ろしてください」

「それはできない、波多野」

「僕じゃない、って言ってるじゃないですか」

波多野が声を張る。大量にかく汗の滴が首元から落ちたのが、確認できた。そこで彼がこちらを指差した。

「だったら、この高校生かもしれない。その女性を殺そうとしたのは、きっとこの少年だ」

突然の主張に、僕はどぎまぎとしてしまう。まるで犯行を自供した者のように、「何を言ってるんですか」と慌てた。

「今さらその転嫁には無理がある」唐渡が軽くハンドルを叩く。「こいつは俺が車で通りかかった際、ちゃんと助けを求めた。手も汚れていない。それに藤波モエコを運ぶには車が必要だ。おそらくこの山中を隈なく探しても、高校生の指紋の付着した車は停まってない」

「そ、そうですよ。僕はただの酔っぱらった高校生です」

「締まらない肩書だ」と名波に指摘され、僕は後頭部を掻いた。

「彼女のGPSが復活した理由がわかるか」

唐渡が訊ねる。

返答がなかったので、「どうしてですか？」と名波が訊ねた。

「生への執念だ」

「その情念が念力となって携帯電話をどうにかした、と」

名波は冗談を口にしているようだった。

「馬鹿。彼女は衣装ケースに入れられ、地中に埋められた。そこで目を覚ますんだ。周囲は真っ暗で、頭はガンガンと痛く、動くこともできない。そこで彼女は理解する。自分は閉じ込められている、となっ地中に埋められている、と感づいたかどうかはわからない。けどな、彼女は必死に身体を動かし、少しずつロープを緩めていったんだ。完全に外すことはできなかったようだが、多少動けるようになる。そこで、隣に何かあることに気づく」

「何ですか？」

「アルミホイルに包まれた携帯電話だ。その時点では何なのかわからなかったはずだが、彼女は縋るように、それを少しずつ剥いていったんだろうな」

「どうしてアルミホイルなんかに？」

僕は後方から疑問を飛ばす。

「携帯電話をアルミホイルに包むと電波を遮断することができる。アルミホイルで特殊加工したバッグを使って万引きを働き、センサーをすり抜けた事件があったのを知らないか。犯人は高校生だったな。電源を切っただけじゃ心配だった波多野は、念には念を入れてそうしたんだろう。そして、携帯電話の処理に困った波多野は彼女と一緒に埋めた」

「壊せばよかったんだ」と名波はそう言ったが、すぐに「あ、そっか」と何かに気づく。「彼は壊れた物に触れられないんでしたね」

「難儀な体質だ。しかもその携帯電話はバッテリー内蔵タイプだった。取りはずすこともできない」と唐渡。「彼女は何とかアルミホイルを取り外し、そして電源を入れたそうだ。縛られたままでは通話やメールを使用することは叶わなかったが、GPSで場所を絞り込むことは可能になった。彼女は俺の仲間が発見し、今頃は病院に運ばれて、両親に抱きしめられてるだろう」

「ふざけるな」

波多野がつぶやく。と同時に、ドアに手をかけた。施錠を解除し、開けようとする。

「逃がすな、高校生！」

考えるよりも先に身体が反応した。僕は素早く腕を伸ばし、波多野の肩を掴む。それから思い切り引っ張ると首に腕を回して拘束した。

当然、波多野は暴れて抵抗したが、僕は放さない。頭を殴られようが、彼の頭頂部が鼻に当たって涙が滲もうが、力を緩めはしない。

「もうすぐ駅だ、そのまましっかり掴んでろ」

僕は頷き、振り回される腕を避けた。


小さな駅舎が見えてきた。終電には間に合ったが、駅は無人状態となっており、照明も暗かった。人影がなく、箱を積んだような駅舎は闇に溶け出しているようにも窺えた。


波多野の拘束を、名波と交代する。この頃になると波多野も観念したのか、先ほどまでの騒ぎが嘘のようにじっとして動かない。首に腕を回す必要はなさそうだった。

「ついてない」

波多野がそんなことをボソリと囁いた。

「そうだな。今夜、本当についてないのはお前だ」

「ありがとうございました」僕は外に出ると運転席側に回り、丁寧に頭を下げた。「助かりました」

「助かったのはこっちだ。迷惑をかけたな」

「いえ、いい経験になりました。今から警察に？」

「ああ。いろいろと事情を聞かれるだろうから、まだ眠れそうもない。まあ、仕事と割り切ってやるしかないな」

「それでは、僕はこれで」

「あ、そうだ。ちょっと待て、高校生」唐渡が止める。「迷惑ついでに頼まれてくれないか」

「何ですか?」

「そんなに難しいことじゃない」唐渡は一度車内に視線を向け、再びこちらを見た。「これをな、届けてほしいんだ。これから少しだけ面倒なことになるだろ。時間がなくて、な」

「この封筒を、ですか」僕はA4サイズを二つ折りにした、厚みのある茶封筒を受け取った。「どこに届ければいいんですか」

「詳細は封筒の中の紙に書いてある。頼まれてくれるか?」

「まあ、恩もありますし……」

面倒だな、と言葉の端々にその感情が表出していた。

「そうか、助かった」唐渡はそう言って銀色の名刺入れを取り出した。一枚を抜き、「困ったことがあれば、いつでも訪ねてこい」と笑顔を浮かべる。

僕は賞状を貰うように、両手でそれを受け取った。

(1)

「そんな愉快な出来事があったなんて、僕は聞いてないな」ネコが笑顔を近づけてくる。「カメがお酒をねえ。夏休みとロックの解放感は偉大だね」

「……反省してます」

「で、探偵から預かった封筒ってのが」イヌが僕の手から茶封筒を奪い取った。「これ、ってことか」

「封筒の下部に、『有限会社八代開発』って印刷されているのがわかると思うんだ。僕が探偵から預かった封筒にも、その名前があったんだよね」

「でもさ、世の中に封筒なんていくらでもあるよね」ネコが疑問を口にする。「そこに書かれている住所や電話番号が合致していたとしても、八代開発と印字されてる封筒がそれ一枚しかない、ってわけじゃない」

「うん、そうなんだ。でも」僕は水尾マミを視界の中央に留めた。「中身が問題、って言った彼女の言動が気になった。封筒の中身が同じだったら、この封筒は僕が知ってるものだと断定してもいいと思うんだ」

「問題の中身って何だよ」

イヌが焦れるように質問する。

「実は」僕はもったいつけるわけではなく、封筒の中身を思い出して躊躇する。「大金が入ってたんだ」

「大金って、いくら？」とネコ。

　僕は再びマミを眺める。彼女は頷き、「封筒の中には百万円が」と細い声で報告した。

「そ、そうなんだよ」僕は声を引き攣らせる。「ちゃんと数えたわけじゃないけど、そのくらいはあったと思う。それに、銀行の通帳と印鑑、キャッシュカードも入ってた。通帳には数千万円の貯金がされてあって、カードの裏には暗証番号と思しき四桁の数字がマジックインキで書かれてあったんだ」

「不用心だね。お年寄りとかがさ、忘れるのが面倒で書いちゃうことがある、って聞いたことがあるよ」

「あの封筒って、そういう代物だったのかな。お年寄りの落とし物。通帳の名義人の欄には、増田っていう名前が書かれていたような……。フルネームは忘れたけど、それがお年寄りの名前だったのかもしれない。お年寄りの家から盗まれたものだったりして……」

「その四桁の数字は覚えてるのか、カメ」とイヌが訊ねる。

「ううん、まったく。水尾さんは?」

「私はそんなものが書かれてたこと自体、知らなかった」

「だったら、二つの封筒が同じ、とは言い切れねえだろ。同じようなものが複数、存在してるのかもしれねえ」

「イヌの意見ももっともだね」ネコが頭を縦に揺らす。「でも、百万円と銀行の通帳、カード。そんなものがセットで入ってる封筒はレアだと思うよ。同一の物である確率のほうが高い」

「たぶん僕も同じものだと……」

僕はマミの意見を聞くために視線を向けた。

「わからない。突然、タイキがこの封筒を見せて、運が向いてきた、なんてことを言うの。どこでこれを? って聞いても、拾った、だとか、預かってるだけだ、とかはぐらかすし、不安になった。その時、何だか嫌な予感というか、胸騒ぎみたいなものがして、警察に届けたほうがいい、って言ったんだけど、生返事をするだけで、私の提案を受け入れてくれる様子はなかった。欲しいものがあるなら考えとけ、とか言っちゃって。その数日後、今から一週間前のことだけど、突然いなくなって……」

「で、君は欲しいものを言ったの?」

ネコがどうでもよい箇所で引っかかる。

「言ってません。誰のお金なのかもわからないのに気持ち悪いじゃないですか」

「僕も同じことを感じた。あの大金を手にした時、違和感というか、不気味なものを持ってるような感じがしたんだ」

「自分のものじゃないからね」ネコが答える。「不意に訪れた幸運に歓喜するよりも、罪悪感に似た感情が湧いたりして、困惑のほうが大きかったんだろうね。対価の伴っていない現金というのは、それだけで恐怖の対象になり得るんだ」

「立川タイキって奴にはその恐怖が伝わらなかったんじゃねえのか」とイヌ。「だから暢気に自分の恋人に封筒の中身を見せたんだ」

「そうかもしれない」頷いて納得した。「僕もこういう話にならないと、封筒のことは誰にも話さなかったと思う」

「君の恋人は、その封筒をどこで手に入れたのかな」

ネコがマミに問いかける。

「わかりません。何度、質問しても詳しいことは話してくれませんでした」

「そっか。カメは探偵から封筒を預かったわけだよね。封筒はその探偵の所有物なのかな」

僕は首を左右に振る。

「詳しいことは何も聞かなかったんだ。あのあと警察に行く、っていうことだったし、時間がないようだったから。僕は依頼を請け負っただけで……」

「だったら」今まで黙っていたヨウコが口を開いた。「カメ君はその封筒をどこに持って行ったの」

「それがさ、これがまたおかしな指令というか、不思議な依頼で」僕は苦笑を浮かべる。「探偵の言ったとおり、頼まれ事の詳細は確かに封筒の中の紙に書かれてあった。コピー用紙に印刷された文字で、坂出駅のコインロッカーにこの封筒を入れるように、って。一緒にロッカーの鍵も入ってたんだ」

「なるほど」ネコが軽く頷いた。「それは奇妙な指示だね。封筒をコインロッカーに入れるのが目的なら、それを入れたあと鍵はどうするんだろうね。施錠をせずに置いたまま、というのは心細い気がする。そのことに対する指示はなかった？」

「どこにもなかった。僕もそこが気がかりだったんだ。でも、引き受けた以上はやらなければいけない。次の日、僕は電車に乗って坂出駅まで向かった。最寄りの丸亀駅からは二つ先の駅だから、そう時間もかからないしね」

「それで？」

「坂出駅のコインロッカーを見つけるのは、けっこう苦労したんだ。どこを探しても構内にはなくて、駅員に質問すると、一度、外に出なければいけない、って言うんだ。だからさ……」

「そんな苦労話はどうでもいい」イヌにたしなめられた。「省略しろ」

「鍵の番号を確認しながら目的のロッカーを見つけると、扉を開けた」僕は説明をつづける。「封筒を入れようとした時、中にさらに封筒が入ってることに気づいたんだ。八代開発って書かれた同じ封筒で、お礼の言葉やハジメ君が疑問を抱いたような答えが入ってるんじゃないか、と思ったんだけど……」

「だけど?」

「次の指令が書かれてあった。封筒を別の場所に持っていくように、ってさ。コインロッカーの鍵をどうするか、っていう疑問は解決したよ。だって封筒はそこに置いておくわけじゃなかったんだから」

「その指令ってやつは何だ?」

イヌの目に感興の色が滲んだ。

「封筒の中身を……現金と通帳などだね。それらをロッカーに置かれている封筒に移し替えて、メモに書いてある人物に届けろ、っていうものだった。新たな封筒には封のされた白い小さな封筒が入っていて、宛名には次に届ける人物の名前が。だから、その中身を確認することはできなかった。でも、透かして見ると手紙のようなものが入っていて、あと、ゴツゴツとした手触りのものがあったよ。たぶん、鍵じゃないかと思うんだ」

「何でそんな面倒なことをするんだ」厄介事を心底嫌うイヌが表情を歪める。「コインロッカーに封筒を持って行く理由がねえだろ。封筒に入ってた紙に指示を書いた人間とロッカーの中に指令を置いた人間が同じなら、わざわざそんなことをしなくてもいいはずだ」

「そうだね、その点においても不可思議な依頼だ。カメ」ネコがこちらを見る。「君はもちろん指示どおりに動いたんだろ」

「うん、そこに放置しておくのはやっぱり心配だったから」

「誰に渡したの？」

「須崎アキラっていう人だよ。五十代半ばくらいかな、直接会って手渡した」

「聞き覚えはねえか」イヌがマミに質問をする。「お前の彼氏の口から出たことは？」

「いいえ、そういう名前は聞いたことがありません」

「でもさ、気味悪がってただろうね、その須崎って人。出し抜けに知らない人間が現れて、大金入りの封筒を渡すんだ。僕だったら突き返したくなるけど、どうだった？」

「確かに、そういうやり取りがあったよ」僕はげんなりとする。「自分にはこういうものを受け取るいわれはない、ってはっきりと言われた。でも、僕だって返却されても困る。指示の紙を見せて、強引に押しつけた。探偵なら何か知っていることもあったんだろうけど、僕はほとんど無関係な人間だから、そういう方法しか思いつかなかった。とにかく封筒の中に入っている白い封筒を開けてみてください、と伝えたんだ」

「それでカメは帰った？」

「こちらの素性を明かすことなく、逃げるように立ち去った」

「じゃあ、それからその封筒がどうなったのか、カメは知らねえわけだな」

イヌが確認した。

「まったく」僕は首を横に振る。「というか、もう忘れかけてた。今日、これを見てハッとしたくらいだから」

「マミの恋人は」ヨウコが顔を突き出すようにした。「その封筒を受け取ったんでしょうか」

「かもしれないね。白い封筒に鍵が入っていたのだとすれば、それはコインロッカーを開けるためのものかもしれない。カメがやった指令と同じことを、その須崎という人物もやった可能性がある。マミちゃんの恋人は誰かからその封筒を受け取り、何かに巻き込まれた。で、現金や通帳とともに消えた。そう考えることもできる」

マミが力なく俯く。唐突に重たい不安が身体に負荷をかけたのか、必死で足を踏ん張っているようにも窺えた。小刻みに震える肩が、僕の中から落ち着きをなくす。

「大丈夫だよ」どう声をかけてよいのかわからなかった。「そんなに心配しなくても、すぐに帰ってくるって」

その言葉に対する反応が、ヨウコからあった。肘で脇腹を突かれる。「安易、いい加減」と素早く告げられた。

「泣くんじゃねえよ」

イヌが煩わしそうに首を回す。

「そうだね、イヌは女の涙に弱いんだ。見ていられなくなる」

「鬱陶しいだけだっつうの」

「あのさ」僕は結論を言うために声を発した。「彼女からの依頼、受けない？」

「カメが乗り気なんて珍しいね。こういうことには首を突っ込まないタイプだったけど」

「いつもならそうなんだけど、多少なりとも僕も関わっているようだし、それにさ、ずっとどこかでは気になっていたんだ。あれのせいで水尾さんの恋人がいなくなったんだとしたら、僕にも何か影響があるかもしれない。そんなことは考え過ぎで、何もないのだとしても、そのことを知っておきたい。どうかな、駄目かな」

「暇」ネコが片眉を上げる。「それと興味が重なれば、やめる、という決断はなくなる」

「面白そうだ」イヌが口角を上げる。「俺はそれだけで動く」

ありがとうございます、とヨウコがマミの肩に手を置き、代わりに謝辞を伝えた。

「僕たちが行動する上で、三つの選択肢がある」

学校を出たところで、ネコが三本の指を立てた。

「早速、動くの？」

僕は驚きとともに振り返った。丸亀城の内堀沿いを歩いているのだけれど、その声の大きさと勢いに白鳥や鴨が飛び立たないかと視線をやったが、彼らは気にする様子もなく、心地よさそうに水面を滑っていた。当然だが、石垣の上にそびえる城にも異変はない。

「行動をはじめるのに早いということはない」ネコが語る。「あれ、遅い、だったかな。まあ、どちらでもいいんだけどさ、今回の場合、時期を見定める必要はないと思うよ」

「都合でも悪いのか」とイヌ。

「ううん、ここのところ僕のスケジュールは真っ白だよ」

「だったら問題ないね」ネコが微笑む。「僕たちの選択肢は三つのままだ」

「その選択肢ってやつをさっさと言え」

「水尾マミちゃんの恋人を探すためには、やっぱり封筒がキーポイントになる。まったく別の理由で恋人は消え、封筒の中身もその理由とは別の原因でなくなったのかもしれない。でも、同時に消えた、ってことは、結びつけたくなるよね。失踪の要因になるようなトラブルはなかったようだし」

「だな。俺たちの興味も、そこにある」

「そこで三つの選択肢だよ。カメに封筒を渡した探偵に話を聞く。カメが封筒を手渡した中年男性に話を聞きに行く。封筒に書かれた八代開発を訪ねる。これが最善の行動じゃないかな。さあ、どうしようか」

封筒の動きを遡るか、進めるかということか。進めたほうが恋人の行方を追うのに近道のような気もするが、封筒の正体を掴んだほうが一気に解決に導けるかもしれない。八代開発という会社は気になるけれど、たまたま封筒を使われただけ、という可能性もあった。

僕たちはどこから手をつけるべきなのだろう。

「ここからだと、どこが近いんだ」

イヌが訊ねる。

「もしかして、距離の長短で決めようってこと？」

僕は再び振り返る。

「それも選択をするのに重要な要件だね」ネコが提案を受け入れる。「カメ、どう？」

僕は渋々ながら、先ほど預かった封筒と財布から探偵の名刺を取り出した。そこに書かれている住所を確認する。

「二つはそれほど変わらない距離かな。八代開発と探偵事務所の所在地は高松市内のるなら、須崎さんの家は途中の香西駅で降りて、少しだけ歩く。電車で移動する。須崎さんのところが一番近い。次に、八代開発かな」

「だったら、八代開発だ。ついでに、探偵事務所に寄ることもできる。手間が省けていい」

「うん、そうしようか」とネコも賛成する。

「そんなに簡単に決めていいの？」

「簡単な選択にこそ神が宿る。あれこれと考えて行動に移せなくなることを懸念して言った言葉だよ。その場に停滞しつづけても光は射さない。淀み、穢れ、臆病な心が増大する。行動をするのに早いということはない、にも繋がるかな。とりあえず、一歩を踏み出すんだ。そうすれば視界は広がる」

「そのとおりだと思うけど」僕は観念するように言った。「それって誰の言葉？」

「今、考えた」

「カメ、何度も言うが、こいつの言葉に騙されるな。ネコの言葉には悪魔が宿る」

「人を納得させる言葉は、確かに悪魔のようだよね」

「ひどいな」

ネコは純朴な少年のような笑みを広げた。

電車内は混雑していた。中高生が車両を占拠するように、学生服姿の者が多い。年齢や学校は様々だが、スーツ姿の社会人や買い物袋を提げた中年女性は隅に追いやられ、萎縮しているようにも窺えた。

そこここから会話が溢れ、笑い声が弾ける。僕たちは運よく向かい合わせの座席に座ることができた。その運の半分はイヌとネコの悪評が引き寄せたものであるようで、噂を信じる者は近づこうともしない。

それでも、相変わらず二人の容貌は女性の視線を集めるようで、時々二人のことを批評する女性の声が耳に届いた。

「十五分くらいだったよな」

イヌが長い足を組む。

「一度、乗り換えが必要だけど、そのくらいだね」

隣でネコが頷いた。直後、彼の顔がハッとする。

「あれって、いつもの彼じゃないかな」

ネコの指先を追うと、乗降口の前に立つ身長の低い男に行き当たった。横顔に幼さの残る、中学生のようだ。ギリギリまで髪の毛を刈ったのか、青々とした頭皮をしていた。

「ああ、野球馬鹿か」とイヌ。

「あの中学生が、何?」

「朝の通学時にいつも見かける中学生でさ、いつだったかイヌが勘違いしちゃったんだよね」

「勘違い?」

「彼が四人の同級生らしき人物に囲まれて、四方から突かれてたんだ。当然、彼はフラフラとバランスを崩して、でも、何も言わずじっと耐えているようだった」

いじめだろうか、と僕は肩を落とす。その四人が何のために彼のバランスを崩そうとしていたのか判然としないが、自分の力で直立できないというのは至極不便で、煩わしいものに違いなかった。

「あ、その顔」ネコがこちらを指差す。「今、カメも勘違いしてるね。最初に言っておくけど、いじめじゃないよ」

「じゃあ、何だったの?」

「朝からそういう光景を見るのは鬱陶しかったのか、勘違いしたイヌが声をかけたんだ。下品な言葉と、高圧的な態度で」ネコが隣を見て、一瞬だけ微笑んだ。「すると、いじめられていると思われた本人から、意外な反応が返ってきたんだ」

「邪魔をしないでください、だ」

イヌが不愉快そうに鼻先を動かす。

「僕も驚いたよ。いじめられることを自ら望み、傷つけられることに快感を覚える性質なのかと思った。彼の言葉にはそれほどの迫力があった」

「あいつは、トレーニングをしてるんだ」イヌが回答を口にする。「野球に燃える馬鹿でな、無理をして、腕を怪我した。練習できない時間が無駄に思えて、爪先立ち、友達に頼んで押してもらってんだ。自分で編み出した、足腰を鍛える訓練だそうだ」

「効果のほどは定かじゃないけど、ね」ネコがクスリと笑った。「それからイヌは、遅刻しなかった朝は毎回、彼を突いてるんだよね。朝の挨拶と激励を込めて、力強く」

「あいつは一度も踏ん張れず、いつも側壁に手を着く」

「で、イヌの悪評がまた一つ増えた。毎朝、中学生をなぶる非道な人間。それからさ、中学生の反応がまた面白いんだ」

話を聞きながら中学生の彼を眺めると、なるほど、爪先立ちをしながら車窓の外を流れる風景を眺めていた。大好きな野球ができずにやきもきとしているに違いない。

電車の速度が緩む。イヌとネコが立ち上がり、僕もつづいた。乗り換えだ。

乗降口に近づいた頃、イヌが躊躇なく腕を伸ばした。後ろから突かれる格好になった中学生は突然のことに慌て、ポールに肩をぶつける。振り返った。

「まだまだだな」

イヌが偉そうに捨て台詞を残し、下車する。

「ありがとうございました！」

中学生は深々と頭を下げ、イヌの後ろ姿を見送った。

「早く腕を治してね」

ネコは中学生の背中を叩き、軽く言葉をかける。

僕は笑顔だけを向けた。

「ね、面白い。傷つけられたのに、大声でお礼だよ。僕は大好きだな」ネコもプラットホームに足を踏み出した。「イヌも楽しんでいるようでさ、彼の腕の怪我が気になったようで、冷却スプレーや湿布なんかを買い込んで、無言で渡してた。いいところもあるんだ」

「うるせえぞ、黙ってろ」

イヌにもいいところはある。そんなことはとっくに知っていた。それを言うなら、ネコにもいいところはある。悪評の中には妬みや僻《ひが》みが含まれていることが多い。面白おかしく、大仰に伝わることもある。彼らと付き合えば、風評というものがどれほど曖昧なものなのかを理解することができるだろう。

高松駅に到着する頃には、周囲に夜の匂いが立ち込め、まどろむような薄暗い雰囲気に包まれていた。街灯が点灯し、気のせいか帰路につく者たちの足取りが速くなっているようにも感じられた。

どっちだ、とイヌに訊ねられたので、僕は海の方向を示した。高層シンボルタワーやホテル、ホールのさらに向こうだ。潮の香りはしないが、手前の建物を除けば遠くに目を移しても高い建物はなく、海の存在を感じることができた。

五分ほど歩くと、数軒の飲食店が見えてくる。旧街道の二車線道路沿いに、礼儀正しく並んでいた。中華、鉄板焼きの香りが混ざって漂い、後ろ髪を引かれる思いで通り過ぎると古書店があり、その隣に五階建ての小さなビルが空に向かって伸びている。

数段の階段を上ると、エントランスのガラス扉を開けた。黒ずんだ汚れが点々と床に広がり、目の前に延びる階段は急で、照明がないために心細い気持ちになる。静まり返った建物内には空気の動きさえもないように感じられた。

ネコが奥へと足を進める。ついて行くと、三段に分かれた郵便受けが壁に設置されている。テナントはほとんど埋まっていないらしく、表札を出しているところは少ないようだ。チラシが溢れ、それを管理する者もいないのか、雑草に覆われた土地を眺めているような心地になった。

「あったよ」ネコが一つの郵便受けをポンと叩く。税理士事務所の隣に、八代開発の名前があった。「二階だな」

足元を気遣いながら、階段を上る。二階フロアは想像していたよりも広く、けれど思っていたとおりに不衛生で、思わず豪快なくしゃみを響かせた。ワンワンとその音が広がるが、ほかの音は耳に届かない。

僕たちは木製のドアの前に立った。扉の上部には擦りガラスがはめられている。『八代開発』と紙に書かれたプレートが、無造作にガムテープで貼られており、今にも剥がれ落ちそうだった。

「誰もいねえみたいだな」イヌが擦りガラスに顔を寄せる。「何の気配もねえし、明かりも漏れてない。ドアを叩く気もしねえよ」

「そうだね」ネコが腕時計を見る。「この時間に終業か。経費削減のために残業はしない、っていう業務形態なのかな」

「不況だね」と僕はしたり顔で頷いた。

ネコが確認のためにドアノブを捻り、数回引いたが、扉が少し揺れただけで開くことはなかった。

「ここは今度にしようぜ」イヌが早々に諦める。「誰もいないなら、仕方ねえよ。行き詰まれば、また訪ねればいい」

「賛成」ネコが背中を向けて歩き出す。「次は探偵事務所だ。カメ、案内を頼むよ」

「うん、わかった」

僕は二人の前を先導して歩く。添乗員にでもなったような気分だった。

来た道を引き返し、駅舎を越えた。片道三車線という幅広の幹線道路沿いには背の高いオフィスビルが建ち並び、僕たちは町の中心部に向かって歩いていた。スピードを出した自転車が迫ってきたとしても避ける必要はなく、三人が並んで歩けるほど歩道は広い。

ほどなくして右折し、通りを逸れた。車の往来がなくなり、いろいろな音が急に遠くに行ったように思える。同時に色も少なくなって、頭上から足元から、夜が忍び寄ってきている。背中を向けたオフィスビルは冷たくも感じられた。

「このあたりのはずなんだけど」

僕は名刺に書かれた住所を凝視し、それから周囲の風景を眺める。ポツンと建つマンションも見えるが、ほとんどが企業の名前を掲げる建物ばかりで、その中から目的の場所を探すのは苦労しそうだった。

おっ、とイヌが声を出す。「見つけたの?」と訊ねるが、彼の視線の先にはラーメン屋の屋台が見えた。この周辺では珍しく、驚く気持ちもわかるが、不満を言いたくなる。

あっ、と今度はネコの声が聞こえた。やはり僕は「見つけたの?」と期待をして振り向く。

「あそこ」

ネコの視線の先には電信柱がある。そこに多くの花が手向けられていた。ビニール袋に入った果物やペットボトルのジュースも一緒に供えられている。おそらく事故か何かが起こり、犠牲者が出たのではないだろうか。まだ花が新しいということは最近の出来事か……。

「二人ともさ」僕は落胆を言葉に乗せた。「見つけるべきものはそれじゃないよ」

「それと、僕たちが目指す場所はあれじゃないかな」

ネコが数メートル先にある雑居ビルの最上階を指差す。月極駐車場のすぐ前だ。煉瓦風のタイルに覆われた外観は安っぽく見えた。一階には英会話教室が、二階には保育園が入居し、三階の窓に『唐渡探偵事務所』という文字が読める。

「ビルの名前も同じだし、間違いないよ」

「こっちは電気が点いてるようだな」イヌが確認する。「無駄足にならなかった」

エントランスを潜ると、階段を使って上階を目指す。途中、母親に手を引かれた三歳くらいの男の子とすれ違った。学生服姿の訪問者が珍しいのか、母親のほうに不審な視線を向けられた。

ワンフロアに一つのドアしかない。アルミ製の扉の横に、唐渡というプレートが貼られていた。御用の方はインターホンを押してください、というメッセージに従い、指を伸ばす。

不正解をした際のような音が鳴り響いた。数秒後、施錠が解かれる。

部屋の中から、ヌッと顔が出てきた。その顔は間違いなく、唐渡ヒロマサだった。「金はない、って言っただろ」と口にした彼はこちらを見て、「嘘だ、金はある」と慌てて言い直した。

「羨ましいかぎりです」

ネコが笑顔を振り撒く。

「あれ」唐渡がこちらに気づいたようだ。「お前はいつかの高校生」

「あの夜はお世話になりました」

「どうしたんだ」唐渡の声にはまだ驚きが含まれている。「後ろにいる二人は友達か?」

「先輩です」

「まあいいや、とにかく入れ」

扉の向こうは意外と広く、事務机にソファセット、奥には資料や書類が入っているらしき棚が二つ並んでいた。助けを求める人々が集まる場所ということで、気持ちの緩和を狙ってのことなのか、窓際には小さな水槽があり、カラフルな色の熱帯魚が泳いでいる。唐渡以外ほかに人はおらず、彼はソファに腰かけた。

僕たちもそこに誘導され、座るようにと言われる。

「困ったことでもあったのか？」

探偵は一度立ち、小型冷蔵庫から取り出した缶コーヒーをテーブルに並べた。その間に、僕たちは簡単な自己紹介を済ませた。

「忙しいところをすみません」

僕が儀礼的に言うと、嫌味か、と唐渡は片眉を上げる。

「多忙な日々は様々なものをおざなりにし、見過ごす危険性がある」ネコがいつもの笑顔を浮かべた。「閑暇な時間は思考を深め、斬新で劇的なアイディアを生み出す可能性があります。いいことですよ、唐渡探偵」

「俺の場合、安閑って状態でもない。頭の中はいつも焦ってる。身体はのんびりと、頭はこの事務所の経営状況や嫁の体調、携わる小さな仕事の進展具合など気を配ることが多い。思考の隙間がなければ良案も出てこないってわけだ。もっと大きな収入が見込める仕事はないか、と高校生に訊ねたくなる自分が情けない」

「あの夜、見事に事件を解決したじゃないですか」僕は声に少しの熱を込めた。「探偵としての株は上がったと思います。有名になったんじゃないんですか」

「あれから、どこかで俺の名前を耳にしたか？」

「……いえ」

「それが答えだ。確かにあの夜、二つの犯罪を解決したのは、俺だ。けどな、知ってるように爆破騒ぎは事件にもなってない。女子大生生き埋め事件にしても、手柄は警察のものだ。マスコミへの発表で、探偵の存在を警察が口にするはずがない。警察ってところは威信と威厳を重要視する組織だからな。現実の世界じゃ、名探偵なんてものは生まれない」

「損な役回りですね」

ネコが缶コーヒーに口をつけた。

「地味で、報われない」唐渡はそこで自分の愚痴の多さに気づいたようで、「そんな話じゃないよな」と場面転換でもするように声質を変えた。

「あんたがカメに渡した封筒のことだよ」

イヌは大股を開き、大柄な態度で質問する。

「ああ、あれか」唐渡が大きく頭を上下に動かした。「気になってはいたんだ。実を言うと、そのことについて話を聞くために、君がここを訪ねてくる予感がしてた」

「素晴らしい」ネコが感心する。「暗示的な感覚は鍛練のしようがない。探偵に向いているようです」

「あとはその能力を発揮できる仕事だな」唐渡は微苦笑を滲ませた。「いい案があれば教えてくれ」

「そうですね、暇な時にでも考えてみます」

「あの封筒はいったい何なんだ？」

イヌが話を本筋に戻した。

「……さあ」唐渡が首を傾げる。「そのことについては、俺にもわからない」

「なるほど。だから大金の入った封筒を出会ったばかりのカメに託せたわけですね」

「どうでもよかった、と言えば無責任になるが、あれは自分のものでも、知っている誰かのものでもなかった」

「でも、誰かからあの封筒を受け取ったわけですよね」

「ああ。最初は仕事の依頼かとも思ったが、話を聞くとどうもそうじゃないらしかった。茶封筒の中には俺の名前の書かれた小さな封筒が入っていて、指示らしき文章が書かれていたな」

「それは僕が見たあのメモのことですか」

僕は話に割って入った。

「そうだ。コインロッカーへ持っていけ、ってやつだ。やってくれたのか」

「はい、もちろん」

「それは助かった。改めて礼を言う」

「誰から、その封筒を？」

「わからない」

「……わからない」ネコが大袈裟なほど首を捻った。「唐渡探偵事務所では身元のはっきりとしない人物の依頼を受けつけるのですか」

「だから、あれは仕事じゃなかったんだ。ただの頼まれ事」

「だったら、拒否することもできただろ」イヌは誰に対しても態度を変えない。性別、年齢、身分など、彼にとってそんな区別は態度を変える要因とはならない。「それが仕事じゃねえなら、ただ働きってことだ。何者かさえわからねえ人物の依頼を、あんたは何で引き受けたんだ」

唐渡は周囲を確認するように首を振る。それから上半身を前に倒すと、顔を近づけるようにと手招きをした。僕たちはその仕草に吸い寄せられるようにテーブル上に顔を集める。

「美人」

「何ですか?」と僕。

「その依頼者っていうのが、美人だったんだ」小さな声だった。「嫁にバレるとまずい」

「下らねえ」とイヌが背もたれに背中をつけた。

「とても男らしい理由で、納得です」

ネコは愉快そうに表情を崩した。

「美人ってだけで引き受けたのかよ」イヌは呆れを隠そうともしない。「名前も、年齢も、住所も、何も知らねえで？」

「何度も質問をしたが、彼女の口は堅かった。自分の名前の書かれた封筒もあったし、まったくの無関係でもなさそうだ。受け取るしかないだろ」

「だったら」ネコが何かに感づく。「その女性も誰かにその封筒を渡されたのかもしれない。彼女からの発信なら、わざわざ唐渡探偵の名前を書いた封筒を同封しなくてもいいし、身元を明かして、仕事として依頼をすればいいことだ」

「お前、猫沢とかいったか。探偵になれ」

「考えておきます」

社交辞令を絵に描いたような笑顔だった。

僕はそれから探偵事務所を訪ねた理由を簡潔に話した。唐渡は時々口を挟み、話が脱線しかかるところをさらにネコが広げ、イヌが面倒臭そうに軌道修正した。

「なるほど。級友の恋人を探すために、ここへな」唐渡が腕を組む。「助けてやりたい気もするが、立川タイキなんて名前は聞いたことがない。それに、君が封筒を渡したっていう須崎アキラという男も知らない」

「封筒を渡す相手は顔見知りじゃない。年齢も性別もバラバラ」ネコが考えをまとめようとするかのようにつぶやくが、冴えない表情だった。「共通点を探せば、どこかに繋がりがあるのかな。この連鎖を意図的に作っている人物はそのことを知っている？」

「あの、八代開発っていう会社に心当たりはありませんか？」

僕は訊ねた。

「それはあれだな。封筒に印刷されていた会社だ」

「はい」

「残念だが、そういう会社と取引はない。顧客の中にも関係者はいなかったように記憶してる」

「まとめると」イヌが溜め息をつく。「何もわからねえってことだな」

「その言葉は、探偵事務所の中じゃ禁句だ」

唐渡は小さく光るように微笑む。

「その自信は期待できますね」とネコが目を輝かせた。

「俺は美人をただで帰す男じゃない」

「憧れるような言葉じゃねえな」イヌが鼻で笑う。「褒められた性質じゃねえ」

「まあ、聞け」唐渡は目の前の空気を抑えるような仕草を見せ、なだめた。「彼女はこのあたりで働いている。見た目の印象だと、二十三歳ってところか」

「どうしてそう断定できるんですか」ネコが問う。

「尾行だろ」イヌが推測を口にした。「涎を垂らしながら、美人のケツを追いかけたんだ」

「それは邪道だ」唐渡の顔に不快さはない。「探偵に必要なものは観察力。彼女がここを訪ねたのは平日の午後十二時三十分頃。肌寒い午後だったが、彼女は薄いカーディガン姿だった。手にはバッグのほかにコンビニの袋を提げていた。中身は、おにぎりとペットボトルの烏龍茶」

「なるほど」とネコは頷いたが、僕はどういうことなのか理解ができない。

「彼女は昼休みを利用してここに来た。それは時間的に見てもそうだし、コンビニの袋を見てもわかる。無職、もしくは休日なら、わざわざ昼の時間を狙って訪問することはないよな。昼時を避けるのが常識だ」

「しかし、車で移動しているという可能性もあります。厚手のアウターは車に置いてきたんです」

「彼女が帰ったあと、そこの――」唐渡が後方を指差した。「窓から下を覗いた。彼女は徒歩で帰っていったよ」

「でも、その窓から見える範囲はかぎられています」僕は疑問をぶつけようと口を開いた。「離れた場所に駐車していたのかもしれません」

「覚えてないの、カメ」ネコが回答を持っているようだった。「この建物の前には月極駐車場がある。車を使ってここを訪ねるなら、まず間違いなくそこを利用するはずだよ」

「そのとおり。事務所専用のスペースもある。警戒していたのかもしれないが、直接会いに来たんだ。そこまで気を遣うとは思えない。しかも、彼女の職種は内勤という可能性が高い。時間に自由の利く外回りなら、昼時を狙う必要はないだろ。それに、おにぎりを寒空の下で頬張るとは思えない。快適な会社に帰って食べる、という推理は間違ってないと思うぞ」

「納得しました。話を聞いてみたいよね」

僕は独り言のようにつぶやいた。

「だったら、探してやろうか」

「いいんですか！」

「それが、俺の仕事だ」

「金はねえぞ」イヌが偉そうに欠点を発表する。「報酬を搾り取るのが目的なら、無駄だ」

「高校生から貰おうとは思っちゃいない。カメ君には借りもあるし、な。それに、個人的に気になっていた事項でもあるんだ。困難な仕事でもないし、数日もあれば把握できる」

「だったら、お願いします」

僕は頭を下げ、それから連絡先として携帯電話の番号を伝えた。

探偵事務所を出ると、すっかり夜だった。澄み切った夜空には小さな星が撒き散らされ、ゆっくりと一日が終わっていくことを報せてくれる。建物の外に出た瞬間、室内との気温差に、ブルッと震えた。

「体温を一定に保ったわけだね」とネコが口角を上げる。

「何?」

「今、震えたよね。寒さの厳しい日に身体が小刻みに震えるのは、熱を作り出して体温を保つためらしいよ。この筋肉の運動で、無意識のうちに一時間に約三百キロカロリーも消費してるんだって」

「それって、僕の体型の変化に対する警告?」ここのところ急激に体重を増やした。心当たりはたくさんあるし、そのことも自覚している。何よりも体重計が明確にその変化を教えてくれていた。「ダイエットに効果があるのかな」

「走れ、カメ」

ネコが視線の先を指差す。

苦笑を浮かべた。「須崎アキラさんはどうする?」と談話の題材を変更するように、僕は二人に訊ねた。

「イヌの姿を見て」ネコが視線を移動する。「肩をすくめながらポケットに手を突っ込み、数秒前に欠伸。よほどのことがないかぎり、イヌの背中は真っ直ぐに伸びない」

「腹減ったな」前を歩くイヌが腹部を触り、限界を訴える。「何か食って帰ろうぜ」

「ほら、今日はもう無理」

「仕方ないね」

僕はこめかみの周辺を掻き、イヌに追いついた。

（2）

女の子に落胆されるのは男として嘆かわしいことであるけれど、真実を曲げて伝えることはできない。期待をさせる言葉を添えるのも悪い気がして、「まったく何もわからなかった」と首を振ってヨウコに報告した。

責めてるわけじゃないんだけど、と彼女は言ったが、圧力をかけるような視線は痛いほどだった。ヨウコも水尾マミのことを気遣い、そして何度も質問されたに違いない。

弱々しい表情で、何かわかったかな、と。

「今日はカメ君が封筒を渡した男性に会いにいくんだよね」

「そのつもりだけど……」

「私も一緒に行っていいかな」

「僕に伺いを立てるまでもなく当然、いいんじゃない。先輩たちが拒絶する理由もないだろうし。これはもともと高部さんが持ってきた話なんだから」

「そう、だよね。じゃあ、放課後だね」

「正門の前で待ち合わせだから」

ということで、僕は正門の前で待っていた。明確な時間は申し合わせていなかったが、僕がここに佇みはじめて十五分が経過している。同校の学生であるのでスケジュールは当然、同じ。それなのに僕は待っている。そんなことを考えると、不満が増した。

校舎から出てくるイヌの姿が視界に入った。その後ろに従うように、ネコとヨウコが歩いている。「行こうか」とネコが至極自然に声をかけてきて、待たせたことに対する謝罪はなかった。胸に溜った不服は自己処理するしかないだろう。

電車に乗って高松方面を目指す。目的の香西駅は終点の高松駅の一つ前に位置し、十分少々で到着できるはずだ。

今日も車内は混雑している。下車する時、窮屈な場所から解放されるような感覚がした。スポンと抜け出る感じ。大きく伸びをして、空気を胸いっぱいに取り込んだ。

「なあ、駅からどのくらいだ？」

イヌが遠くに目をやる。

「それほど歩かないよ。あそこの」駅のホームから小さく見える住宅街を指差した。「家が固まって建ってる場所だから。五分くらいかな」

駅前には大きなマンションがあるだけで、商店街どころか一軒の店舗もない。右手側に田が広がる一角があり、奥へとつづく細い一本道を進むと住宅街が近づいてきた。詳細に数えたわけではないが、二十軒ほどが寄り添うようにして陣取っていた。どれもまだ新しく、新参者という自覚があるのか、周囲に遠慮しているようにも窺えた。

御伽噺にでも出てくるような輸入住宅が、須崎家だった。二階のバルコニーが広く、屋根には風見鶏が見える。円柱型の塔には丸窓があった。

「個性的な外観だ」

ネコが感想を洩らす。

「周りは落ち着いた和風の家が多いのに、ここの住人は統一感ってやつを考えねえんだな」

「タダシ君」僕は彼の口を押さえる勢いで、急いで発言した。「それを本人の前で言っちゃ駄目だよ」

「そのくらいのことはわきまえてる」

けれど、心配だった。

「そうだね」ネコが少しだけ思考する。「イヌには外で待っててもらおう」

「おい、ここまで来て何だよ」イヌは不満によって声が大きくなる。「納得がいかねえぞ」

「四人、っていう人数は相手に圧迫感を与えかねない。訪問するには不向きだ」

「三人ならいいのかよ」

「余計な圧迫感は不必要だけど、ある程度の威勢は必要だと思うんだ。二人ではそれが少ない。ベストは三人だね」

「だったら、俺が省かれる必要はねえよな」

「男ばかりが訪ねるよりも、女性が混じっていたほうが相手も気を許す」

「新聞部の参加は了解した。それに、話を進める役のネコも当然、参加する。残るのは俺とカメだ。カメは前もここに来てんだろ。怪しまれるんじゃねえのか」

「どのみち、封筒のことを聞くんだから問題ないと思うけど……」

「相手の発言に引っかかるものがあった場合、カメは黙っていられるけど、イヌは黙っていられない。余計なひと言を加えて、相手に叩きつける可能性がある。この差異は大きいよ」

「犬はよく吠えますものね」とヨウコが冗談めかして言うと、イヌが睨んだ。すみません、と彼女は素早く謝った。

「わかったよ」イヌが両手を胸のあたりまで挙げ、降参を表現する。「待ってればいいんだろ。けどな、今回だけだぞ」

「不測の事態が起これば、飛び込んできてくれればいいよ」

「静かな住宅街で、そんな物騒なことが起こるとは思えねえ」

イヌは拗ねるように背中を向けた。


黒いセダンタイプの乗用車が停まる駐車場から中に入り、玄関ドアの前に立った。ネコが腕を伸ばし、インターホンを押す。

緊張していた。僕に任せておけばいいから、とネコは言い、打ち合わせもなく僕は笑顔を作っている。隣のヨウコは前髪を直し、第一印象をよくしようと努めていた。

インターホンから女性の声が聞こえ、ネコがスピーカーに顔を近づけた。学校名は県西に実際にある別の高校を、名前はまったくのでたらめを、淀みなくネコは伝えた。しばらくの間が空き、僕は検閲や審査を受けているような気分になる。

飴色に人工的に加工したと思われる木製ドアが開き、中年女性が現れた。体型にたるみが目立つ、四十代後半の彼女は「何かしら？」と首を傾げる。

「突然、すみません」ネコが恭しく頭を下げた。「ご主人はご在宅でしょうか」

ネコが扉を持ち、一歩前に出た。これですぐに扉は閉められない。広い三和土とバラの刺繍がされたマットが目立つ。

「主人はまだ帰ってきていないけど、どういったご用件かしら」

「以前、須崎さんには職業体験でお世話になりまして」

そういう嘘を平気な顔で言えるネコが恐ろしくも思えた。

「あら、そう」女性の表情が緩んだ。「あの人、そういうことを何も言わないから。そういえば、後ろのあなた、以前も訪ねてきたわよね」

僕は肩を跳ね上げて驚く。顔を伏せていたのだけれど、気づかれてしまったようだ。

ネコが振り向いた。ベストな対応をしろ。目がそう言っていた。

「その時も、職業体験のことで」僕の口調はしどろもどろで、焦りが前面に表出している。「僕はまだ一年でして、あの、先にお世話になったので、ご挨拶を……」

「そうだったの。あの人ったら、あなたが訪ねてきた時だって、何も言ってくれなかったのよ。変だな、と思ってたんだけど、改めて挨拶なんて、照れくさかったのかしらね」

「須崎さん、何も言わなかったんですね」

ネコが確認するようにつぶやいた。

見ず知らずの男子高校生に百万円入りの封筒を渡された、とは家族に説明できないかもしれなかった。きな臭さを感じ取り、巻き込んではいけない、と考えたのだろうか。

「それで、今日はどうしたの？」

女性が訊ねる。

「手ブラで申し訳ないのですが、今日はお礼と職業体験をレポートにまとめる際、少し足りない部分がありまして、質問をしようと思って訪ねた次第です」

「そう、それは大変ね。でも、残念。主人はまだ会社にいると思うの」

「そうですよね、この時間ですものね」ネコが軽く頭を下げた。「では、会社のほうを訪ねてみます。あの、それで、訪問する前に連絡を入れたいのですが、連絡先を教えてもらえないでしょうか」

なるほど、そういう理由で須崎アキラ氏の居所を掴もうということか。僕は思わず唸りそうになった。

「だったら、私が連絡を入れてあげるわよ。携帯電話にかけるから」

「いえ、これも課題の一つですので」ネコが丁重に断る。「僕たちが連絡をします」

「そう」女性の顔に感心するような表情が浮かんだ。「だったら、彼の名刺を渡しておくわね。少し待ってて。すぐに取ってくるから」

「さすがですね」

ヨウコがつぶやく。

「事前にいくつか考えていたことを実行に移しただけだよ」

ネコは薄らと笑みを浮かべ、事もなげに言った。

「で、今からその会社を訪ねるのかよ」

イヌの機嫌はまだ直っていない。

「住所を見ると、高松駅から徒歩で五分ってところかな。食品製造会社の部長さん」

ネコが先ほど頂戴した名刺を眺めながら答えた。

電車は数分で到着する。溢れ出すように乗客は電車を降り、僕たちも流れに乗って改札口に急いだ。

駅舎を出ると、聞きなれないリズムの曲が聞こえてくる。視線を向けると、ストリートミュージシャンがギターを掻き鳴らしていた。熱を込め、独自のメッセージを伝える。周囲に数人の女子高生が膝を折ってしゃがみ、彼の歌というよりも容姿に注目していた。

繁華街方向に身体を回そうとしたところで、僕は「あっ」と声を出して動きを止めた。

数歩先で、三人が立ち止まり、振り向く。

「足が前に出ないほどの衝撃があった？」とネコが問うた。

「それに近いかな」僕はストリートミュージシャンの向こうを指差す。「見つけた」

「人間の横暴さを理解させる手段？」

「そうじゃなくて、須崎さん。ほら、茶色いコートを小脇に抱えて横断歩道を渡ってる。多目的広場に向かって歩いてるよ」

「間違いない？」

「人の顔を覚えるのは得意なんだ」

駆け足程度のスピードで須崎に追いつこうとするが、信号機に行く手を阻まれた。赤色が薄ら笑いを浮かべるように光り、僕は腹立たしくなる。首を伸ばして先を眺めるが、須崎氏の姿を捉えることはできなかった。

シンボルタワーを過ぎ、多目的広場に入った。芝生の広がる場所で少年たちがボールを追いかける姿が遠くに確認できた。憩いの場ではあるが、この時間帯では人影は少ない。休日などにはフリーマーケットやフラダンスなどのイベントが行われるのが、この場所だ。

「どこだよ」

イヌが痺れを切らすように言葉を吐き出す。

僕は首を振り、それらしい人物を見つけた。

「ほら、あのベンチ」

百メートルほど前方を指差す。低木が並ぶすぐ隣の場所だ。

「紺色のスーツ姿の人だね」ネコが見つけた。「黄昏時に黄昏てる」

「人生の黄昏を憂いてるのかも」

「上手い」とネコが口角を上げた。

僕たちは一気に男性との距離を縮めた。相手は動いていないわけであるから、それは簡単な作業で、途中、須崎もこちらの動きに感づき、視線を向けてきた。

顔を突き出すようにして、眉根を寄せる須崎はこちらの情報を得ようと必死のようだ。そして、僕のことを確認した目に発見にも似た閃きが生まれ、大きく見開かれた。

彼の前に立った瞬間、「君は」と声を洩らした。

「どうも」僕は気まずそうに眉を下げる。「覚えていますか」

「これは偶然かい？」

須崎は丸い顎を持ち上げるようにして、こちらを眺める。同時に、丸まった背中を伸ばした。

「いえ、探していました」

「妻から何度も電話がかかってきたのは、そのためか。私の家に？」

「はい。今から会社に向かおうと思っていたところです。その途中、姿を見かけまして」

「追いかけてきた、というわけか。ということは、あの封筒のことかな」

「何か知ってるのか」とイヌが隙を見つけた格闘家のように言葉を投げた。

「説明できるだけの知識は持っていない。私も君に訊ねたいと思っていたところなんだ。あの封筒はいったい何なんだ。誰から手に入れた？」

「須崎さんもそうですか……」

僕は脱力するように肩を落とす。

「あの封筒はもう持ってないんですよね」

ネコが質問する。

「私の手元にはない」

「封筒の中に入っていた指示どおりに動いたというわけですか」

「君もそうしたようだな」須崎がこちらを見た。「警察に届けようかとも思ったが、何かの事件に関係しているなら、家族に迷惑をかけるかもしれない。さっさと手離そうと判断した」

僕は頷いて、たどたどしい相槌を打った。

「私は君のことを知らない。これはどういうことなんだ」

「そ、そうですね……」

　僕は頼まれただけで、ほとんど無関係。けれどそのことを説明するのは唐渡探偵の許可が必要かもしれなかった。

「探偵事務所に何かを依頼した、という経験はありませんか」ヨウコが新聞記者然とした口調で訊ねた。「それと、立川タイキという名前に覚えは？」

「いや、どちらも覚えがない」須崎が首を横に振る。「なぜだ？」

「すみません、何でもありません」

「封筒をどこに届けたのですか」ネコが出し抜けに訊いた。「指示には何と？」

　須崎の表情が迷う。

「君たちはあれを追いかけてどうするつもりなんだ。まさか、自分の物にしようというつもりじゃないだろうな」

「資金的な満足よりも、興味があるのは友人の恋人の行方。簡単に説明してあげてよ、カメ」

　役割を与えられた僕はなぜだか緊張し、先輩からの依頼を覚束ない口振りで話して聞かせた。時々、ヨウコが補足してくれる。

「そうか」須崎が重苦しそうに唸った。「封筒はすぐに高松駅のコインロッカーに持って行った」

「そのまま置いて帰ったんですか」

須崎の黒目が左右に動いた。微かな動揺に見える。

「コインロッカーの中には、別の封筒が置かれていて、次の指示が書かれていた。ある人物の元に届けるように、と。時間を都合して、直接、渡しに行った」

「誰に渡したのか、という質問をしたいのですが」ネコが須崎の様子を窺う。「答えてもらえますか」

「断る理由はねえよな」イヌが脅すように声を大きくした。「あの金はあんたのものじゃねえ。それに、渡した相手ってのも、どうせあんたとは関わりのない人物なんだろ」

「確かに、そうだが……」

「もしかして、少し使ったんじゃねえだろうな」

「まさか」

須崎は大仰に頭を横に振った。

「だったら、問題ねえ」

「しかし、迷うものだよ。知らない相手といえども、私の言葉で迷惑をかけるのは気が引ける」

「迷惑をかけるつもりはありません」ネコは明瞭に言った。「話を聞く。それだけです」

押し黙った須崎は薄くなった頭皮を何度か触った。それから決断するように顔を上げ、封筒を渡した相手のことを詳しく話してくれた。

僕は頷いてその人物のことを記憶しようとしたが、ヨウコは素早く携帯電話を取り出し、メモ機能を駆使して情報を書き込んでいく。

「心当たりはないですか」僕は脈絡もなく質問を投げた。「封筒を渡され、何者かに指示されるような心当たりです」

「私もそのことについては考えたが、まったく見当がつかない」

「須崎さんはここで何をしているんですか」

ネコが唐突に話題を変えると、須崎は驚くほど慌てた。

「もしかしてサボってたのかよ」イヌが笑う。「不良サラリーマンだな」

「嘘をついてますよね、須崎さん」

「私が、嘘」須崎は自分の胸を指す。「君たちにいい加減なことを言った覚えはないが」

「僕たちには、そうです。そのことについては感謝します。しかし、家族に対しては違うようです」

須崎の眉間に不愉快そうな皺が増えた。

「不倫か、おっさん」イヌが余計なことを言う。「その顔でやるじゃねえか」

「ば、馬鹿なことを……」

「仕事を探しているのですか」

ネコが静かに訊ねると、須崎の動きが停止した。固まった、と言い表したほうが適切かもしれない。

「そのカバンから覗く水色の封筒、職業安定所のものですよね」

「ああ」須崎はミスを犯した原因を発見するような声を発した。「これか。目敏いな」

「封筒を追っている身としては、別のものだとしても気になってしまって、つい注目してしまいました」

「そうだな、確かに私は嘘をついている。というか、真実を言えないでいる」

「リストラクチュアリングというやつですか」

「不採算部門の整理、人員削減。突然、通告された」須崎は肩を落とし、深い溜め息をつく。「必要とされないどころか、邪魔だ、と言われたのと同じだ。今まで必死に働き、貢献をしたと自負している私を簡単に捨てる。会社とはそういう薄情なところなんだ」

　何だか暗い話になってしまった。かけるべき言葉を持ち合わせない僕たちは、黙って視線を外す。

「この年齢になって、検索と予約の毎日だ。どうにか面接まで行っても、さらなる難関が待ち受けている。自己紹介は人間性とコミュニケーションスキルの確認。長所、短所の申告は自己分析と正直さを見る。そのほかにも価値観の確認、熱意、洞察力、姿勢、業界に対する問題意識などをつづけざまに質問される。上手くいった、と思っても結果は不合格。また、必要ない、と言われるんだ。さすがに心が折れそうになる」

「だからこんなところで座ってるのか」

イヌが嫌味のように言った。

「そうかもしれない」須崎が弱々しい笑顔を広げる。「必要とされない、というのは思っていた以上に、骨身に堪える」

「で、決まりそうなんですか？」とネコが感情を失った面接官のように問うた。

「厳しい」須崎が苦労を声に乗せる。「職業安定所の出口には怪しい男が立っていて、私たちのような弾き出された中年男に声をかけてくるんだ。海外に行くだけで五十万円になる仕事がある、と。訝しいとわかっていても、失業保険が切れた人間は金欲しさに誘いに乗ることもある」

「何の話だよ」

「運び屋の話だ。北米、中南米、中東、アフリカやアジアの各国に出かけ、覚醒剤などの違法薬物を日本に持ち込む。何も知らない運び屋は現地で鞄を手渡され、帰国時に一緒に持って帰るようにと言われる。運び屋の末路は、懲役八年、罰金三百万円。日本での摘発ならそれで済むが、海外で摘発された場合、死刑を含む重い刑罰を受けるケースもある。薬物を扱う組織は、犯罪から縁遠い人間や組織と関係の薄い人間を取り込み、密輸入をさせようとしているんだ」

「おっさんも、その裏のあるおいしい話に乗ったのか？」

「もうすぐ失業保険が切れる」

須崎は冷笑を浮かべただけで、否定も肯定もしなかった。

「やめとけ」イヌが手をヒラヒラと揺らす。「おっさんには似合わねえ」

「悪事であっても、必要とされるというのは心が躍るものだよ」

「家族が幻滅します」ヨウコが声に力を入れた。「おじさんは家族に心配をかけたくないから、失業したことを話さないんですよね。月々の収入がなくなるからって、おじさんが犯罪に手を染めたら、家族が悲しみます。絶対に駄目です」

「家族に見放され、私は邪魔者なる。そのとおりだよ、お嬢さん」

「けどよ、いずれバレるんじゃねえのか」

イヌが難問を提起するように訊ねた。

「その日は近いかもしれない。君たちが話せば、その日はさらに短縮される」

そんなことはしません、と僕は素早く伝えた。

「家族に知られる前に就職を決めて、衝撃を軽減する。家族に心配をかけないというのが、私の今の仕事だ」

「愚痴ばかりだと思ってましたが」ネコが軽やかに声を出す。「意外と前向きなんですね。普通、何ヵ月も仕事が決まらずにいると、ストレスなどでイライラとしたり、心身ともに痩せ細りそうなものですが」

「確かに疲弊してはいるが、ベンチに座って休むだけだ。すぐに復活する」

「戦士にも休息は必要、というわけですか」

「戦士がリストラされてちゃ締まらないが、ね」須崎が苦笑する。「しかし、私は信じているんだ。今日一日が未来の幸福に繋がっている、と」

「苦もいつか喜びに変わる」ヨウコがつぶやいた。「そう理解していても、思いつづけるのは困難です。凄いと思います。先ほどは偉そうなことを言ってすみませんでした」

「構わないよ。お嬢さんが感じたように、揺らぐ時期はあったんだ。現状を悲観し、諦めや投げ遣りな心情が湧いたりして、ね」

「おっさんみたいな大人、嫌いじゃねえよ」

イヌが珍しく褒めた。

「そうかい」須崎が照れ臭そうに笑う。「それよりも、こちらこそすまなかったね。力になれなくて」

「おっさんが謝る必要はねえよ。封筒を渡したっていう次の人間を訪ねてみる」

「今日一日の行動が真実に繋がっていると信じていますから」とネコが須崎の言葉を

引用した。

「友達思いなんだな」

「暇を持て余しているだけです」

頑張れよ、とイヌが声援を送り、須崎と別れた。

ドカッとベンチに腰掛け、大きく手を振る彼はとても頼もしく、堂々としているように見えた。

どんな状況下にあっても戦う男は勇ましい。そんなことを感じた。

（3）

翌日、焦らせるつもりはないんだけど、と昼休みに水尾マミが進捗状況を伺いにきた。彼女は本当に恋人のことが心配なようで、あれから二日ほどしか経過していないにもかかわらず、頬が痩けたように見えた。何も報告できない僕は声を落とし、「封筒の動きを追っていれば、必ず恋人の元へたどり着けるから」と言ったのだけれど、力づけられたか定かでない。

僕はそのことを電車の中で、イヌとネコに伝えていた。新聞部の活動のあるヨウコは不参加だった。

「僕も朝、彼女のことを偶然見かけたんだけど」ネコが片眉を下げる。「早く解決してあげたい、っていう心情にさせられた。俯いて独り歩く女の子を見るのは、つらい」

「どうでもいい」イヌは怠惰な姿勢で吊革にぶら下がる。「放課後の充実。俺は楽しけりゃそれでいいんだよ」

「タダシ君らしいよ」

僕は頷いたが、嘘だとわかっていた。面倒なことは頑なにやらない彼が毎日、誘うことなく動いている。その原動力は放課後の充足感だけでなく、水尾マミの悲しい表情にあることは間違いなかった。

「篠崎マコト、だったっけ？」

ネコが確認した。

「須崎さんが封筒を渡した相手だね」僕は頷いて答える。「二十代前半の、大学生風の男。須崎さんの話ではそんな感じだったけど」

「面倒な奴じゃなきゃいいけどな」

イヌが煩わしそうに心配する。

「相手のほうが僕たちのことを面倒な奴、と理解するかもしれないよ」

「どういう意味だよ」

「そうやってすぐに睨みつけるところが、ひどく厄介じゃないか」

目的の駅で下車した。近くに住宅街がなく、主要な施設も離れた場所にあるこの駅を利用する者は少なく、開いた電車のドアからプラットホームに降りたのは、僕たちを合わせても数人だった。

駅舎を出ても人影は数えるほどだ。幹線道路には車の往来が多くあったが、速度を上げて通り過ぎるだけで、どこかに立ち寄る気配はない。通過するだけの町に何か魅力を、とは思うが、高校生の僕に思いつくはずもなかった。

目指すアパートは小さな溜め池の畔に建っていた。予想よりも時間がかかり、十分を過ぎた頃にはイヌが不満を口にした。

手入れが行き届いた土手は雑草が刈り取られ、濁った水が豊富に貯えられている。田植えの時期にはここから様々な田畑に水が送られるのだろう。釣りは禁止との立札が見えるが、そこに釣り糸が絡まっているということは厳正に守られていないのかもしれない。

木造二階建てのアパートは、築三十年以上は経過しているだろうと推察できる外観をしていた。日に焼けた板壁や錆びた階段を目の当たりにすると老化という言葉が思い浮かぶが、まっすぐに伸びる太い柱を眺めると、地に足を着けて踏ん張っているようにも見え、心強かった。

一階の奥、駐輪場の前の部屋、そこが篠崎マコトの住居だ。

インターホンは設置されてないようで、イヌの大きな手が薄いドアを揺らした。ドンドン、と強く叩くと蝶番が悲鳴を上げるような音を響かせる。

「いないみたいだな」

イヌが振り返った。

「須崎さんの話だと、時間を変えて何度も訪問したけど留守だった、って言ってたからね」僕は小さく唸る。「結局、会えたのは午前七時っていう早朝。僕たちも早起きをするべきなのかな」

「絶対に嫌だ」

イヌの否定は本心からのものだった。

「だよね」

苦笑いを披露した直後、耳の奥を鋭い何かで突かれるような音が鳴り渡った。原因を探ろうと素早く振り返ったのは、イヌもネコも同じだ。

自転車に跨がった男が不思議そうな表情でこちらを見ている。音の原因は古い自転車にあるようだ。ゴムの劣化や錆びによって引き起こされた近所迷惑なブレーキ音。

洗いざらしのトレーナーに裾が擦り切れたジーンズ。硬質な頭髪を整えることを諦めたような無造作感は見事なほど男に似合っている。寒空の下、足元は裸足にサンダル。見た目に気を遣わない人物なのかもしれなかった。

「そこは俺の部屋だけど、何か用事？」

「もしかして、篠崎マコトさんですか」

　ネコが質問をする。

　奇妙な男だった、と須崎が篠崎を評してそう言っていたことを思い出した。

「……どうして」男は自転車を降り、訝しげな顔をする。「俺の名前を知ってるんだ」

「ここに」ネコが扉の上部を指差す。「マジックインキで名前が書いてあります」

「けど、下の名前は書いてない」

「そうですね」ネコは事もなげに頷く。「須崎アキラという人を知っていますか？」

　篠崎は黒目を上に向けて記憶を探っているようだ。

「知らないな、誰なんだ」

「あなたに封筒を渡した人物です」

　少なからず衝撃があったようで、篠崎は一瞬、言葉を失った。

「封筒って」小声だった。「あの封筒のことか。須崎というのは、それを持ってきた中年男」

「はい。大金と預金通帳が入った封筒のことです」

「それを誰に聞いた。……まさか君たちのものということはないよな」

「というか」僕は遠慮気味に会話に参加する。「僕もその封筒に関わっていまして。封筒を渡され、指示され、別の人間に渡しました」

立川タイキや探偵事務所のことも訊ねたが、篠崎はどちらも聞き覚えがない、と首を振った。

「いったいあの封筒は何なんだ」

「篠崎さんも知らないんですか……。封筒に印字されていた会社についてはどうですか」

「ああ、あれなら何度か電話をしてみたけど、繋がる様子はなかった。はじめて目にする会社名だったな。何もわからない、っていうのは気味が悪いだろ、数日間悩んだが結局、指示どおりにした」

「ロッカーに持って行ったわけですね」

「そうだな、丸亀駅のロッカーだ。そこで次の指示が書かれた封筒を見つけた。そこからまた迷う」

「僕は坂出駅でした」

「そうか。思案して出した結論は、指示に従う。別の方法として、郵送にしようかとも思ったが、トラブルが起こった場合、面倒なことになりそうで、手渡し、という確実な方法を選択した」

「あ、それは僕も同じです」同意して頷く。「郵送は心許なくて……大金ですからね」

「じゃあ」イヌが口を挟んだ。「中の金には手をつけてねえんだな」

「いくら生活に困窮しているからといって、そんなことは絶対にしない」男は胸を張って宣言する。「他人のものをかすめ取るようなことはするな。うちのじいさんが口を酸っぱくして言っていた、教えの一つだ」

「正しいじいさんです」とネコが微笑む。

「いやいや、うちのじいさんはそれほど真っ直ぐじゃない。そのあとにまだ言葉がつづく。どうしても欲しいなら堂々と奪い取れ。人の手はそのためにある、だ」

「面白い教えです」ネコが笑う。「人としての本質を見抜いた発言かもしれません」

「じいさんの教えを絶賛する人間にはじめて会った」

「人類の祖先が四本足から立ち上がって二本足で歩くようになったのは、手に入りにくい食料を独り占めするため、手を使えるようにしてできるだけ多く運ぼうとしたから、だとか。人類の初期の祖先が、気候変動で森が小さくなって、予測できない貴重な食料などに遭遇することが多くなり、ほかの個体と争う際には二足歩行のほうが得で、常態化していったと考えられるそうです」

「独占のため、か」

篠崎が自分の手を眺める。

「西アフリカ、ギニアの野外実験場で、複数のチンパンジーに、普段手に入りやすいナッツと貴重なナッツの二種類を異なる分量で組み合わせて与え、行動を観察したそうです。すると、貴重なナッツを混ぜた場合、手に入りやすいナッツだけを与えた時と比べて、二本足になる頻度が約四倍になったらしいです」

「チンパンジーも……」彼はまだ自分の手を見ている。「詳しいんだな」

「僕たちの祖先は独占のために立ち上がり、略取するために拳を握った。そして、より多く奪うために武器を持つ。人の手は欲深く、罪深いってことです」

「そうでもないさ」篠崎が顔を上げる。「この手も捨てたものじゃない」

その理由を訊ねようとするネコを制止するように、篠崎が腕時計を気にした。

「時間がないんですか？」

ネコも質問の内容を変えたようだ。

「今から少し眠ろうと思ってたんだが」こちらの顔を順番に見た。「予定が狂った」

「幼い子供じゃないんだ。昼寝は必要ねえだろ」

「幼い子供じゃなくても、今から夜勤が控えている大人は昼寝が必要だ」

「仕事ですか？」

「アルバイトだ」篠崎は首をほぐすように回す。「本業は学生。学費と生活費のために睡眠を削ってる」

「苦学生というわけですか」

「そんなにいいものじゃない。アルバイトの時間に圧迫されて、学業が疎かになってる。自慢できるような生活は送ってない」

「必死にしがみつくほど、大学ってのは面白いところなのか?」とイヌが素朴な疑問を投げかけた。

「目標を達成するためには必要だ」

「目標というのは?」

「日本一の保育士になる」

控えめにネコが笑った。

「保育士の日本一というのが想像しにくいです」

「保育士として満足のできる仕事ができ、周りがそれを認めれば、俺は日本一だ」篠崎がいっぱいに口角を伸ばす。「三人は高校生だよな。夢はないのか?」

イヌが大きな嘆息を落とす。「面倒な奴だった」

「いえ、こちらのことです」僕は慌てて取り繕う。「具体的な夢や目標というのは、まだこれといって見えてません。これからです」

助けを求めるようにイヌに視線を向けるが、「知るか」と顔を背けられた。

「そうか、早く見つかるといいな」

「人生の目的を強く意識している高齢者は、認知症の特徴とされる脳の病的な変化が進行しても、物忘れなどの症状が出にくいそうですね」ネコが新たな知識を披露する。「生きるのに目的や目標があると、脳の組織が変化しても、認知機能の低下は抑えられる可能性があるらしいです。人体の臓器は、傷んでから症状が出るまでに相当な時間がかかることがある。脳でも同様のことがあり、病変は進んでも何らかの仕組みで脳の働きが守られるのでは、と見ているようです」

「へー」篠崎が大袈裟に驚く。「どちらが大学生かわからなくなるな、参ったよ。ただ、君も目標をまだ見定めてないなら、探したほうがいい。そうすれば、独占や奪取を忘れるくらいに、自分の手の力に驚かされる。愛おしく感じることもある」

「それは先ほどの、この手も捨てたものじゃない、という発言に繋がりますか」

「この手で子供の頭を撫でれば、笑顔になる。泣いている子供を抱き上げれば、涙が止まる。背中に手を置けば力が湧き、勇気が溢れる。不思議だろ。すべてが手の力だ」

「なるほど。奪うだけでなく、生むこともできる、ということですね」

「さっき君が言った人類の進化はでたらめで、人類の祖先は、隣人を助けようとして手を伸ばしたんじゃないか。だから二本足になった」

「そういう進化ならいいんですが」

篠崎はにっこりと笑う。「それじゃあ、俺はそろそろ眠る」

「最後に一つだけ」ネコが人差し指を立てた。「本題に戻ります。篠崎さんが封筒を渡した人物というのは、誰ですか？」

「少し待ってろ」

篠崎は言い、部屋の中に消える。数分して出てきた彼の手には白い紙が握られていた。

「この場所を訪問するのは、明日だね」ネコは手元に視線を落としていた。「また高松市だ」

「お前がうだうだと関係のねえ話をするからだろ」イヌが苛立つ。「昨日のおっさんにしても、就職活動のことなんて俺たちには関係ねえことだ」

「何がどう絡んでくるかなんて、それは誰にもわからないことだよ。僕はさ、封筒を渡された人物たちにどういった共通点があるのか、ということを探ってるんだ。だから、いろいろな情報を頭に入れてる。無駄なことじゃない」

「で、何かわかったのかよ」

「まだデータ不足」

「何も掴めてねえんじゃねえか。あと何人に話を聞けばデータってやつは揃うんだ」

「あと何人」ネコが考え込む。「そうなんだよ、封筒はいったい何人の手に渡り、立川タイキの元に届いたのか。コインロッカーのことで、イヌが疑問を口にしていたよね。いちいちコインロッカーを挟む理由がわからない、って」

「ああ、それが?」

「最初から封筒は多くの人間の手によって動かされる予定だったんだ。だから、封筒の中には次の人物ではなく、コインロッカーの場所が書かれていた」

「わかった」僕はハッとする。「封筒を動かしている人物は正体を明かしたくない、ってことだね。だからその都度、コインロッカーを使って指示を出すんだ」

「そういうこと。封筒は多くの人間の手を渡ることに意味があり、その順番にも何か目的があるのかもしれない」

そこで時宜や事情も考えず、携帯電話が鳴った。電話とはそもそもそういうものだけれど、僕のカバンの中から聞こえる電子音は高く、能天気にも聞こえた。

登録をしていない人物からのようで、見たこともない電話番号が映し出されている。

「もしもし」と恐る恐る対応した。

「カメ君の携帯電話か?」

すぐに頭に浮かぶ顔はなかったが、「名探偵だ」という声に唐渡の顔が大写しになった。

唐渡探偵、と小声で隣の二人に伝える。

「美人ＯＬの所在がわかった」

「ほんとですか！」僕は送話口に唾をかける。「仕事が速い」

「メモの準備はいいか、住所と名前を言う」

「ちょっと待ってください」

僕は鞄の中から急いでノートを取り出した。どうぞ、という声を待ちかねていたように、唐渡は早口に情報を伝えてきた。何度か聞き直し、ようやく僕はノートに書き留める。

「それで、どうだ」唐渡がこちらを気にする。「何かわかったか？」

「今のところ、何も。みなさん、というか、まだ二人にしか話を聞けてないんですが、何も知らないみたいで」

「俺も手伝ってやろうか」

「え、いいんですか。あ、でも、前も話しましたが、依頼をするだけのお金が……」

「乗りかかった船だ。プライベートの時間を削ってやってやる」

僕はいったん耳から携帯電話を遠ざけ、二人に事の次第を説明する。手伝ってもらおうか、と訊ねた。

「それがいいな」イヌが賛成した。「二手に分かれりゃ、時間の短縮になる」

「でも、不純な動機が透けて見えるね。僕たちが美人ＯＬのほうを担当しよう。唐渡探偵にはさっき教えてもらった男性のほうをお願いしようよ」

結論を伝えると、唐渡は直接的な言葉ではなかったが、やはり残念そうだった。「距離的に考えて、俺が美人ＯＬを担当するほうが効率的だろ」と主張し、それはもっともな意見だったが、「奥さんに言いますよ」という一言で大人しくなった。渋々といった様子で、提案を受け入れる。

僕は篠崎マコトに教えられた人物の住所と名前を素早く伝えた。

「三十代半ばの、ちゃんとした社会人らしいです」

「はいはい、了解」

明らかに積極性が削がれていた。

お願いします、と釘を刺し、終わったら連絡をするという約束をして、通話を遮断した。

（4）

昨日の成果をヨウコやマミに話して聞かせる、というのは習慣になりつつあった。いつものようにがっかりされ、今日こそは何か得ることができそうな気がするんだ、と気休めを言うのも、日々の習わしになっている。マミは元気なさそうに笑い、溜め息混じりに頷く。そんな予感など微塵もないのだけれど。

「水尾さんって」僕は遠ざかる彼女の背中を眺めながら、ヨウコに声をかけた。「ちゃんと食べてる？　また痩せた気がするんだけど」

「ちゃんと食べられるわけないじゃない」呆れの混ざった返事だった。「大切に思ってる人が突然、いなくなっちゃったんだよ。自分の身体を心配してる場合じゃない。気持ちはわかるよ」

「でも、さ」

「……うん、そうだね」ヨウコが声のトーンを落とし、反省する。「ごめん、カメ君にそんなこと言っちゃ駄目だよね。カメ君たちは手伝ってくれてるんだもん。感謝しなきゃ」

「そんなものはいらないよ。ただ……」

「わかってる。放課後、マミを誘ってみるよ。たこ焼き、うどん、ハンバーガー、何が食べたいかわからないけど、とにかく勧めてみる。恋人が見つかった時、痩せ細った彼女じゃ相手もびっくりするだろうしね」

「頼むよ」僕は頷く。「こっちも動いてみるから」

放課後、僕たちは一度、それぞれの家に帰った。ヨウコとの約束を反故にしたわけでも、どうしても抜けられない用事ができたわけでもない。訪ねる相手がOLということもあり、須崎家を訪ねた際の教訓を踏まえ、訪問する時間帯を調節したわけだ。彼女が事務職で定時に帰宅する人物なら、おそらく午後八時くらいが訪問時間としては適切ではないか、という結論に至った。

午後七時に最寄りの駅に集合ということだったけれど、いつものようにイヌが三十分ほど遅刻をした。終点の高松駅までは行かずに、途中の鬼無駅で待ちぼうけを食らう。そこからバスに乗って目的地に向かえば、ちょうどよい時間になるはずだ。一年近く付き合っていれば、イヌの遅刻もあらかじめ計算に入れられる。

バスの乗客は少なく、会話を交わすのも躊躇われるほど静かな空間で、前席に座る老婦のくしゃみが大きく響き、あとはエンジンの音が我が物顔で支配していた。ネコは車窓からぼうっと外を眺め、イヌは軽い渋滞に文句を言いたそうだった。

小さなバス停で、僕たち三人だけが下車した。乗車していたのは数分で、これならば歩いてもよかったのだと、あとで気づく。このあたりの地理に疎い僕たちは貴重な小遣いを減らし、財布を軽くした。

目の前にバッティングセンターがある。駐車場にはそれなりに車が停まっており、軽快な金属音が耳に届いた。併設されているゲームセンターには中学生だろうか、四、五人の集団が見えた。

「この近くのマンションのはずなんだ」

僕は周囲を見回す。

「じゃあ、一番近いあのマンションから確認しようか」

ネコが車道を渡った向こうにある建物を指差した。

五階建ての、これといって特徴のないマンションだ。デザイン的に目を引くこともなく、すでに新築とは言えず、かといって古くもない。気にも留めない風景の一部と化していた。

車の往来を気にしながら、車道を渡る。駐輪場には住人の自転車が溢れ、エントランスに照明はあったが、薄暗いものだった。マンション名を確かめると、唐渡探偵から教えられた名称と合致した。

エントランスを潜ると、すぐに階段がある。ネコが郵便受けを調べると、美人ＯＬの部屋は２０４らしく、これも唐渡探偵からの情報と同じだった。

二階フロアの通路は玄関よりもさらに薄暗い。ところどころ照明が消えているようで、管理の不備が窺えた。

扉の前に立ち、ネコがインターホンを押す。けれど、反応がない。もう一度押すが、静かなままだった。魚眼レンズからは光が漏れており、留守でないことはわかっている。

「居留守を使おうってことかよ」

イヌがネコを押しのけるようにして、扉の前に立った。腕を伸ばし、インターホンを連打する。部屋の外までその音が聞こえ、住人ならば苛立ち、または近所迷惑を気にして飛び出してくるかもしれなかった。

イヌの計略と表現するにはあまりにも乱暴な方法だったが、すぐに効果はあった。ちょっと待って、と慌てた声が扉の向こうから聞こえ、施錠を外す音がした。

ゆっくりと扉が少しだけ開いた。チェーンはされたままで女性が覗く。「何?」と発した声は明らかに怯えていた。

「すみません、突然。下田マリエさんですよね」ネコが人懐っこい笑顔を向ける。「少し伺いたいことがありまして」

「誰?」

マリエは警戒を解かない。それどころか、さらに注意を払うように表情を硬くした。確かに端正な顔立ちで、大きな目には惹かれるところもあるが、化粧気はなく、髪の毛も乱れていた。

ネコが簡単に自己紹介をする。まったくのでまかせだったが、動揺したり、不自然なところを指摘したりすることはない。

「それで、何?」

気だるそうに質問をする彼女のどこに唐渡探偵は魅力を感じたのだろうか。マリエに外面《そとづら》という別の人格的側面が存在するなら、内と外にギャップのある人物なのかもしれない。

「封筒のことで話が聞きたくて」

「封筒？」

マリエはすぐには思い当たらないようで、首を傾げる。

「唐渡探偵事務所に持って行きましたよね」

「それって」マリエが声を高くする。「ちょっと待って」

扉が一度閉まり、再び開いた。今度は彼女の全身が見えるほど大きく開かれ、チェーンもされていない。外廊下に出てドアを閉めると、部屋から漏れていた光がなくなり、再び闇が濃くなった。

「どうして君たちがそのことを知ってるの」

同じ説明を何度もしなければならない難儀さに投げ出しそうにもなるが、一つひとつ階段を上るようにしか真実に近づけないのであれば、それもいたしかたないことだろう。僕はひょんなことから封筒に関わったこと、自分以外にも何人か同じ経験をしている者がいることを伝える。

「唐渡ヒロマサ、須崎アキラ、篠崎マコト、聞き覚えのある名前はありませんか？」

「知らない」

　マリエは自分がスウェットの上下というホームウェアだったことを今自覚したのか、手が胸元や襟元などを気にし、落ち着かない。

「封筒については？」とネコが質問を変える。

「知らない。最初は私へのプレゼントかとも思ったけど、何だか面倒な指示が書かれた手紙が入っていて、不愉快だった」

「封筒は誰が持ってきたんですか？」

「見たこともない人よ。突然、この部屋を訪ねて、押しつけていった。気弱そうなおじさんだったかな。四十代前半くらいね。詳しいことは何も知らない」

「やっぱり何も語らなかったんだ」僕は独り言のようにつぶやく。「わけのわからないことに巻き込まれているから、個人情報が漏れるのは嫌う、ってことか」

「当然の対策だね」ネコが頷いた。「ここまでのところ、すべての人間がそうしてる」

「じゃあ、下田さんは誰ともわからない人物から封筒を無理に引き受けさせられ、指示どおりに探偵事務所に運んだってことですね」

「そうね、封筒に入っていた指示には多度津駅のコインロッカーに入れるようにと書かれていたけど、そこには別の指示があって、探偵事務所に持って行った」

「金は盗らなかったのか？」

イヌはそのことが気になるようで、やはりその質問を口にした。

「そういうことを訊くということは、抜き取るような人間に見えるってこと?」

「どんな人間でも誘惑に負けることはあるだろ。それとも自分は特別だと思ってんのか」

「そうね、人間なんて自覚しているよりも愚かだものね」

そこでマリエは自分の足が気になったようで、太腿を触った。ポケットに突っ込んだ手を取り出すと、その理由がわかった。

携帯電話だ。マナーモードにしていたために彼女しかその呼び出しに気づかなかったのだ。

マリエはこちらに断ることなく、急いだ様子で電話に出た。

「待って」「わかってる」「すぐに行くから」

そうつづけざまに伝えると、携帯電話を耳から話した。

「ごめんね、もういいかな」

「お子さんがいるんですか」

ネコがマリエの手元を指差す。携帯電話を持っているほうの手だ。

「え、何?」マリエは慌てるように携帯電話を見た。「子供なんていないよ。結婚もしてない」

ネコが疑問の顔を浮かべる。

「そのストラップ、幼い子供が熱中するアニメのキャラクターですよね。四歳の姪っ子がいて、僕も時々、視聴に付き合わされるので、知っているんですよ」

「へー、そうなの」マリエが大袈裟に頷いた。「でも、残念。君の推理は外れね。あのアニメは子供だけじゃなく、大人の女性も夢中になるものなのよ。グッズを身近なものにつけたくなるくらいに、ね」

僕はそのものをまじまじと見る。グッズとしては出来がよいものではなく、海賊版か何かではないか、と僕は思った。

「そうですか。変な質問をしてすみませんでした」

「いいのよ。じゃあ、力になれなくてごめんね」

「おい、今の電話、部屋の中からか」

今度は君なの、と言いたそうな顔でマリエがイヌを眺めた。

「その質問には答えなきゃ駄目かな」

「電話から漏れ聞こえてきた声と、部屋の中から微かに聞こえる声が同じだった。会話の中身を把握することはできなかったが、電話の声が消えると、部屋の声も消えた。タイミングが同じだったんだよ」

「だから、何？　訪問者との対応が長いから、心配して電話をしてきたのよ」

姿形が確認できそうなほどの嫌味が含まれた口調だった。

「恋人ですか？」とネコ。

「うん、まあ……」マリエが一瞬、視線を外す。「好きになった、っていう告白はやめてよね。お姉さん、困っちゃうから」

首、とイヌが短く伝えると、マリエが自分のその部位を触り、素早く反応した。おどけていた雰囲気が消える。

「痣があるよな」イヌがつづけた。「新しいものだ。少なくとも、ここ二、三日の間にできたものだ」

マリエは首から手を離さない。僕は気づかなかったのだが、そこにあるだろう痣を必死に隠しているようにも見受けられた。

「ぶつけちゃって……」

マリエが引き攣った笑顔を浮かべる。

「笑ってんじゃねえよ」

イヌが彼女の左手を強引に掴んだ。当然、マリエは抵抗するが、掴まれた手は自由にならない。

「ちょっと、何するのよ」

「電話と扉の向こうから聞こえた声だけどな、少しおかしかっただろ。過度に威圧的っていうか、支配的っていうのか、平等な関係には感じられなかった」

「そういえばさ」ネコが加わる。「マリエさんの電話の対応も少し怯えてたような」

イヌがマリエのスウェットの裾を無理やり上げた。嫌がる彼女だが、やはりその抵抗は無駄に終わる。

痣と傷。その腕には無数の痛みが広がっていた。打撲、裂傷など種類は様々で、深さや程度も異なる。完治する前に新しい傷が増え、まるでその痛みを忘れないように刻みつけられているようにも見えた。

目が離せず、ぞっとする。

「これも自分の失敗が原因だっていうのか」

「……関係ない」腕を振り解き、少しだけ距離を取った。「君たちには関係ないことでしょう」

「関係ない」ネコはその言葉を味わうように口にする。「確かにそうですね。僕たちにはいっさい関係ない。ただの訪問者ですから。でも、事実を知ってしまった、というのは僕たちに大きく影響します。心に何かしらの動きを生む。目の前には傷ついた女性がいます。これは紛れもない真実で、疑いようがありません。関係はありませんが、僕たちがこれからどう動くか、ということも、マリエさんには関係ありませんよ」

「面倒な言い回しをするな」イヌが牙を剥くような表情を見せた。「むかついた。俺が処理したいのは、その感情だけだ」

「あの、すみません」僕も割って入り込んだ。「無責任な話ですが、助けよう、っていうわけじゃないんです。見過ごせない、胸の中をすっきりとしたい。二人はそう言いたいわけです」

「待ってよ」マリエが止めようとするが、イヌは気にも留めない。２０４号室のドアと対峙するように立つ。「余計なことをしないで」

「マリエさん」ネコがマリエの動きを封じるように立ち塞がった。「あなたには関係ない」


イヌがドアノブに手をかけ、力いっぱい引いた。その風圧が僕のところまで届き、前髪を揺らす。

ズカズカと土足のままイヌが廊下を直進する。ネコがつづき、僕も中に入った。数ヵ月前にも同じようなことをしたな、と頭の隅で想起する。

女性の部屋とは思えないほど物が散乱していた。小物やぬいぐるみなどに混じって、通常はゴミ箱にあるべき空のペットボトルや紙くずのようなものまで床に無造作に転がっている。片づけるのが苦手なのか、それとも彼女とは別の意思で散らかされたのか、はたまた掃除まで気が回らないほど精神が疲弊していたのか、僕には判断がつかなかった。

廊下の突き当たりにあるドアを、イヌが引き開けた。

八畳ほどの部屋が現れる。シングルベッド、テーブル、二人掛け用のソファ、簡易な本棚が詰め込むように置かれている。カーテンレールにはコートや洗濯物がかけられていた。室内にも物が多く、それは廊下よりもひどく、特に壁の周辺は層ができるほど積み上がっていた。

そんな部屋に、二十代半ばと思しき男がいた。リラックスした状態で、ベッドの上に横たわっている。僕にはゴミの一部のようにも見えた。

男は素早く上半身を起こすと、目を見開いた。厚手のカーディガンの下の派手なTシャツが目立っている。カラフルな色彩の髑髏《どくろ》だ。

「誰だよ、お前ら」

面長な顔に無精髭を生やした男は声に驚きを伴わせていた。身体はがっちりとして大きく、昔は運動部で鳴らしたのか、その名残のようなものが窺えた。

「お前は男か」

イヌが男の眼前まで近づき、そう訊ねた。

「はあ?」男が顔を歪める。「そりゃ何の質問だよ。勝手に他人の部屋に入ってきて、何のつもりだ」

「答えろ。お前は自分を男だと自信を持って言えるのか」

「おい、マリエ」男が廊下のほうに声を投げた。「こいつらは何だ。お前の知り合いか?」

マリエが廊下から顔を出す。怯えた表情で、「知らない」と声を震わせた。

「話を聞いてる?」ネコが対応を代わった。「話をしてるのは、こっち。それともマリエさんがいないと会話もできないの」

ふざけんな、と男が立ち上がろうとする。しかし、そのタイミングを見計らっていたかのように、ネコが腕を伸ばした。男の頭を掴むようにすると、ポンと押し返す。男の尻は再びベッドに戻り、弾んだ。

「僕だと確実に勝てると踏んだ? それは体格差から弾き出された答えかな」

「何なんだよ、お前」

「暴力に関する考察だよ。強い力で相手を圧倒し、束縛を加える。逆らったり、逃げようとすれば、また同じことをする。その繰り返しは効果的なのか。作業量対効果の点ではどうなのか、問題点は、便益は、などなど。結果は簡単、野蛮だよね。僕が今やったように人をコントロール、もしくは倒すのにそれほど力は必要ないんだ。軽く突くだけで、人は攻撃性を削がれて怯み、戸惑う」

「何が言いたい?」

「気を惹きたいなら、暴力じゃない方法がある。自分のことをわからせたいなら、別の方法がある。普通はそちらの方法を先に思いつくはずなんだけどな」ネコが冷淡に言った。「マリエさんの身体にはおそらく無数の暴力の跡がある。腕の傷を見たよ。彼女はあなたの暴力から身を守るために腕で顔を庇い、あんなに傷ついたんだ。どうして顔を庇うかわかる？」

けっ、と男は不機嫌そうに言葉を吐いた。

「もちろん、急所である頭部を守る、という側面もあっただろうね。でも、顔は隠せないんだ。社会性を保ちながら、仕事にも出勤しなくちゃいけない彼女にとって、顔の傷は大きな問題になる。生活を壊さないために守らなければならない砦。ひいては、あなたのことを守ることにも繋がる。そのことがわからないかな」

「何も知らないガキが、偉そうに」

男は立ち上がろうとするが、今度はイヌの手によって力任せに押さえつけられた。

「昔はいい人だった。でも、何かの原因で暴力を振るってしまった。一瞬、気持ちが晴れ、マリエさんは反抗しなくなった。簡単で、即効性がある。それが日常化し、虐待がはじまる。よくあるパターンだ」

「偉そうに語ってんじゃねえぞ！」

「その反応は図星と捉えて構わないよね」

「お、俺の」男が顔を紅潮させて興奮する。「俺の言うことが伝わらねえからだ。俺の言うことを聞かねえからだ。俺のことを信じねえから……」

「俺の、俺の、俺の」ネコが同じ言葉を並べる。「自分のことばかりだね」

「お前の暴力が成し遂げたことは何だ」イヌが睨みつける。「定住先を見つけられたか。女から金を引き出せたか。下らねえ」

「俺はちゃんとマリエを愛してる」

男が立ち上がった。身長は高く、イヌと同程度はあるようだ。

イヌが男に胸倉を掴まれる。捩じり上げるようにすると押し、右腕を振り上げた。男の拳がイヌの左頬を捉える。倒れることはなかったが、後ろへよろけた。

「暴力を使うなら、言い訳してんじゃねえよ」

イヌの目に恐怖心はなく、苛立ちの色が濃く表れていた。

慣れた動作でイヌが腕を素早く伸ばし、男の髪の毛を鷲掴みにする。躊躇なく相手の腹部に拳を埋めた。男の苦悶の声が漏れ、僕はいつものことながら、その慣れない音に怯える。

そこからは乱暴な空気が一気に広がった。お互いに掴み合って大きく揺らし、腕を振って、足を突き出す。文字化してしまうと雑な舞踏のようにも感じられるかもしれないが、どこからも軽やかな音楽は聞こえてこない。調和の取れない鈍い音が響くだけだ。

圧倒的にイヌが有利だった。相手の拳がイヌの身体に当たるまでに、彼は何度もイヌから強い衝撃を与えられる。見る見るうちに体力は奪われ、息遣いが荒くなる。戦意も同時に失っていくように窺えた。

僕とネコは邪魔にならないように彼らの動きに合わせて、狭い部屋の中を移動する。それこそダンスのように見えるかもしれなかった。

イヌが中腰になり、下から拳を突き上げるようにして男の脇腹にダメージを加えた。男ががっくりと膝を折り、床に落ちる。うな垂れるように俯いた。

「暴力ってのは相手の心身を捻じ伏せる。今まで築いてきた信念や概念も全部、打ち砕く。新しい思想を植えつけ、服従させることも可能だ。いわば反則行為なんだよ。それだけでかい力だ。正当化することも、誇ることも許されねえ」

自分の乱暴な行為に対してもそういう理解をしているのだな、と僕は主張者であるイヌの姿をまじまじと眺めた。

「……何が反則行為だよ」

男は悔しさを込め、嘲るように吐き捨てた。

「腕を振り上げるなら、非難される覚悟をしろ。どんなことを言われても、受け入れる。そのくらいの覚悟をしろ、ってんだ。愛を口にするなら、手を上げてんじゃねえよ」

「中学の頃、僕も同じようなことを言われたことがあるな」とネコが懐かしそうにつぶやいた。

ネコの囁きも気になったが、僕は目の前のことに集中する。「あの」と口を開いた。「これ以上、恋人に暴力を振るわない、と誓ってください。お願いします」

「文句があるなら、俺のところに来い」

イヌが唾を飛ばす。

無言のまま返事をしない男の態度を拒否や反抗と理解したのか、強制的に反応させようとイヌが足を持ち上げた。

そこにマリエが飛び込んでくる。

「もういいから」恋人を守るように覆いかぶさったマリエは涙声だった。「もう、やめて」

「こんな男をかばうのか」

「違う」

マリエの顔は涙でクシャクシャになり、目が充血していた。

「何が違うんだ。そうやってお前がこの男を守るから、こいつがつけ上がるんじゃねえのか」

「マリエさんの寛大な計らいが、彼の甘えと邪心を増長させる」ネコが補足的につぶやいた。「いい分析だね」

「違う」マリエはそれでも否定した。「余計なことをしないで。さっきもそう言ったはずよ」

「まったくの見当違い」ネコが首を傾げる。「そう言いたいようですけど」

「彼とのことについては私が解決する」それは宣言のようでもあり、何よりも強い言葉に聞こえた。「私がやらなきゃいけないの。この人とちゃんと向き合って、対決する」

彼女の後ろに隠れていた男が顔を上げた。驚きと惑い、それから不愉快さを表情に滲ませた。

「それができますか？」

向けられた問いをよく吟味するような時間を空け、マリエが唇をぐっとつぐんだ。

「私がやらなくちゃいけない。そう決めたから」

「俺たちが帰ったら、こいつはまた性懲りもなく暴力を振るうぞ」

「……そうかもしれない。でも……」

「通常、ＤＶ被害に遭うと、心が痩せ細って、反抗なんて考えられないものです。マリエさんの傷を見れば、その期間が長かったことを容易に想像できる。マリエさんの心をそんなふうに強くしたものは何ですか？」

ネコが興味深そうに訊ねた。

「さあ」と首を捻った彼女の顔に淡い笑みがこぼれた。

「こいつが逆上して全国的なニュースになる、ってのは、関わっちまった俺たちとしては後味が悪い」

「そうですよ」僕は心配顔を向ける。「男の暴力の前じゃ女性は無力に近い。手遅れになってからじゃ悔やんでも悔やみきれません。警察に行きましょう」

「女を見くびらないで」静かな語調ではあったが、はっきりと聞き取れた。「私は、大丈夫」

最後の言葉は自分に言い聞かせるような雰囲気があった。

「おい」

イヌが男を引っ張り上げ、立たせた。

「お前の顔は覚えた。この女の話を聞け。それが俺たちの要求だ。もしこの女の身体に新しい傷が増えるようなことがあれば、俺はすべてを横に置いて、お前を探し出す」

「イヌが言うと本当にやるような気がするから恐ろしいよね」

「……イヌ」

男が俊敏に顔を上げた。どうやらその呼び名に聞き覚えがあるようだ。

素行が悪く、不良行為を日常とする少年少女だけではなく、彼の名前は少し前に非行少年だった人物たちにも知れ渡っている。喧嘩が強く、容赦がない。トラブルを好み、関わると面倒な人間。対応策は一つ。

男が舌打ちをする。「わかったよ」と不服そうに承諾した。

男もイヌと対峙する際の応対の仕方を心得ていたようだ。

「ありがとう、君たち」

マリエが玄関先で素直に頭を下げた。男が見送りにくることはない。

「意外と強いんですね」ネコが声をかける。「本当に平気ですか？」

「本当を言うと、怖い」マリエは肩を狭めた。「私は助けてもらってばかり。偉そうなことを言ったけど、君たちに背中を押してもらったから、言えたんだと思う。次はすべてをぶつけるために実行するだけ」

「独りで大丈夫かよ」

イヌは靴を履きながら、背中を向けていた。

「君も、見た目と違って優しいんだね」

イヌが鼻を鳴らすように息を抜いた。「見た目が何を語るっつうんだ」

「照れてるんです」僕は取り繕う。「褒められることがないので」

ネコが軽快に笑った。

「カメも言うようになったね」

（5）

「結局、手がかりが途切れちゃったんだ」

翌日、僕は学校の教室で昨夜の出来事をヨウコに話していた。昼休みということもあってお弁当を開く女子生徒の姿が多く、僕の腹も鳴っていたのだけれど、ヨウコが許可してくれない。マミは体調を崩したようで、今日は学校を休んでいるそうだ。

「大変だったんだね」

「僕は何もしてないし、何もできなかったんだけどね」

「でもさ、その人は本当に大丈夫だったのかな。いくら先輩が脅したからといっても、女性に暴力を振るうような男だよ、危険じゃない」

「その後、静かに話し合いが行われたようだよ」

「どうしてカメ君にわかるの」

「実はさ、昨日の帰り、途中でタダシ君と別れたんだ。クラスメイトの家に寄る、って言ってたけど、それが嘘だってことはすぐにわかった。不器用な人間が嘘をつくと、すぐにバレるんだよね」

「先輩の行動が何となく読めた。マリエさんの部屋を見張ってたんじゃない」

「そのとおり。タダシ君と別れたあと、こっそりとあとをつけたんだ。タダシ君はマリエさんの部屋の前で聞き耳を立てながら、立ってた。明らかに面倒そうだったけど、気変わりして立ち去る様子はなかったな」

「カメ君たちもずっといたの？」

「僕たちは先に帰った。今朝、ハジメ君がタダシ君を面白おかしく追及して、話を聞き出したんだ。マリエさんの部屋から男が出てくるところをタダシ君が捕まえて、どういう話になったのかをこと細かく聞いたらしいよ」

「どうなった、って言ってた？」

「きっぱりと別れた。もう彼女には近づかない、ってタダシ君に宣誓させられたらしい。携帯電話の登録も消去させた、ってさ。何人かの友人と彼の両親にもその旨を伝えるように強要したそうだから、ストーカー化することはないと思うよ。付き纏いをはじめれば、彼は恋人だけじゃなく、両親から信用を失い、友達もなくすことになりかねないからね」

「そっか、よかった」と一旦は表情をほころばせたヨウコだが、すぐに厳しい顔に戻った。「でも、マミの恋人の行方を追うにはどうしたらいいのかな」

「封筒の動きを遡ることには失敗したけど、まだ追う道が残されてる。放課後、手伝ってくれている探偵に話を聞きに行くことになってるんだ。彼は、篠崎マコトから封筒を渡されたサラリーマンに話を聞きに行ってくれてるはずだから」

「そう。私は今日も新聞部の活動があって付き合えないんだけど、カメ君は今日も先輩たちと？」

「タダシ君は野暮用で不参加」

「それは……」

「ああ、これは本当らしいよ。他校の生徒と揉めた友人がいるらしくて、その解決のためにタダシ君が動く、って話。煩わしそうにしてたけど」

「煩わしいことが嫌いな犬崎先輩だけど、面倒事は先輩に集まる。こういうのって、因果っていうのかな」

「悪業の果報を背負わされるほど、悪事を働いてるわけじゃないんだけどね」

僕は眉を下ろし、苦笑した。


「共通点のことだけど」

放課後、電車に揺られながら、ネコがボソボソとつぶやいた。運よくシートに座ることができ、窮屈そうに膝にカバンを置いている。けれど、彼の顔は車窓の外を眺めており、それがこちらに向けられた言葉なのか、それとも単なる独り言なのか、僕は不安になった。

「封筒を渡された人たちの共通点だよ」

ネコがこちらに視線を移動した。

「ああ、そのこと」僕は大袈裟に頷く。「何かわかった?」

「住んでいる場所はそれぞれ近いとまでは言い切れず、生活圏が重なるとも断定できない。仕事関係で繋がりがあるのかとも思ったけど、下田マリエさんは医療品販売会社の受付。唐渡ヒロマサ氏は探偵事務所を経営。須崎アキラ氏は食品製造会社で、現在は無職。篠崎マコト氏は保育科の学生。どれも交わりそうもない。封筒運びに選ばれた以上、何かしらの繋がりはあるはずなんだ。中身は大金と預金通帳だからね、いい加減に選出したとは思えない」

「共通点さえ見つかれば、一気に解決に向かう予感はするんだけど……」

「それが最大の壁。今のところ言えるのは、全員が善人ということくらいかな」

「そういえば、そうだよね。みんな封筒の中のお金には手をつけず、次の人へとリレーしてる。あの大金を見てよからぬ心情を湧き上がらせたのは、水尾さんの恋人だけ、ってことかな」

「もともと封筒に入っていた現金が百万円なら、そういうことになるかな。あの封筒がどれだけの人間の手を経て、マミちゃんの恋人のところへとたどり着いたのかはまだわからないけど、世の中もまだ捨てたものじゃない」

「水尾さんの恋人はあのお金を使ったのかもしれない。だから、消えた」僕はヨウコとの会話を思い出す。「因果ってやつだよ」

「因果応報がまかりとおるほどこの世が単純で平等なら、世界は平和になるね」

「……だよね。それに、確実に果報を与える存在も必要だ」

「神様、か」

ネコが車窓の外を流れる空を見上げる。薄い水色が広がる空には雲が少なく、澄んだ湖面を見ているような気分になった。

「全員の証言を信用すれば、の話だけどね」ネコがつぶやく。「僕たちは嘘をつかれているかもしれない」

「そうだよね。みんなの話を鵜呑みにはできない」

考えれば考えるほど不可解な出来事だった。目的が見えず、誰が得をするのかさえもわからない。意味を持たせようとすること自体が間違いなのではないか、とも思えた。暇と財を持て余した財産家の余興という推理をしたのだけれど、ネコに「それは羨ましいね」と一蹴されてしまう。

改札口でもたつく中年女性の集団にイライラとしながら、駅舎を出た。ここ数日、何度も通っている場所だったので目新しい発見はなく、視線を奪われるような出来事もなかった。今日もストリートミュージシャンは熱を込めて歌っているし、タクシー乗り場には短い列ができている。

僕たちもいつもの風景の一部となっただろうか。澄み渡った空を眺めながら、そんなことを思った。

真っ直ぐに延びる幹線道路を進み、途中を右に折れ、路地に入った。

ビル陰に入った途端に気温が下がり、視界も薄暗くなる。視線の先に通行人はおらず、一度だけ遠くで自転車が横切った。車が来る様子もなく、最初は右端を歩いていた僕だけれど、気が緩んで車道にはみ出していた。

直後、後方から車のエンジン音が聞こえ、はっとする。振り返って確認すると、大型の黒いバンがスピードを上げて近づいてきていた。飛び退くように右に避ける。

僕たちは歩きながら、見送るようにその車両を眺めた。

けれど、そこで予想外のことが起こる。

僕たちの行く手を塞ぐように、バンが急停車したのだ。黒光りするボディは漆黒の闇から抜け出てきたばかりのようなまがまがしい雰囲気を漂わせていた。助手席と後部座席の窓には中が見えないように濃いフィルムが貼りつけられている。

一瞬、何が起こったのか、僕は理解が遅れる。車を避けて前進しよう、という考えさえ浮かばなかった。

勢いよく後部座席のドアがスライドし、数人が飛び出てくる。その姿は異様で、その最たる部分は彼らの顔にあった。

黒い目出し帽を被った男たち。その中でも鮮やかな赤いナイロンジャージを着た人物が印象的に目に飛び込んだ。趣味の悪い銀行強盗にも見えるし、通りすがりのコンビニ強盗のようでもある。

僕はまだ何が起こっているのかわからない。

赤ジャージの男が背後に回り、僕の身体を羽交い締めにしたまま押す。車両からも手が伸び、僕の肩を掴んだ。これはやばい、とようやく僕は慌てる。

隣のネコも抵抗虚しく、バンに引き込まれた。武骨な手によって口を覆われ、僕は声と呼吸を奪われる。車内にいた人物も覆面をしていた。

その乱暴な対応で自分たちがゲストでないことは理解できる。身体を動かして抗うが、シートにうつ伏せに寝かされ、頭と背中を押さえつけられた。顔が座席に埋もれ、息苦しい。横目で周囲を確認すると、ネコも後部で車体に押しつけられていた。

ドアが閉まる音が聞こえ、車が発進する。その音を聞いて僕は狼狽し、車の振動を感じて心が萎えた。それでも、自由を奪われるいわれはなく、抵抗をやめることはなかった。

脇腹と背中に鋭い痛みが走る。暴力による鎮圧。最低な行為ではあったが、即効性の効き目がある。僕は締め上げられ、身体の動きを止めた。

「腕を折るぞ」と後方から脅しの声が響いた。

「諦めよう、カメ」

ネコが軽快に返答した。

粘着テープで手足を固定され、目隠しをされた。タオル地のような肌触りで、こめかみが悲鳴を上げるほどきつく縛られる。猿ぐつわもされ、これもタオル地のようだ。自分という個人を作り上げている要素を一つずつ削ぎ取られていくような気分だった。

「俺たちが何者かわかるか」

「連続爆弾事件の犯人」とネコの声が聞こえた。

「はずれだ、馬鹿」

男たちの高笑いが聞こえ、それから聴覚を台無しにするようにヘッドホンで耳を覆われた。女性ボーカルの声が耳に届く。僕は驚き、思わず身を縮めた。

その曲が何なのか、僕はすぐに気づく。カーペンターズの『青春の輝き』。青春の輝きとはかけ離れた状況にいる僕たちに対する皮肉だろうか、と勘繰ってしまう。

それにしてもボリュームが大きく、鼓膜を引っ掻かれているような、頭の中を掻き回されているようなそんな心地がした。これでは周囲の会話も聞こえない。いくらカレン・カーペンターの歌声が素晴らしいからといっても、彼女の歌声をこんな大音量で聴くことはない。ポール・マッカートニーもジョン・レノンも彼女の歌声を称えたらしいが、これほど大きな音で聴いたわけではないだろう。

車はまだ走っている。『青春の輝き』が終わり、現在は『トップ・オブ・ザ・ワールド』が流れていた。五曲を消化していたので、おそらく二十分ほどが経過しているはずだ。どこまで連れて行くのか、車が停車する気配はまだなかった。

身代金目的の誘拐だろうか、と考える。けれど、その考えはすぐに否定できた。中流家庭に育つ僕たちを誘拐するメリットがない。たとえ百万円という破格の身代金だったとしても、僕の母親は値切るに違いないのだ。それに、ネコも一緒に拉致されたとなると、誘拐の目は消える。中流家庭の若者を数人誘拐するよりも、財産家の子息を一人誘拐したほうがよっぽど効率的だろう。

どのあたりを走行しているのか、もはや見当もつかなかった。恐怖心はもちろんあったが、順応性の高さなのか、カレンの歌声のおかげなのか、取り乱すようなことはない。

車両が停まったのは、それから数分後のことだった。ヘッドホンを数本の頭髪とともにもぎ取られ、音楽は遠のいたけれど、まだ耳の奥にカレンの声が残っていた。

ドアが開く音が聞こえて、僕は引っ張られる。足元をふらつかせながら外に出た。「潮の香り」と後ろからネコの声が聞こえたので、彼も同じように出されたのだろう。

それにしてもこの状況にあっても冷静さを保ち、嗅覚に神経を集中させているとは改めて感心してしまう。僕など呼吸も浅く、不安で歩幅も狭くなり、先のことを考えると悪い予感ばかりが頭の中で回っていた。

一度、立ち止まることを強要され、施錠が外れるような小さな音がした。すぐあとに立てつけの悪い木製のドアがスライドするような乱暴な音が耳に届いた。

背中を押され、歩き出す。足音の響きから、室内に入ったのだと把握できた。階段を上らされ、数メートル歩いたところで、突き飛ばされる。

臀部を床に打ちつけた僕はその勢いで頭を壁にぶつける。床は堅く、冷たく、床板というよりも、打ち放しのコンクリートではないか、と感じた。

「カメ、いる?」

ネコの声だとわかった。

「いるよ。すぐそば」

「そんなに心配なら自由にしてやる」

男の声が聞こえた。低く、けれど軽い。後頭部をワシャワシャと弄られるような感覚ののち、光が瞼越しに感じられ、僕は目を開いた。同時に、後ろ手にされた手も解放される。

六人の男たちに取り囲まれていた。顔には一様に黒い目出し帽、服装はそれぞれだったが、若者が好む派手な衣服に見えた。全員が無法な振る舞いに適した体格をしており、立ち姿から自信もあるようだった。

どこかの空き倉庫だろうか、何もない広い空間の中央に座らされ、小さな窓が二つ、扉は奥に開け放たれたものが一つしかなかった。素早くその場へと向かっても、男たちに阻まれるだろう。

「目的はわからないけど」僕は見上げるようにして、震える声で話した。「目指す場所がここで、その場所で目や耳の機能を回復させるということは、僕たちを殺す気ですか？」

「殺す、だと」

男たちの表情はわからないが、動揺するような雰囲気が広がった。

「僕たちは拉致されて、目隠しやヘッドホンをされた。それはこの場所がわからないように、ですよね。でも、それを取り払った。僕たちはここを出ないから必要なくなった、と考えたくないけど、考えてしまいます」

「それは違うよ、カメ。僕たちは感覚の二つを奪われ、身体の自由を制限された。それは大きな恐怖だ。その感情を植えつけるための作業だったんだよ。殺すなんて馬鹿なことは考えてない。ね？」

「うるせえ」赤いナイロンジャージの男が声を張る。「そうだよ、怖かっただろうが」

愚かな人間が、愚行に及べば、浅はかな知恵しか浮かばない。拉致や誘拐のマニュアルというものがあるなら、彼らはそれを熟読し、そのとおりにしたのかもしれなかった。

殺されることはない。そのことが把握できただけでも、心は少し落ち着いた。

「人違いってことはないかな」

ネコが立ち上がる。

僕はいまだに腰と足に力が入らず、身動きができなかった。

「残念だな」中央に立つ男が一歩前に出た。右手はスウェットパンツのポケットに入っていて、モゾモゾとやっている。「これを見てみろ」

男が差し出した物を、ネコが覗き込む。

「なるほど、これは僕たちが写った写真だ。しかも隠し撮りだね、構図が最悪だ」ネコが振り向いた。「カメも映ってるよ」

「残りの男はどうした」奥の男が発言する。「左端に映ってる、でかい奴だよ。超能力で危険を察知して、逃げ出したか」

乾いた笑い声が響く。その中には抑揚のないネコの笑い声も含まれていた。

「ヘラヘラしてんじゃねえぞ！」

右端の一際大きな男が凄んだ。金属バットの先が不気味に床を擦る。

「写真があるということは、あんたたちは僕たちのことを知らない。そういうことだよね。誰かにそれを手渡され、動いた」ネコは男たちを射るように眺める。「ということは、僕たちとの間に因縁はないわけだ。疲れることはやめて、このまま僕たちを解放するという選択肢もまだ残されてる」

「残されてねえよ」

「人に使われるなんて、癪に障るじゃないか。その命令をした人物は信頼に値する人なの？　従う人間を間違えると、下の者は貧乏くじを引く。よく考えたほうがいい」

「ウダウダとうるせえぞ」殺伐とした雰囲気がさらに増した。「口数の多い男は好きじゃねえ」

「だったら、核心を突こうか。あんたたちを動かしている人間って、封筒に関係してる人物だよね」

「……封筒、だと」

「その写真は、僕たちがある大学生の部屋を訪ねた際のものだ。封筒について調べている者がいる、とどこかで耳にし、封筒を受け取った者の家の前で待ち伏せていたんだろうね。あれ、その反応は何も知らないってことかな。だったら、あんたたちは何と説明されて僕たちを攫ったの。何も知らされていないわけじゃないよね」

男たちが視線を絡ませ、目で会話をする。

「お前らが、今やってることから手を引くように痛めつけろ」

中央の男が代表して答えた。

「なるほど、詳細を理解してるわけじゃないんだ。手駒に余計な知識は必要ない、というわけか。それって馬鹿にしてるよね。腹の立つ命令だ」

「話はそこまでだ」中央の男が会話を中断する。「お前が何を言おうと、心が揺らぐことはねえ。恩人の頼みを受けた。俺たちはそれを、やる。単純な構図だ」

「……恩人か」ネコが肩を落とした。「それは厄介だね。心を乱す企てもバレてるようだし、説得は無駄だったみたいだ」

「手を引け」

男たちがにじり寄る。

「そこから痛めつけるわけだね」ネコが冷静に言葉を発する。「でもさ、簡単にはいかないかもしれないよ」

ネコは自然体から、構えるような姿勢になった。軽く腕を上げ、男たちの動きに気を配る。緊張感が増し、鋭く尖ったような印象だ。

そのような姿をはじめて見た僕は息を呑んだ。暴れるのはいつもイヌのほうで、ネコが積極的にも消極的にも、自発的に動くことはなかった。

昔、ネコは冷徹で、凶暴だった。そんな話を聞いたことがある。それは噂話に近いもので、僕は笑いながらやり過ごしたのだけれど、ネコの過去を知らない僕はまさにその姿を目の当たりにしているような気分にもなった。

「カメはそこにいて」

僕は声が出せずに、頭を縦に動かすだけ。恐怖によって頭がぼうっとしていた。

男たちの一人が金属バットを振り被り、水平に回す。空気を切り裂く音が鳴り、ネコは俊敏に後方へとステップバックした。

攻撃は休みなくつづく。ネコがどこへ避けても常に二人の男たちの攻撃範囲に入り、殴る蹴るの暴行を受けてしまう。時にはバットで脇腹を打ちつけられもした。男たちの態度には野良犬を囲んでいたぶるような雰囲気があり、陰気な暴力に背中がぞっと冷たくなる。

六人に囲まれてしまうと、明らかに不利だった。逃げ場がない。ネコは防戦一方になる。息が乱れ、苦しそうに肩と背中が上下していた。唇が裂けて血が流れ、汗で前髪が濡れる。

けれど、ネコは倒れない。注意深く視線を周囲に飛ばし、じっと耐えている様子だった。

僕が参加すれば、と考える。たちまちのうちに弱り、顔の腫れがひどくなるネコを見ているだけ、というのはあまりにも情けない。ネコが発する苦悶の声が聞こえるたびに目を逸らす自分に嫌気が差した。

けれど、実行に移すのは容易でない。立ち上がれば当然、攻撃を加えられるだろう。痛いし、傷つく。それは今までに感じたこともない衝撃に違いなかった。

「早く死ねよ、クソガキ」

男がバットを振り、ネコの身体がくの字に折れた。ドン、と鈍い音が反響する。粘着質な唾が飛び、口元に垂れた。

驚くことに、僕は立ち上がっていた。結論を出す前に、身体が反応する。これ以上は駄目だ、とそのあとで決断した。

呼吸を止め、背中を丸めるようにしながら、一気に突っ込んだ。後先を考えない突進。野性的な攻撃だった。

誰を狙った、ということはない。男たちの誰かに当たればいい。的を見定めず、力を込めて押し倒す。

驚きの声とともに、二人して床の上に転がった。そのあとのことは計画になく、すぐに立ち上がらなければ、と身体を動かす。

「遅いよ、カメ」ネコの柔らかな声音が届いた。「でも、よくやった」

僕はネコを視界の中央に固定する。彼は防御の体勢を解き、腰を伸ばしていた。右手には金属バットが握られている。

「それで強くなったつもりか」男の中の一人が余裕の発言をする。「武器を奪ったから何だっつうんだ。自分が置かれてる状況を見誤るなよ」

「さっきまでの僕は強かった」ネコが金属バットを持つ自分の手を眺めた。「今は……弱くなった」

「意味わかんねえよ」

「カメ、少しの間、二人くらい押さえてて」

さすがの男たちも距離を取り、簡単に飛び込むことができないようだ。ネコが奪い取った金属バットには効き目がある。

反撃がはじまった。金属バットを振るネコの手に躊躇がない。力を抜くこともなく、相手の急所、頭部を狙って振り下ろした。一度だけ、金属バット同士が交錯し、耳をつんざくような音が鳴り渡った。

ネコのバットが、赤いナイロンジャージの男の足を払うように捉える。膝を突いた男に、つづけて素早い蹴りを加えた。仰向けに倒れるその男の腹部を、さらに踏みつける。

確実に相手の動きを止めようとするその動きは見事だったけれど、一方で空恐ろしくも感じられた。

さて、次。そういう意思を持って、ネコが振り返る。金属バットを振り抜き、槍のように見立てて突き、攻撃を与える。先ほどまで猛烈に降り注いでいた男たちの手数が減り、ネコの動きにも多少の余裕ができたように見えた。

ゆとりがないのは、僕のほうだ。二人くらい、との依頼だったけれど、僕が押さえることができたのは、たったの一人。それも、手に余る状態だ。打撃に耐えながら、相手の身体に抱きつき、動きを封じる。それが精一杯だった。

肘がぶつかり、顔に痛烈な痛みが広がる。踵で膝を打ちつけられ、熱が膨張するような感覚にもなった。しかし、僕がやれることはこれだけ。投げ出すことはできない。

ネコが金属バットを担ぐように背中に回した。まさか金属バットを投げるのか、とその動きを見て先読みをしたのだけれど、そのとおりの未来が数秒後に待っているとは思いもしなかった。

戦力として充分に活躍していた金属バットを飛び道具として使用するとは、ネコもこの状況下にあっては冷静さを欠くのかもしれない。

金属バットを投げられた男は身体を丸め、身を守ろうとする。ネコの狙いはまさにそこにあったようだ。金属バットを投げた瞬間に走り寄り、投げられた金属バットからの衝撃を最小限に抑えた男に飛びかかる。胸部を蹴り、よろけた男は無防備になった。

ネコは足元に転がった金属バットを拾い上げ、膝を目がけて振った。男は叫びに近い声を出してもがき、蹲る。

男たちはその無駄のない滑らかな動作に見惚れるように、一瞬動くことを忘れた。苦痛に悶える男を見下ろす、ネコ。その手にはしっかりと金属バットが握られている。両手でグリップを持ち、先端を横たわる男の頭部に向けていた。

ネコが金属バットを頭の上まで持ち上げる。それが力を増すための助走であることは、手に取るようにわかった。

金属バットに勢いをつけ、落とす。

「ハジメ君、待って」

僕は男から手を離し、そう叫んでいた。

金属バットが男の頭部近くで止まった。数センチ下には男のこめかみがあり、止まらなければ男は死んでいたかもしれない。

「やーめた」

ネコが間延びした暢気な声を発し、金属バットを床に転がした。それからこちらを振り向く。

「ありがとう、カメ。助かったよ」

そう言葉にしたネコだが、救われたわけではない。僕たちはその後、徹底的に痛めつけられた。仲間を傷つけられたためか、恨みの捌け口にするような執拗な暴行は長くつづき、床の上で丸まることしかできない。

男たちは興奮しながら荒々しく手足を動かし、狂気に満ちた声を上げる。その顔は隠されていたが、きっと醜悪なものに違いなかった。

痛い、しつこい、涙が溢れる。身体が熱く、寒気に震えるこの時期に僕は汗をかいていた。額に汗が滲み、髪の毛に不健康な艶を与える。もうやめてくれ、と願うことしかできない。

どのくらいの時間が経過したのか、疲労を訴えた男たちがようやく動きを止めた。

ネコが胸倉を掴まれ、力任せに持ち上げられる。

「いいか、何もかも忘れろ。今日ここで起こったこともすべてだ。高校生は大人しく学校に行って、文化祭のことでも考えてろ」

「……ということは」ネコが声を絞り出す。力が入らず、頭がダラリと落ちていた。「あんたたちは高校生じゃない、ってことだね」

「まだそんなこと言ってんのかよ、気持ち悪い奴だな」

ネコが投げ捨てられ、僕の隣に倒れた。重い荷物が落ちるような音が響く。

「お前たちの連れにもよく言っとけ」

男たちは捨て台詞を残し、足音を立てて去って行く。僕はその姿を這いつくばりながら見送り、悔しさよりも安堵していた。

(6)

翌日は土曜日。隔週で授業と休日になる我が高校にあって、今日は運よく休日に当たった。運よくと言ったのは、もちろん腫れ上がった顔面といまだに痛みの取れない身体中の痣に関係している。登校日だったとすれば、ネコと僕の変わりように学校中が騒然としていたに違いない。特にネコの容姿の変化には女子が嘆き悲しみ、怒りを放出しただろう。彼は僕よりもひどく痛めつけられ、瞼が切れて左目は視界がほとんどない状態。眼帯によって隠れはしていたが、そのはずだった。ほかにも胸の骨にひびが入っているらしく、コルセットを巻いていた。

僕は午前中から家を出て、ある場所を訪問していた。『CHUM TATTOO』という名で想像できるだろうが、そのとおり。彫師が身体に一生消えない絵を描いてくれる店だ。経営者で彫師であるヤヒロは二十代半ばで、イヌとネコにとって中学の先輩に当たるらしく、二人とも慕っていた。

ヘアサロンのような様相の店舗部分ではなく、裏のスペースに僕たちは陣取っていた。ロッカーと機材に囲まれたテーブル席に着いている。気味の悪い木製の人形がこちらを睨みつけ、居心地が悪かった。

「いい顔になった」

タバコを燻らせながら、ヤヒロがコーヒーを出してくれる。首筋に彫られた牛魔王と孫悟空が笑っているようにも見えた。

「誰にやられた?」

イヌが憤怒をなだめるような語調で、質問をする。

「昨夜、両親にも同じ質問をされたよ」僕は答えた。「でも、わからない、って答えるしかなかった。相手は覆面をしていて本当に何もわからなかったし、封筒のことは言えないからね。忘れろ、って脅しだったから。僕の煮え切らない返答に、警察に行く、ってうるさく言ってたけど、大袈裟なことにしたくない、って必死に止めたんだ」

「まあ、そういうこと」喋りづらそうにネコが頷く。「僕たちは見事に敗北した」

「無抵抗の人間にここまでするか」イヌの怒りは収まらない。「俺がついて行ってればな……。くそ、許せねえ」

無抵抗ではなかった。けれど、ネコは自分の反撃をイヌには知られたくないようで、伝えないことを約束していた。どんな問題も言葉で解決する、というネコの信条からくる恥の部分がそう約束させたのかもしれない。僕はそう理解した。

「面倒事か？」とヤヒロが心配する。

「ヤヒロ君、二人を襲った連中をどうにか見つけられねえか」イヌが切実に頼んだ。「特殊な店を経営してるんだ、クソガキどもに関する情報がいろいろと入ってくるだろ」

「今聞いた話だけじゃ、無理だな。押し込まれたバンのナンバープレートを記憶してるっていうんなら、やりようもあるが」

「車種くらいなら瞼を閉じれば浮かびます」ネコが天井を見上げるような格好をした。「でも、ナンバープレートの部分は霞んで読み取れません。一瞬でしたから」

「そういうことだ」ヤヒロがイヌの肩を軽く叩く。「気持ちはわかるが、復讐なんて考えるな。経験上、その行為を実行しても碌なことにならない」

イヌが拳を振り上げ、テーブルを殴った。灰皿やカップが跳ね、震えた。

「馬鹿、落ち着け」

ヤヒロが鎮める。

「封筒の正体を暴く」ネコが静かに囁いた。「それが復讐に繋がるんじゃないかな。彼らは封筒の真実を知られたくない人物に依頼され、僕たちを止めようとした。それができなかった、ということは男たちの敗北と言ってもいい。僕たちの復讐はこの上なくスマートだ」

「そうだね」

僕は頷いた。正直、恐ろしい気持ちはあったけれど、男たちの脅しに従って泣き寝入りをするという選択肢は、不思議と思い浮かばなかった。

「おいおい、忘れろ、って言われたんじゃないのか。カメもよく考えろ、二人の悪影響をもろに受けてるぞ」

「暴力による脅迫を素直に受け入れる人間なら、ヤヒロ君と付き合ってはいません」

ネコが笑みを浮かべた。笑顔と断定するには痛々しい表情だったが、おそらくネコは微笑みかけている。

「まあ、そりゃそうか」ヤヒロが片眉を上げる。「素直に聞き入れる耳を持ってちゃ、悪ガキの存在意義が薄れるってもんだ。どれだけ迫れるかわからねえが、俺も二人を襲った連中ってのを調べてやる。報酬はそうだな……店の掃除でもしろ」

僕たちはほぼ同時に頭を下げ、礼を口にした。

「一つ」ネコが人差し指を立てた。「疑問があるんだ」

「何だよ」

隣に座るイヌが身体ごと近づく。

「僕たちの行為を止めようと男たちに依頼したのは、おそらく封筒を動かしている人物だよね」

「だろうな。それがどうした？」

「だとすれば、僕たちが封筒のことを調べようとしていることを、その人物はどこで知ったんだろう。そう思わない？」

「ああ、そうか」僕は閃く。「その人物が誰なのかは知らないし、単独なのかもわからないけど、僕たちの存在を把握するのは難しいよね。何人の人間が封筒を受け取り、それを運んだのかもわからないけど、その人たちを毎日、ずっと見張るのは難しい」

「どういうことだよ」イヌが眉間に皺を寄せた。「わかりやすく説明しろ」

「封筒を動かしている人物は僕たちの存在に気づいた」ネコが整理するように言う。「封筒を受け取った人物を常に監視することは困難。ここから導き出される答えは、僕たちが封筒のことを聞くために訪ねた人物が、封筒を動かしている何者かに、リークした、という可能性に行き着く」

「誰かが嘘をついてる、ってことか」

「唐渡探偵、須崎アキラ、篠崎マコト、下田マリエ」僕は封筒の件に関係して知り合った人物たちの名前を挙げた。「この中に嘘つきがいる、ってこと？」

「もしくは」ネコが短い間を置く。「全員が嘘つき」

「でもさ、唐渡探偵は省いてもいいんじゃないかな」僕は言った。「彼は関係のない僕に封筒を預けたわけだし、それにさ、僕たちに協力してくれてるんだよ」

「無償の協力」ネコが囁く。「それに関しては、僕たちの行動を把握し、探るために近づいた、とも考えられる。……でも、カメの言う通り、唐渡探偵が関係者なら、その日知り合ったばかりの高校生に大金入りの封筒を渡すとは考えられない」

「そうだよ、あの人はお人好しの名探偵だよ」

「かもしれない」

「だったら、ほかの三人を問い詰めりゃ何かわかるかもしれねえな」イヌが鼻息を荒くする。「脅しを混ぜりゃ、すぐに吐くかもしれねえぞ」

「それはどうかな」ネコは反対のようだった。「僕たちは口を割らせるだけの証拠を持ってるわけじゃない。かもしれない、という推測と脅しだけじゃ、シラを切られて真実へはたどり着けないだろうね」

「くそ、面倒くせえな」

「お前たちは、今から名探偵に会いに行くんだよな」

ヤヒロが棚の上の器具を弄りながら話しかけてきた。

「昨日の約束だったんですが」僕は顔を向けて答える。「残念ながら邪魔が入ったので、事情を話して今日の午後に時間を変更してもらいました」

「そろそろ予約の客が来る」

ヤヒロが壁掛け時計を気にした。

「邪魔ってことかよ、ヤヒロ君」

「そう自覚できたんなら、驚くほどの成長だな、イヌ」

ふっと軽い息を吹き出し、イヌが表情を緩めた。

「邪魔者にはなりたくない」ネコの顔にも笑顔があった。「昨日の男たちと同格になってしまう」

彼らにとってヤヒロとは頼りになる先輩というだけでなく、兄のような存在なのかもしれない。言葉が少なくても理解し合え、過ちを犯したとしてもたいていのことは許せ、隣にいるだけで心強く安堵する。そういう距離感の中に三人はいるのだと、僕は感じた。それはおそらく彼らが過ごした長く、濃い時間の中から生まれ、形成されたものなのだろう。

「行くぞ、カメ」

イヌとネコの二人はすでに裏口へと向かっていた。

僕は慌てて立ち上がる。ヤヒロに謝辞を述べると、彼らを追った。


高松市内の中華料理店で昼食を摂ったあと、唐渡探偵事務所に向かった。イヌは食べ過ぎたらしく、歩調が鈍く、遅れ気味になる。僕たちは何度も振り返り、彼が追いつくのを待った。

唐渡探偵事務所の扉の前に立ち、インターホンを押す。

ドアが開いた途端、「本当にボコボコだな」と唐渡がこちらをジロジロと眺める。

僕は見世物にでもなったような気分になり、逃げ出したくなった。

事務所内に通され、ソファに腰かける。対面に座した唐渡は、診察をする熱心な医師のようにまだこちらの顔を見ていた。

「胡散臭い出来事だとは思ってたが」ようやく唐渡が背もたれに背をつける。「まさか暴行事件に巻き込まれるとはな。それにしても痛そうだ」

「鈍痛がつづいています」僕は伝える。「顔の左半分だけが重くて、食事も苦労するんです」

「そりゃ大変だ。せっかく手伝ってやってるのに約束をすっぽかされたと勘違いして、昨日は苛立ってたんだ。電話を貰っても、下手な言い訳をしやがって、と思ってたくらいだからな」

「だから、動けない、って言ったじゃないですか」

昨日は一時間ほど倉庫の中で体力を回復し、それからネコに肩を貸しながら帰路についた。

周囲の人間はこちらを気にしているけれど、すぐに視線を外し、コソコソと勝手な見解を話す。憐れみと好奇の目にさらされ、気力も萎む。真正面から声をかけてきたのは腰の曲がった七十代後半の老女だけだった。

彼女は「お互いに苦労をするねえ」と微笑み、「頑張りなさい」と激励をくれた。

短い言葉で、返事をする元気もなかったけれど、なぜだか身体が軽くなった。あれは奇妙な体験だった。

「百聞は一見にしかず」唐渡が口角を伸ばす。「納得した。昨日の自分を叱咤し、反省したい気分だ」

「あんたも狙われるかもしれねえぞ」イヌが足を投げ出しながら、言う。「封筒の関係者に話を聞きに行ったんだ。それに、もし俺たちに監視がついてるなら、ここに来たことがバレてる」

「昨日の今日だから、監視はついてるかもしれないね」とネコが口元を緩めた。

「脅かすな。さすがの俺も六人に囲まれちゃ、手も足も出ない」

唐渡探偵がどれほどのものなのか推し量ることしかできないが、職業柄サラリーマンに比べれば危険はあるだろうし、いざという時のために備えて鍛練を積んでいるとしても不思議はなかった。

「事件ってのは時宜を選ばない、っていうが、二人が襲われたその日に、連続爆破事件の七件目が起こるとは、忙しいよな。カメ君とドライブした夜はまだ四件だったが、着実に増えてる。しかも、今度は近くだ。深夜、市内の地下駐車場のトイレ。警察官の姿が目につくし、街がピリピリとして尻が落ち着かない」

「駅でも何人か、鋭い顔つきの警官を見かけたよな」

イヌが思い出す。

「負傷した僕たちを不審人物と思ったのか、じっと見つめられました」僕は弱り顔をした。「気持ちのいいものじゃないですね」

「そりゃそうだ」唐渡が弾けるように短く笑う。「視線を集めるなら、魅力的な女にかぎる。おっと、これは嫁に内緒だ」

「本題に入っていいですか」ネコが痺れを切らすように断りを入れた。「篠崎マコト氏が封筒を手渡した男性のことですが……」

「奥田ノリヒデのことだな。お前たちの話のとおり、金属加工会社に勤める、温和そうな男だった。最初は怪しんでいたが、俺も封筒を渡された一人だ、と伝えると口が軽くなった」

「封筒については、何と?」

「確かに、大学生風の男に渡されたそうだ。無理やりに押しつけ、逃げるように去った。そう印象を語ってたな」

「封筒の中身はこれまでと同じですか。現金や通帳などと、自分の名前が書かれた封筒」

「ああ、そのセットだ。生真面目に札束を一枚一枚、数えたそうだ。ちょうど百万円が入ってたらしい」

「で、その男は指示どおりに動いたのか？」とイヌ。

「現金に目がくらむことなく、すぐに駅のコインロッカーに持って行ったそうだ。宇多津駅と言ってたか。気味が悪い、っていうのが理由だそうだ。そこでまた指示書が入った封筒を見つけた。ほかの連中と同じだ」

「また誰かに封筒を渡したんですね」

「二十歳くらいの女子大学生」唐渡はそう言って、テーブルの上で白い紙を滑らせた。

「その紙に書かれた住所に持って行った。できるかぎりの説明をしたが、受け取ってもらえなかったらしく、最後はドアの郵便受けに無理やりに突っ込んだそうだ」

「唐渡探偵は、その男や女子大生に見覚えはありますか？」

「いや、ない」唐渡は首を振る。「俺の人生に関わりのない人物ばかりだ」

「その関係性が繋がりそうな何か、を聞き出すことはできました？」

　唐渡が視線を下げ、黙った。

「どうしました？」とネコが顔を寄せる。

「……ああ、それがな、話の糸口を探ろうと何となく周囲を探していたら、小さな三輪車を見つけたんだ」唐渡の声が沈んでいることが気にかかった。「もうすぐ俺も親になる、って以前に話したよな。興味もあったし、何となくそのことを訊ねたんだ」

「はい、自然な会話の流れのように思えます」

「今年のはじめ、奥田ノリヒデの娘は事故で亡くなったそうだ。三歳って言ってたから、かわいい盛りだよな。両親が目を離した隙に視界から消え、百貨店の駐車場で撥ねられた。自分を責めるような発言をしてたな。俺は何も言葉をかけられなかった」

僕たちも何も言えない。親になったことのない僕たちにその悲しみと後悔を実感として受け止めることはできないが、想像することはできる。

頭の中で思いを巡らせるだけで押しつぶされそうになり、心音が速くなった。際限なく自分を責め、罵倒し、身を切り刻まれるような痛みを感じるだろう。そして、その感覚は時間が経過しても癒えることがない。この世からいなくなるまで抱えなければならない。

どうすれば償えるのか。そればかりを考えてしまうのではないだろうか。

「奥田夫婦は離婚し、持ち主のいなくなった三輪車だけが残った」唐渡がつづける。「片づけられない気持ちは何となくわかる。娘がいなくなったことを認めたくないんだ。それにな、彼は毎日、三輪車を少しずつ動かしてるんだそうだ。なぜだかわかるか？」

「……いえ」

僕はゆっくりと首を振った。

「三輪車が動いていないことに違和を感じる。娘さんは三輪車が好きで、呼ばれるまでずっと跨ってたそうだ。だから大事に玄関に三輪車を置いていた。三輪車が動かない、ってことは……」

「そうですね」ネコが意を汲んだように頷く。「娘さんがいなくなったことを実感してしまう。それはつらいことです」

　唐渡が大きな溜め息をついた。

「図書館に行って調べると、地方新聞に小さく事故のことが載ってた。事件の経過と結果が短く、な」

「何だか、嫌だな」僕は項垂れるように言葉を落とした。「そんな苦しんでる人に大金入りの封筒なんて、何かの意図があって、目的もあるんだろうけど、封筒を動かしてる人物は何がしたいんだろう。奥田さんじゃなきゃ駄目だったのかな」

「答えが判明すれば、それも自ずと理解できるはずだよ」ネコがつぶやく。「途中で投げ出すことのできない理由が増えたね」

「そういうことなら」唐渡が煙草に火を点けた。「俺も心情的には同じだ。軽い気持ちで手を貸したが、途中で抜けるにしても、それなりの理由が必要になった」

「頼もしい発言です」

「俺と奥田ノリヒデ。お気楽な探偵と不運に見舞われた父親、どう繋がる？」

「まったく縁もゆかりもない人間同士を繋げた、とは考えられないか」イヌが頭の中の考えを語った。「最初から作為的に、だ」

「何の思惑があって？」

「知らねえよ」

イヌが投げかけられた問いを投げ捨てる。

「何かの実験、とか」僕は思いついたことを口にする。「大金を動かして、それを突然手にした人間の行動と心理的な作用を観察する、っていうのはどうかな。キャッシュカードの裏に書かれていた四桁の数字なんて、邪な心をくすぐるのにちょうどいい素材じゃないかな」

「カメにしては面白いことを考えたね」

ネコに褒められると、なぜだか照れてしまう。

「そ、そうかな」

「もしそういうことなら、封筒を手離した時点で種明かしがあってもよさそうだ」唐渡が煙草の灰を灰皿に落とした。「実は、ってな。けど、いまだに何の報告もない。それに、だ。データを取るだけにしては荒っぽい。お前たちの行動を止めるために乱暴な手段を使うことはないだろう。説明をして、口止めをすれば済むことだ」

「乱暴な手段を使ってでも止めたかった」ネコが唸る。「ただ単に、仮説の真偽を確かめるために事実の観察や実験を行っているわけではない。残念だったね、カメ」

「……僕の推測は取り消します」

「この一件には強い意志が隠れている気がするんだ。実験や、ただのお遊びといったような軽いものじゃない。口止めのための手段を見ても、そう感じられる」

「強い意志、っていうのは何だろう」

僕は独り言のような質問をした。

「さあ、何だろうね」

「このあと、女子大生の部屋を訪ねるつもりか」唐渡が今後の方針を訊ねる。「ここからなら歩いても行ける。そうだな、十分ほどか」

「それがいいかもな」イヌが頷いた。「予定もねえし、ついでだ」

「唐渡探偵も一緒にどうですか」ネコが提案する。「もしかすると女子大生とお近づきになれるかもしれない」

「それは願ってもないチャンスだが、今から仕事だ」

「探偵らしい？」と僕は何気なく訊いていた。

「いや、便利屋のような仕事内容だ」唐渡がカラッと笑う。「犬小屋の掃除と、散歩。夜になると男の尻を追いかけて、不倫調査。身の危険を感じるようなでかい仕事はまだ予定にない。平穏な生活を送る探偵っていうのも締まらないが、危険を求めてるわけじゃない」

「探偵としての矛盾した悩みですね」ネコが愉快そうに笑った。「不倫調査以上、殺人事件未満といったところですか」

「適度ってやつが最も難しい」唐渡が煙草を消す。灰皿から白い煙が立ち昇った。「若い時は最高を目指したものだが、年を重ねるにしたがって平均を求めるようになる。才能の限界と現実を見た、ってやつだ」

「三十代前半でしょぼくれ過ぎだろ、探偵」

イヌが苦笑する。

「そうだな、お前の言うとおりだ」唐渡は姿勢を正した。「今から人の親になろうっていうんだ。この世界は光と無限の可能性に溢れてる、ってことを教えてやらなきゃならない立場だった」

ネコが嬉しそうに顔を突き出し、ニヤッと笑った。

「子供に嘘をつこうっていうんですか」

探偵は困ったように渋い表情をした。

探偵事務所を出て少しだけ迷い、十五分後に女子大生の住むマンションを見つけた。市内中心部にある三階建てのワンルームマンションだ。主要道路から一本外れた小路にひっそりと建っており、静かな環境は住居とするには適しているだろう。

封筒を受け取った女子大生、入来アサヒの部屋は二階の中央部、２０５という情報だった。目隠しのために植えた背の高い立木のために通路は薄暗い。短い階段を上ると、誰ともすれ違うことなく、目的の部屋の前に立った。

何度かインターホンを押すが、扉に動きはない。部屋の中から音が聞こえることもなく、僕たちは顔を見合わせた。

「こりゃ留守だな」とイヌが結論を出す。

ネコが首を回すようにして、周囲を確認した。

「篠崎マコト宅を訪問した時のように、ちょうど帰宅する、っていう偶然もないようだね。僕たちは世界の中心に立っていない。何度も偶然が訪れるような立場にはいない、ってことだよ」

「じゃあ、どうする？」

僕は二人の先輩の顔を順番に見た。

「探偵からの情報だと、アサヒさんは大学のボランティア活動サークルに所属しているってことだったよね。大学に行ってみる、っていうのはどうかな」

ネコの提案にすぐに賛同し、僕たちは再び歩き出した。大学はここから徒歩で五分程度の場所にあり、それほど苦にはならない。大きな通りに出ると、幅広の車道を横断する。

大学生風の男女の姿が目につくようになってきた。大学名の書かれたジャージを着た自転車の集団が速度を緩めずにそばを通り過ぎる。イヌの舌打ちが後方から聞こえた。

大学は低い壁とフェンスによって囲まれている。様々な樹木が目に心地よく、視界の先には建物が窺えた。僕たちは入り口を探しながら、大学の壁伝いに歩いた。

「これは問題だね」

僕たちは足を止める。ネコは大学の正門に注目しており、そこで起きている予想外の出来事に対して言った言葉だった。

正門では門が半分ほど閉じられ、制服姿の警備員が二人立っている。その屈強な男たちは大学へ入る人間一人ひとりを止め、学生証を確認していた。出入り業者なら、名刺や運転免許証の提示を求める徹底ぶりだ。

「大学への入場って、こんなに厳重だっけ」ネコが疑問を口にする。「面倒だね」

「先輩に会いに行く、っていう理由で入れないかな」

僕は案を出した。

「その先輩っていうのは」という声が後ろから聞こえ、僕たちは慌てて振り返った。イヌなどは危険を感じ取ったのか、身構える。

僕のことかな、と笑う男に見覚えがあった。

「あれ、名波さん」僕はそう言って、間違いに気づく。「じゃなくて、椎名さん」

「やあ、偶然だね、高校生君」

飲酒によって友人に置いていかれた夜、山中で偶然に知り合った男が目の前にいた。気のせいかもしれないが、あの夜よりもふっくらとした印象だった。

「あの夜よりも精悍な顔になった。声をかけようか迷ったんだ」

「知り合い？」とネコに訊ねられたので、簡単に説明をする。

椎名は挨拶のつもりなのか、ニコッと笑みをこぼした。椎名セイイチ、と自分の名前を述べたのち、「大学に用事でも？」と自分の所有物のように訊ねた。

「椎名さんが通っている大学は、ここでしたか」

僕は皆の視線を誘導するように大学の敷地を見た。

「僕に会いに来たわけじゃなさそうだね。さっき話していた先輩というのは誰のこと？」

「入来アサヒさんという女性です。でも、正門があの調子で、どうしようかと……」

「普段はあんなことをしないんだけど、昨夜の爆弾騒ぎで警戒レベルを上げたようだね」

僕は無意識に意味深な顔を椎名に向けていたようだ。そのことに気づいた椎名が、

「僕じゃないよ」と平坦な語調で答えた。

「わ、わかってます」

こちらのほうが慌ててしまった。

「入来アサヒというと」椎名が考える。「ボランティア活動サークルの彼女のことかな」

「知ってるんですか！」

「時々、父親の政治活動を手伝ってるんだ。講演や老人保養施設の訪問など、もちろん無償で」椎名が無表情で首を右に傾ける。「よかったら、一緒に行くかい。ボランティア活動サークルの部室なら知ってる」

「はい、お願いします」

「どうやら」ネコがつぶやく。「世界の中心付近に、僕たちは立っているようだ」


椎名が警備員に学生証を見せ、僕たちのことは後輩の大学見学ということで入場することができた。手前に小さな駐車場があり、すぐに四階建ての講義棟が窺える。整備された大学の施設は公園のように見えなくもなかった。

「あの」道すがら、ネコが口を開いた。「立川タイキという学生を知っていますか」

椎名は一瞬、足を止め、再び歩き出す。躓いたようにも見えたが、その微妙な行動に彼の心情が表出していることは手に取るようにわかった。驚きと動揺が足を絡ませたのではないか。

「確か、彼は浪人して入学した、経済学部の一回生。同じ学部なんだ」

椎名の声に変化はない。あの行動はやはり躓いただけなのか。

「有名な人のようですね」

「どうして？」

「立川タイキ氏はサークルや部活に所属していない。同じ学部といっても、学年が違えば交流はほとんどないと聞きます。それなのに椎名さんは彼を知っている」

「ほとんどない、というのは正しい。でも、薄い交流はある。人気のない講義で偶然、隣同士の席になり、話すようになった。そういうことはあり得るんだよ」

「なるほど、そういうことですか」

「その立川タイキがどうした。彼にも会いにきたのかい？」

「気になりますか？」

「薄い関係を築いた者としては、多少は興味を持つ」

「今日で二週間ほどになるでしょうか、行方不明になっているようで……」

ネコは椎名の顔色を窺うように見つめながら、口を動かす。封筒のことは話さなかったが、自分たちの行動目的を滑らかな口調で説明した。

「恋人が突然、消えた」椎名が吟味するようにつぶやく。「それは探したくなるだろうね。理由を知りたくもなるはずだ。それが友人の頼みなら、請け負って行動に移す。君たちの行動は正しいと思うよ」

「ありがとうございます」ネコが恭しさを添えず、頭を下げた。「それで、どう思います?」

「いいんじゃないかな」

「いい、という評価は想像できませんでした」

「君たちの友人も、そのうち忘れる。悲しみも痛みも、人間は巧みに隠し、薄めることができる」

「探し出すのではなく、時間的な解決を待つということですか」

「それが君たちの友人のためでもある」

「何かを知ってるような口振りだな」

イヌが話に割って入った。

「君は」椎名が隣を見上げるようにした。「体躯だけじゃなく、言葉遣いも尊大なんだね。垣根を作らないということは素晴らしいと思うけど、人間関係を円滑にするには不向きかもしれない」

「そんなもの望んじゃいねえよ」

賛成だね、と椎名が微笑み、はじめて彼の感情に触れたような気がした。

「それで、椎名さん」ネコが注目させようと呼んだ。「何かを知ってるんですか」

「立川タイキは善人じゃない」

「それは、僕も」ネコが口角を上げる。「善人だと胸を張ることはできません」

「立川タイキの友人に話を聞いた、と言っていたよね。何と答えた？」

ネコがこちらに顔を向けたので、僕が代わりに答えることにする。

「えっと、わからない、と。心配しなくてもひょっこり帰ってくる、という答えだったらしいです」

「それだけ？」

「はい、話ではそれだけのようでした」

「それは励ましにも聞こえるけど、友人に対する気がかりな心が見えないと思わないかい」

「まあ、そう言われれば……」

「彼の友人たちは、それを当然の結果として受け止めたんじゃないかな」

「立川タイキは消えて当然の人間」イヌが囁く。「そういうことか？」

食堂らしき施設を横切る。下階段へとつづく店は定休日のようで、その旨と進入を禁止するための鎖がかけられていた。一階のドアは開かれており、多くの学生が出入りをしている。

「……他言しない、というのが契約の一つなんだ」と椎名がつぶやいた。

「それを素直に守るような人間には見えねえ」

椎名が表情のない、白い顔を向ける。

「そうだね。情報の漏洩は身の危険に繋がる、と警戒していたけど、僕のやったことはなかったことになったのだし、立川タイキが消えたのだとすれば、何かトラブルがあったのかもしれない」

「それは」僕は気づく。「別荘を爆破したことと関係していますか?」

「爆弾を作ったのは僕じゃない、と言ったことを覚えているかい」

「誰かに依頼して作ってもらった、と。もしかして、それを作ったのが、立川タイキ」

「違うよ。誰が作ったのかは知らない。僕は爆弾を作ってほしかった。僕の知らない誰かは、爆弾を作る技術を持っていて、その技術を金銭に換えたかった。立川タイキは、その需要と供給を繋げ、仲介をした人物だ」

「仕事を紹介した、ってことか?」とイヌが訊ねる。

「その理解で間違ってない。彼はこの大学内でインターネットを利用し、闇の職業安定所を運営していたんだ。依頼をするのも、仕事を請け負うのも、すべて学生。互いに顔を合わせず、依頼と仕事ができる。援助交際から復讐代行など乱暴なものまで、非合法なものが盛りだくさん。報酬は高額で、それなりに繁盛していたようだよ」

「まさか、そんなことが……」

僕は耳を疑う。

「僕は三万円で時限式爆弾を作ってもらった。相場というものがわからないから、それが高いのかどうか判断はつかないけどね」

「殺人を請け負った男たちが女性を拉致して殺害した、という陰惨な事件があったよね」ネコが嘆息を混じらせながら、言う。「事件の要因を作ったのは、闇の職業安定所と呼ばれるインターネット掲示板サイトだった。麻薬の売買や犯罪行為の人材募集など非合法な情報交換が常に行われているようなところだよ。警察などの機関から監視下に置かれていて、サイト側も違法な行為は許可しておらず、違法な売買も禁止しているらしくて、警察とログを共有してはいるが、管理が追いついていないのが実情らしいね。違法な書き込みが何週間も放置されてる。それに、サイトの数も多いんだ。犯罪の温床となっているのは言うまでもなく、最近では暴力団員らが強盗人員を募集して、数人が逮捕されてる」

「そういう類のサイトが、大学内限定で運営されてる。登録している学生は計画をメールで直接送付され、行動に移す。簡単な仕組みだ。依頼をする者、仕事を請け負う者の学籍番号は管理者である立川に握られているから、滅多なことは言えないわけだ」

「簡単な善悪の選別もできない人間でも、大学に進学できるんですね」

ネコが嫌味を言った。

「インターネットがそうさせるのか、社会的規範の希薄化が若者の思考力を弱らせる」

「あんたが言うと説得力がねえな」とイヌが苦笑した。

「それに関しては反論の余地がない」

椎名はポケットから多機能携帯電話を取り出すと、操作をはじめる。画面を覗き込み、「君たちの話は本当のようだ」とつぶやいた。

黒を基調としたデザインのサイトは太陽光を反射し、見えづらい。けれど、大学の校章とともに仕事紹介所という文字を確認することができた。

「これは……」と僕は声を洩らす。

「噂の闇の職業安定所。管理が行き届いていないようで、掲示板では不満が湧き上がっているようだ」

新規登録、依頼受付、新人挨拶など様々なトピックが見て取れる。心が満たされず、苛立ち、妬み、他人を羨む。屈折した感情が渦巻いているようにも窺え、喉を震わせるような気味の悪い唸り声が、今にも聞こえそうだった。

「立川タイキに自由はないようだね」ネコがつぶやく。「サイトの更新や管理ができない状況にある、と考えていいね」

体育館へとつづく階段を下った。建物からはバスケットボールをつく音が聞こえ、覇気を放出するような威勢のよい声が耳に届く。

「立川タイキが消えた原因は、闇の職業安定所が関係してるかもしれねえな」

イヌが推測を語った。

「彼の友人たちはそう思ってるんじゃないかな」椎名が頷く。「僕も君たちの話を聞いて、最初にそう思ったよ」

イヌが大きな舌打ちを鳴らした。

「不機嫌になったようだね」ネコが素早く指摘する。「それともやる気の減退？」

「どっちもだ。立川ってやつが善意の行方不明者なら、俺たちの行動にも少しは意味があると思ってたが、足を前に出すのも鈍りそうだ」

「じゃあ、手を引く？」

「誰がそんなことを言った」イヌが大股で足を踏み出す。「鏡で自分の顔を見てみろ。やめろ、って言われても素直に止まれるかよ」

「その顔の傷は彼を探していて負ったものなのか」

椎名が納得したように頭を動かす。

「闇の職業安定所の関係者を、立川タイキ以外に知りませんか？」

「彼は単独で運営していたようだ。そのために管理が間に合わないことが多々あったようだし」椎名はそう言うと、眉をひそめた。「そんなことよりも、今から訪ねる入来アサヒとは、どう関係してくるんだ。彼女は立川タイキと繋がりはないはずだよ。彼女は物騒なことに関わりになるような人物じゃない」

「声に熱が加わりましたね」ネコが両眉を上げる。「特別な思い入れがあるんですか」

「そうじゃない」椎名の態度や表情に変化はなかった。「客観的な感想を言ったまでだ。彼女は他人に対して一生懸命になれる人間で、自分に対しても真っ直ぐに向き合える人物だ。彼女のような人間が政治家になれば、この国もいくらかましになるんだろうな」

「絶賛ですね」

「彼女に何か間違いがあったなら、僕が責任を取ってもいい」

「そこまで言いますか」

椎名が二階建ての建物の前で立ち止まった。コンクリートの壁には染みや傷みが目立ち、心無い落書きもあるようだ。開け放たれた窓ガラスに風が入り、紫色のカーテンが揺れている。細長い棟を横に倒したような様相で、左右に長くつづいていた。

表に回り、エントランスを潜ると埃っぽく、鼻がむず痒くなる。数歩進むとドアに当たる、というような構造で、それぞれが割り当てられたサークルの部室になっているようだ。廊下には物が溢れ、一列で歩かなければならない場所もあった。

二階の端。追いやられるようにボランティア活動サークルの部室があった。椎名が木製のドアをノックする。

いくら待っても対応のために誰かが出てくることはなかった。イヌが力任せに開こうとするが、施錠に邪魔されてびくともしない。

「今日は校外活動の日のようだ」椎名が説明をした。「誰もいない」

「仕方ないね」ネコが頭を切り替える。「次にしよう。アサヒさんに会うようなことがあったら、僕たちのことを伝えておいてください。話をしたがっている高校生がいた、と」

「俺たちのことも、あんたの保証付きで、善人って話しとけよ」

イヌが付け加えた。

「それは約束しかねる」

椎名がふっと口元を緩めた。


椎名と別れると、帰路につくために来た道を戻る。大学を出る際は警備員のチェックを受けることなく、素通りができた。それほど歩いた記憶はないのだけれど、足首に疲労感がしがみ付いていた。足を振るが、痛みは緩和されない。泣き言など言えるはずもなく、喫茶店に寄る、という提案は呑み込んだ。

高松駅が近づいたところで、イヌが話題を変えるように口を開いた。

「なあ、八代開発に寄ってみねえか」

「突然、何?」とネコが振り返る。僕も同じ行動をしていた。

「入来アサヒに会えなかったわけだ。行き詰まっただろ」

「ああ、そんなことを言っていたね。行き詰まれば再度、八代開発を訪ねる。イヌは意外と、自分の言葉に律儀なんだ」

「馬鹿、ついでだ」

反対する理由もなく、僕たちは高松駅を通り過ぎた。

旧街道に車の往来は少なく、狭い歩道も歩きにくさを感じるほどではない。ただ以前、訪れた際もそうだったが、建ち並ぶ飲食店からの香りが歩調を遅くさせた。特に、ソースの焦げたような香りは嗅覚に全神経を注いでしまいそうになる。

五階建ての雑居ビルは憮然としているような印象だった。六日ぶりの訪問だが、変化はなく、掃除がされた形跡もなかった。努力の跡も窺えない。

無言で階段を上る。八代開発は確か二階だったはずだ。

階段を上り切り、二階フロアの廊下に出ようと角を右折しようとしたところで、先頭を歩いていたネコが足を止めた。それどころか彼は一歩後退し、隠れるようにする。どうしたの、と質問を投げかけようとする僕に向かって、人差し指を唇に押し当てるポーズを見せる。つづいて、顎を使って階下を示した。

ネコが急いだ様子で階段を下りる。どういうことなのかわからなかったが、そこに切迫感と緊急性を感じ取った僕はネコを追うように足を動かした。イヌも同じ行動を取る。

一階まで下りると、郵便受けが設置されている奥へと身を隠した。そこでようやく「どうしたの?」という質問をネコの耳元で囁いた。

ネコは答えずに、上階を示すように指差した。

視線を向けるが、そこには汚れた天井しかない。けれど、ある音に気づいた。単調なリズムの連続。何者かの足音だ。しかもそれは近づいてきている。階段を下りているに違いなかった。

しばらくすると、一人の男が雑居ビルの玄関に向かう後ろ姿が視界に映った。大きな背中、というのが第一印象で、黒いスーツに身を包んでいる。蟹股で、両手をパンツのポケットに突っ込んで歩く姿は尊大に感じられた。

男が雑居ビルを出たところで、ネコが声を発した。

「あの男、八代開発から出てきた」

「え、そうなの。間違いない?」

「僕の目は間違わないよ」

「だったら、今すぐに追いかけて話を聞こうぜ」

イヌが動き出す。

「それよりも」ネコも歩き出した。「あの男がどこに行くのか、興味がある。声をかけるのは彼に関する情報を得てからでも遅くないと思うんだ。こちらに有利になる何かを掴めるかもしれない」

「尾行をする、ってことか?」

「そういうこと」

僕たちは雑居ビルを出た。左右に首を振ると、数十メートル先を歩く男の姿を捉えた。ゆっくりとした足取りで、地面を踏みしめるようにして前進している。時間に追われていない人間の歩き方だね、とネコが評したが、まさしくそのとおりだと思った。

男はのろい歩調のまま、高松駅まで来た。目的地がはっきりとしているのか、目移りするような視線の動きはなく、寄り道をすることもなく、僕たちの二百メートル先を歩いていた。

「電車には乗らねえようだな」

高松駅を通り過ぎた男を見て、イヌがそうつぶやいた。

「手には何も持っていないし、遠くに行く様子じゃないよね」とネコが推察する。

オフィスビルが見下ろす通りを歩き、途中で右に折れた。車がすれ違うのに苦労しそうな路地に入り、さらに進んだ。表通りの活気とは裏腹に、人影もなく、ひっそりと沈んでいる。

男はある建物の前で立ち止まると、確認するように見上げた。僕たちも簡易倉庫の陰に隠れ、距離を取って立ち止まる。そこではじめて男の横顔を確認することができた。

短髪に、角張った四角い頭部。四十代後半くらいの年齢だろうか。首はレスリングの競技者のように太い。諦観したような眼差しに加え、一重の細い目には鋭さが窺えた。

躊躇なく粗暴さを露わにしそうな空気感とでも言おうか、反社会的勢力に属する人間、またはその関係者ではないか、と判断できる重苦しい雰囲気をまとっていた。咥えていた煙草を足元に向かって弾く。

男は煙草の煙とともに大きく息を吐き出したのち、建物の中に入った。

「厄介だね」ネコがつぶやいた。「手入れの行き届いていない皺が目立つスーツだけど、よく見ると高級ブランドのものだ。腕時計もイタリア製の限定物。ネクタイもしていないし、ただのサラリーマンには見えない」

「それよりも、ここって」イヌが足を進め、男が入って行った建物を見上げた。「唐渡の探偵事務所が入ってる雑居ビルじゃねえか」

僕たちはエントランスを潜る。上階から元気な子供の声とともに、ゆったりとした足音が聞こえていた。

「英会話教室、保育園、探偵事務所」ネコの声は小さく、控えめになる。雑居ビルに入居するテナントを挙げたようだ。「どの業界でもグローバル化が叫ばれて久しいけど、男がそれを担う人材には見えない。足音はつづいているようだし、用事があるのは上かな」

僕たちは男の足音を追って、階段に足をかけた。

「彼の幼い子供が保育園に通っている」ネコが話をつづける。僕たちは折り紙で作った象や魚が貼られたドアを眺めた。「そう考えられないこともないけど、彼は立ち止まりもしなかったようだ」

耳を澄ますと、足音はさらに上階を目指しているようだ。

「やっぱ探偵事務所か」イヌが眉間に皺を寄せる。「どういうことだ」

三階フロアにたどり着き、首を伸ばすようにして廊下の向こうを窺うと、ちょうど探偵事務所に招き入れられる男の姿を確認することができた。これで間違いない。男は唐渡探偵事務所を訪ねたのだ。

「八代開発なんて知らない、って言ってたよね」僕は確認する。「それなのにどうして……」

「誰かが嘘をついている」ネコが傷ついた自分の頬を触った。「僕たちの行動をリークしたのは唐渡探偵……。真っ先に容疑を省いた人物だったたんだけどな」

「ウダウダと考えてても仕方ねえよ」イヌが早急に答えを欲しがる顔をした。「乗り込んで、話を聞こうぜ」

ネコが動き出そうとするイヌの肩を掴んで止めた。

「待ったほうがいい。尾行をした男は厄介だって言ったはずだよ。ああいう種類の人間は論理的で、筋道の通った話でも、平気な顔をして破綻させる。しかも、自分に有利なストーリーを構築して、強引に従わせるのが得意なんだ。それを実現させるだけの不当な力を持っている」

「……面倒くせえな」

「町の不良とは我が儘の程度が違う」

「俺は我が儘じゃねえぞ。自分の信念を曲げず、貫き通してるだけだ」

「それを我が儘っていうんだ」

何となく話はまとまり、僕たちは雑居ビルを出て、月極駐車場の車の陰に潜むことになった。どのくらいの時間そうしていなければならないかは、唐渡探偵と任侠の男との間に交わされる会話の内容によるのだろうが、持久戦を覚悟してか、「そういえば、コンビニがあったよな」というイヌの発言によって僕は使いに出ることになった。

大通りに出て、急いで飲料とパンを買って帰ったのだが、まだ男は出てきていないようだった。すでに十五分ほどが過ぎている。代金はイヌが全額支払い、ささやかな食事会をはじめる。アンパンに齧りつきながら、「刑事ドラマかよ」とイヌが笑った。

　三十分も状況に変化がなければ、緊張感が薄れ、会話も途切れ途切れになる。イヌなどは欠伸をして、目を擦る始末だ。もう帰らねえか、と今にも唇が動きそうだった。

「出てきた」とネコが身を屈めるようにして囁いたのは、そのすぐあとのこと。僕は慌ててしゃがみ、乗用車の陰から男の姿を確認した。訪問時と変わらず男の表情は硬く、服装や頭髪に乱れもない。荒っぽいことが行われた様子はなかった。

　男は振り返ることなく遠ざかる。途中、思いついたように立ち止まると電信柱を前にして手を合わせた。足元を見ると、花が手向けられている。似合わない行動に見えたが、見た目によらず信心深い人物なのかもしれなかった。


　男の姿が消えたところで、僕たちは雑居ビルの中に足を進めた。階段を一気に上り、探偵事務所のインターホンを押す。

「何だ、お前たちか」

　慌てた様子で出てきた唐渡はこちらを確認して、肩の力を抜いたように思えた。心なしか表情が暗く、声調が低い。

　ドアが開け放たれ、僕たちは事務所内に入った。ソファに腰掛ける。

「まだ何か用事か」

「迷惑だったか?」とイヌが意味深な視線を向けた。

「仕事の途中だ」

唐渡はソファに座らず、棚にある資料に目を通していた。

「報告をしようと思いまして」ネコが前傾姿勢になり、手を組んだ。「女子大生の入来アサヒさんのことです」

「ああ、そうだな」

唐渡の口調には誠実さがなく、気抜けしているようにも感じられた。

「結局、会えませんでした」

「そうか。まあ、そういうこともある。アポイントを取ってたわけじゃないんだ、不思議じゃない」

「何をしていたんですか」

唐渡がネコを見る。その質問の真意を読み取ろうとするような目に見えた。

「さっき、仕事だと言わなかったか」

「そうでした」ネコは冷静に返す。「明日、再度、アサヒさんを訪ねようと思っているのですが、一緒にどうですか？　明日ならば仕事の調整がつくんじゃないですか」

「……ああ、それな」

探偵が資料を持ちながら歩き、身体を落すようにして正面のソファに座った。ふっと短い息を吐き出す。

「悪いが、抜ける」

聞き間違いだと思った。ネコもそう感じたようで、「もう一度お願いします」と再び発言を求める。

「抜ける、とそう言ったんだ。お前たちがやっていることに手を貸す、と言っておいて悪いが、そういう決断をした」

「……どうして」

そう質問したのは、僕だ。数時間前ここで話した彼の姿を思い出し、どうしても納得がいかなかった。

「仕事が忙しくなって、無償で動くだけの時間がなくなった」

「新規の依頼人でも来ましたか？」

ネコが探るように訊ねた。

「どうして？」

「唐渡探偵が吸っている煙草と異なる銘柄の煙草の吸殻がここに」ネコがテーブル上の灰皿を指差す。「僕たちがここを出る時にはありませんでした」

くくっ、と愉快そうに唐渡が笑う。「お前は本当に探偵になったほうがいい」

「これは興味本位で聞くのですが、どういった仕事内容でした？」

「探偵には依頼人の秘密を守る義務がある。守秘義務というやつだ。言えるわけがない」

「その依頼人に脅されたのか」イヌが静かに問うた。「一緒にいた高校生に関わるな、とか何とか。さもなければ家族に危害を加える、とでも言われたんじゃねえのか」

「もしくは」ネコが人差し指を立てる。「その依頼人が、三人組の高校生に手を貸すな、と依頼をしてきたのかもしれない」

「何？」

唐渡は眉間に皺を寄せ、身構えるような姿勢になる。

「先ほど、八代開発の人間が訪ねてきましたよね」

ネコの声は的の中心を射抜く矢のようだった。

唐渡の黒目が慌てるように揺れ、すぐに反応ができない様子だったが、彼は「さあ、どうだったかな」と惚ける。

「あんたがいくらシラを切っても、俺たちはこの目で確認した」イヌが顔を近づける。「厳つい顔をしたオヤジがここに来ただろ。あんたが協力を断るのは、その男に何かを言われたからだ」

「責めてるわけじゃありません」ネコが穏やかに話す。「手伝ってくれることはありがたいですが、唐渡探偵に強要できるものじゃない。僕たちが封筒と立川タイキの行方を追っているのは、僕たちの都合であって、唐渡探偵には関係ないことです。ただ、知りたいんです。八代開発の人間がここで何を語ったのか、を」

　唐渡は沈黙を作り、足元を確認するように俯く。

「言えねえのかよ」とイヌが急かせた。

　唐渡は後ろに倒れ込むような勢いで、背中をソファに預けた。

「言ったはずだ。依頼人を守るのが、探偵。それを簡単に破っちゃ、もうこの仕事はつづけられない」

「あいつは依頼人じゃねえだろ」イヌが立ち上がる。「嘘をつくんじゃねえよ。こっちは仲間が二人もやられてんだ。あいつの関係者がやらせたのかもしれねえ。あいつはここに脅しに来たんだろ。何を言われた」

「喚くな、ガキ」唐渡が顎を上げ、睨む。「お前たちは立川タイキっていう大学生の正体を知ってるのか」

「そのことなら」ネコが抑揚を抑えた声を発した。「先ほど僕たちも知りました。風紀上好ましくないサイトの管理者だった、とか。その話を聞いて、手を貸す気がなくなった、というわけですか」

「……ああ、そうだな」

「立川タイキが消えたのは天罰だ、って割り切ろうってのか」

　イヌは舌打ちを響かせたのち、尻をソファの座面に戻した。

「お前たちもそう理解して、通常の生活に戻れ。探偵ごっこは終わりだ」

「奥田ノリヒデさんを訪問し、積極的な目的意識を持った唐渡探偵が、今は反対のことを言っている」ネコが実情を整理するように言葉にする。「手を引くための条件となる、それなりの理由というものが、脅しや立川タイキの正体を知ったことによる積極的な心情の減退とは考えにくいのですが」

「どう受け取ってもらっても構わない。俺は何も話すつもりはないし、考えも変わらない」

「そんなことで、父親だって胸を張れるのかよ」とイヌが粘るが、ネコはその隣ですっくと立ち上がった。

帰ろう、と口にする彼の言葉には諦めの心情が漂っている。渋々ながら、僕とイヌは腰を上げた。

出口へと向かう。後ろから唐渡がついて来ているのが、足音でわかった。

事務所を出て振り返ると、唐渡に向かって頭を下げた。

「胸を張れるさ」唐渡が囁く。その表情が痛みを我慢しているように見えたのが気になった。「父親になるからこそ、俺は手を引くんだ」

どういう意味ですか、というネコの質問に対して、力のない笑みが返ってきた。

（7）

日曜日、僕たちは午前十時前に、すでに高松市内にいた。活動をはじめたばかりの町にはてぐすねひくようなパワーが張っているようにも感じられ、僕たちの歩調も自然と速くなった。人影はまだ少ないようだが、賑わいを予感させるような片鱗は、百貨店から上がるアドバルーンやイベントのポスターなどあちらこちらから感じ取れる。

イヌの遅刻はいつものことだが、今日はネコも眠そうな表情をしていた。

どうして僕たちが日曜の午前中を満喫しているのかといえば、それは昨夜かかってきた電話に原因があった。

電話の相手は、椎名セイイチ。彼は昨日、入来アサヒとコンタクトを取り、僕たちが会いたがっていることを説明してくれたらしかった。ということで、アポイントが取れ、僕たちは相手側の都合により、彼女が指定した時間に約束した場所に赴いているのだ。

大学の近くにある、喫茶店が待ち合わせの場所だった。コロンビアという店名も外観も老舗というような店舗で、ガラス戸を開ける時はカランカランとベルが鳴った。

コーヒーの香りが漂い、ナポリタンスパゲッティが美味しそうな店だ。

店内は広く、カウンターとテーブル席がいくつか見えた。会話の邪魔にならないBGMは、ジャズ。数人の客がモーニングセットを楽しんでいる。

ここだよ、という声が聞こえ、店の奥に視線を合わせた。

中腰になり、手招きをする女性がいる。ショートカットの髪の毛は彼女の快活さを表しているようで、とても似合っていた。薄い化粧には好感が持て、背伸びしていない服装は距離感を感じさせない。

「あの、入来アサヒさんですか」

僕は確認のために訊ねる。

「そうよ。君たちが、椎名先輩が言っていた高校生ね」アサヒはこちらの返事を聞く前に手を挙げ、カウンターの奥にいる店主にアピールした。「コーヒー三つ」と注文したあと、「それでいいわよね」と事後確認をする。

「奢りなら何でもいい」

イヌが無愛想に返事をした。

「呼び出したのはこっちなのに」と僕は遠慮するが、「あら、年上がご馳走するのは当然のことよ」と彼女は気にしていない。

「ごめんね、朝早く」アサヒがコーヒーカップに口をつけた。「このあとは予定が詰まっちゃってて」

「時間を割いていただいてありがとうございます」ネコが丁寧に頭を下げた。「予定というのはボランティア活動のことですか？　そんなに忙しくしなくても、無償の奉仕を求めている団体や個人は逃げませんよ。それどころか、増えています。ゆっくり話しましょう」

「人間の心臓は生涯の鼓動回数が決まってるそうね。十五億回ほど律動的な運動をすると、死んでしまうそうじゃない」

「鼠も象も同じ回数らしいですね。それが？」

「一分間に約七十回の脈を打つ人間だと、寿命はだいたい四十年」アサヒが四本の指を立てた。「医療の発達などで日本人の平均寿命は戦後六十年で一・六倍に伸びた。人生八十年が当たり前の時代に突入したけど、人間の生理学的な寿命はその半分程度なの。私はもう半分を生きた。あと半分で何かを成し遂げられるかしら、と考えると焦りもするのよ」

「なるほど」ネコが頷く。「弱肉強食の自然界において老いた動物は生きられない。高齢化社会に直面するのは、地球上の動物で人間がはじめてですからね。ボランティアの精神はそのあたりの事情から生まれたのかもしれません。生理学的な寿命から、人生の時間が倍に延びたんです。誰かの手助けは必要かもしれません」

ネコ独特の理解に、アサヒがコロコロと笑い声を洩らした。それにしてもさ、という声には談話の題材を変更したそうな雰囲気を内包している。

「二人の顔は痛そうね。椎名先輩から話は聞いていたけど、喧嘩？」

「これは」ネコが自分の額を触った。「忠告の一つです」

「あら、最近の心添えは荒っぽいのね」

「そんなことより」イヌがテーブルに肘を突く。「時間がねえなら、本題に入ろうぜ」

「そうね、私に聞きたいことっていうのは何かしら。立川タイキって人のことなら、何も話すことはできないかもしれない。同じ大学ってことらしいから、すれ違ったことくらいはあるかもしれないけど、会ったことも話したこともない。存在自体も昨夜、椎名先輩から聞いて知ったくらいだから。やっぱりそのことについて？」

「立川タイキ氏のことについては了解しました」ネコが頷く。「でも、僕たちが訊ねたいのはそのことではありません。封筒を受け取りましたよね」

　アサヒの表情に変化があった。少し強張り、返答も遅れた。

「封筒って、あれのことかな。お金の入った……」

「それです。実はここにいる」ネコがこちらを指差した。「僕の後輩も同じ封筒を受け取り、その中に入っていた指示書どおりに封筒を次の人物に渡しました」

「え、君もそうなの」

「はい。僕の場合、巻き込まれたという形なんですが……」

「アサヒさんは三十代半ばの男性に渡されたんじゃないですか」ネコが会話を変わった。「というか、郵便受けに無理やりに入れられた。おそらくその人物を、アサヒさんは知らない」

「どうして……」アサヒが驚く。「もしかして、その人に聞いたの？」

「直接ではありませんが」

ネコがそう答えたところで、髭の店主がコーヒーを持って現れた。手慣れた様子でテーブルに並べていく。

「アサヒさんの反応を見ると、僕たちが聞いた話は正しかったということですね」

「そ、そうね。確かに、そんな感じだった」アサヒは自分を落ち着かせようとするように長い息を吐き出す。「恐る恐る封筒の中身を確認すると、お金と通帳が入っていて、凄く驚いたわよ。しばらく呆然としちゃった」

「で、どうしたんですか？」

「もちろん指示どおりにしたわよ」アサヒは潔白を疑われた人物のように声を高くする。「警察に届けようかとも思ったけど、自分の名前の書かれた封筒もあるし、責任を放棄するような気分にもなって、仕方なく、ね。でも、高松駅のコインロッカーに持って行くと、また封筒が入っていて……」

そこまで聞いて僕は「同じだ」とつぶやいた。

「ある人物に渡すように、と別の指示が書かれた手紙が入っていたのよ」

「先に質問しておきたいのですが」ネコが断りを入れる。「今から言う名前に心当たりがあれば、指摘してください」

彼はこれまで封筒に関係した人物の名前を立てつづけに列挙する。

「さあ」アサヒは首を傾げた。「聞いたこともない人たちよ」

「では、その指示の手紙に書かれていた人物については？」

「まったく知らない人だった」

「封筒を渡したってのは、誰なんだ」

イヌがいつものように偉そうな態度で質問した。

「八代シゲオ、っていう人だったかな」

「八代」

僕たちはほぼ同時に、その苗字を口にした。そこには驚きの感情が内包されており、どうして、とイヌが疑問を声に出す。

「八代シゲオというのは、もしかして」ネコがアサヒの顔を凝視する。「封筒に書かれていた八代開発という会社に関係がありますか？」

「うん、私もそう考えたんだけど、封筒を持って行ったのは男の住むアパートだったの。もちろん疑問はぶつけてみたけど、彼は言葉少なだったたし、明確な答えを受け取ることはできなかった。初対面の人物だし、私もそこから踏み込んで訊くことができなかったから、疑問はそのままにして帰ったんだけどね」

「その対応に出た人物というのは……」

それからネコは昨日、八代開発の事務所から出てきて探偵事務所を訪ねた男の特徴をこと細かく話した。

「うん、間違いないと思う。怖かったもの」

「おい」イヌが注目を集めるために呼んだ。「現金の入った封筒は八代開発のものだろ。あいつは探偵を脅したんだよな。暴力を使ってお前らを止めようとしたのは、あいつの関係者だろ。俺はそう理解してる。それなのに、何で封筒があいつのところに行くんだよ」

「僕も同じことを考えてた」同意するために発言した。「封筒を動かしているのはあの厄介そうな人かと」

「ねえ、あの封筒はいったい何なの」とアサヒが質問をしたところで、携帯電話が鳴った。すぐに反応したのはネコで、席を立つ。喫茶店の入り口まで進み、携帯電話を耳に当てた。

それを見届けたところで、アサヒが同じ問いを投げかけた。

「俺たちもそれを調べてる」

「立川タイキって人物やさっき言ってた人たちも、そのことに関係してるの？」

「そういうことだ」

「……不安だな」

アサヒが首をすくめるようにして、ポツリとこぼした。

「なあ、休日を潰してまでボランティアをやって、楽しいのか」

イヌが質問をする。共通点を探るための情報収集に会話の内容を切り替えたのだと判断できる。ネコが席を外し、その役割は自分にある、とイヌは考えたのかもしれなかった。

アサヒは顔を上げ、「そう」と頷いた。「それが問題なの」

「問題」イヌがその言葉を噛み締める。「言ってる意味がわからねえな」

「問題なのは、ボランティア活動をやっていて、私が楽しんでいる、ってことなのよ」

「それのどこに問題点があるんですか」

僕には解決すべき事項が隠れているとは思えなかった。

「誰かの手助けをしている、社会の役に立っている、そう感じると楽しくなる。それって奉仕の精神とはちょっと違うと思うのよ。献身的に尽くす、っていうのが奉仕でしょう。でも、私はそこに愉悦を見出している。喜んでもらえれば充足感もあるし、ある種の爽快感もある。これって自己満足っていうんじゃないかな、って思うのよ。自分が満足したいから、ボランティア活動をしている。そう考えると違和感が湧き上がって、真っ直ぐじゃない気がするのよね」

「じゃあ、労働の対価として賃金を受け取れ」イヌが言い捨てる。「それで悩みは解決だ。奉仕じゃなく、仕事。どうだよ?」

「……楽しいかな」

「楽しいに決まってる。人助けをして、金も手に入るんだ。楽しさは倍になるだろ」

「……私には楽しさが半減すると思うんだけど」

「そういうことだよ」イヌが顎で彼女を差す。「あんたはそういう考えの持ち主なんだ。無償で活動をし、他人を笑顔にして喜びを感じる、希有な人間だ。変人、って言ってもいい」

アサヒがぷっと笑いを放出させた。

「私は変人か」

「変人ってのは自分の欲求に素直だろ。貪欲に追求する。あんたにとってはそれがボランティア活動だった、ってことだ。奇人変人が深く考えてんじゃねえよ。満足して何が悪い。あんたはそれでいいんだ。献身的に楽しめ」

アサヒがその名前にふさわしい、輝くような笑みを浮かばせた。

「面白いね、君」

粗暴で、だらしない一面も持つイヌが女性に持て囃される理由がわかったような気がした。それは見た目や危なっかしさから生まれる母性本能をくすぐっているだけではないようだ。

貶《おと》しめながら、褒める。意識しているはずもないだろうが、イヌは相手の心を掴む高等テクニックを使用している。

ずるい。僕は思わずそう口にしてしまいそうになった。

「ごめん」ネコが帰ってきた。「話は進んだ？」

「終わったよ」

アサヒが腕時計を一瞥し、「じゃあ、私はもういいかな」と確かめるように訊ねた。

僕たちはそれぞれの物言いと態度で、礼を伝える。

「献身的に楽しんでくるね」

支払いを終えたアサヒは出口で振り返り、機嫌よさそうにこちらに手を振った。

「誰からだったんだ、電話」

先ほどまでアサヒが座っていた席に移動したイヌが質問をした。

「束縛の厳しい恋人のようだね」とネコがいつものように飄々とした様子で返した。

「で、誰だったんだ？」

「ヤヒロ君。調べてくれる、って言ってたよね。その報告だった」

「何かわかったのか」

「僕たちを襲った連中についてはわからなかったらしいけど、八代開発についてちょっとね」

「ちょっと、っていうのは？」

僕は椅子を動かし、身体ごと近づいた。

「八代開発の事業内容。あそこは高松市内の繁華街にあるクラブを経営し、ほかにもピンサロを運営してるオーナー会社のようなところらしいよ。どちらも暴力団組織の息のかかる店で、有名だそう」

「やっぱそっち系か」イヌが頭部を掻く。「誰からの情報だよ」

「ヤヒロ君の店の常連。筋骨隆々で、スキンヘッドのオカマがいたのを覚えてない？絶対に狙われてる、ってヤヒロ君が怯えてた」

「ああ、いたな。背中に火車婆を彫ったっていう中年男」

「そう」ネコが頷く。「二つの店舗とも無許可営業らしくて、違法なサービスも行われてるって話。客として遊ぶのは問題ないけど、コソコソと調べるのはやめたほうがいい、ってさ。下手すると監禁されちゃうよ、って火車婆のオカマさんからの忠告」

「コソコソと調べなきゃいいんだろ」イヌが立ち上がる。「行こうぜ」

「行く、ってどこに」

僕は見上げるようにする。

「八代シゲオのアパートだ。今から帰るにしても、ちょうど帰り道だろ」

「そうだね」

ネコが同調して腰を上げた。

けれど、僕は動けない。顔の傷が急に痛んだ。

「本当に行くの？」

「怖気づいた？」

ネコにそうやって直接的に訊ねられると、わずかながらに存在する僕の男子の部分が反発しそうになるが、それでも強いものではなかった。

「……かもしれない」

「正直だね」ネコが微笑む。「でも、当然の感情だよ。イヌはどうか知らないけど、僕だってできるなら関わり合いになりたくない人物だ。あとあとに響くような遺恨を残したくはないし、ね」

「俺だって面倒な人間は嫌いだ」

イヌも主張を述べる。

「でも、行くんだよね」

「じゃあ、やめよう」

ネコがあっさりと受け入れ、再び腰かけた。

「え、でもさ……」

「そうなんだよ。やめるとなると、胸の奥あたりがモヤモヤとするんだ。やめる、という決定を受け入れる準備はあるにしても、相反する感情も同時に湧き上がる。それがカメの正直な気持ちだよ。やめる、と言葉にした時、僕の場合はマミちゃんの顔と、覆面をした襲いかかる男たちが浮かんだんだけど、カメはどう？」

「……でも、と僕に言わせたのは」無意識に頬の傷を触っていた。「水尾さんの寂しそうな顔かもしれない」

「その、でも、が胸にあるなら、僕は動くよ」ネコが再度、腰を上げる。「カメは？」

引っ張られるように立ち上がっていた。

「怖いし、僕は何もできないかもしれないけど……」

「行動する、と決めたカメがそばにいるだけで、僕は心強い。イヌもそうだと思うよ」

「小便を漏らしそうになったら、俺の後ろで隠れてろ」

イヌが照れくさそうに言った。

「とても心強いよ」

僕は喫茶店を出る二人を追いかける。

電車内は無言だった。二人はどうだったのかわからないが、僕はずっと緊張感を携え、急激に干上がる喉を、生唾を飲み込むことによって潤していた。そわそわとして、視線が定まらない。同じ中吊り広告を何度も読んでしまっていた。

高松駅から数分で、目的地付近の香西駅に到着する。「須崎さんの家を訪ねて以来だね」と僕は言ったのだけれど、二人は軽く頷くだけで、反応は薄かった。「須崎さんと八代は知り合いなのかも」と憶測を語ったが、それがどうした、とイヌに言われただけだった。

確かにそれだけでは、それはどうした、で終わる。

須崎家がある方向とは逆に進んだ。二人を従えるように先頭を歩いているわけだが、積極性が湧いたわけではない。手元と周囲の風景を確認しながらの歩行はじれったくなるほど遅かった。

入来アサヒに教えられた情報から、僕が地図に起こしたものを持っていたのだけれど、それは拙いものであり、何度もこめかみを掻いた。周辺は古い住宅地が広がり、同じような建物が多いのだ。

イヌの不満が噴出する前に、目印となる鉄製の火の見櫓を発見できたのは、地図のおかげではなく、僕の勘が冴えていたからに過ぎない。

ここまで来れば、目的地はすぐに視界に入る。周囲の風景に合わせたような、古い三階建てのアパートだ。外壁は黒ずみ、ひび割れ、植木も手入れが不充分。セキュリティなど気にするような住人はいないようで、エントランスのドアは開け放たれ、強風対策なのか紐で固定されていた。

内部は寮のような造りになっているようだ。狭い廊下がつづき、細かく部屋に区分されていた。共同のトイレと小さなシャワー室を通り過ぎる。

男の部屋は一階の103号室。アルミ製のドアの郵便受けには一切の郵便物を拒否するようにガムテープが貼られている。僕はやはり躊躇してしまうのだけれど、イヌは勢いよくインターホンを押した。

知らずに呼吸を止めていたようで、僕は異常な胸苦しさの原因を、息を吐き出すことによって理解する。一分少々が経過し、留守ではないか、と肩の力を抜いた直後、動きがあった。

扉がゆっくりと開く。僕は全身の毛が逆立って硬化するほど身体を強張らせた。出てきた男は眠っていたのか瞼が腫れぼったく、少しだけ頭髪が乱れている。頭が重いのか背中を丸めるような姿勢だった。けれど、周囲の空気をピリピリとさせる雰囲気はある。警戒と威嚇は忘れていないようだ。襟が縒れたホワイトシャツにスラックス姿だが、すぐにでも敵意を露わにしそうな危険性をはらんでいた。

「何だ?」

男が低い声を出す。

「質問があるんだ」とイヌが切り出した。

「どけ」

男が大きく扉を開け、外に出た。スリッパをパタパタと鳴らしながら歩き、廊下に置かれた簡易な丸椅子に腰かける。胸ポケットから皺くちゃの煙草を取り出し、咥えた。

「質問だと?」

「ああ」

僕たちは反転し、男と対峙する。僕は早くもイヌの後ろに隠れていた。

「何者だ?」

「俺たちのことを知らねえのか、八代シゲオ」

男が煙草を吹かす。

「名前を知ってるとなると、部屋を間違えたわけじゃなさそうだな。しかし、不公平だな、おい。そっちも名前を明かせ」

「偽名でいいのなら、いつでも」

ネコが口角を上げた。

「俺が何者なのかも把握している様子だな」八代が足を組み、睨む。「だったらガキが関わり合いにならないほうがいいんじゃねえのか」

「関係を築こうとは思っていません。さっきも言ったように、質問があるだけです」

「質問な。ガキは大人に質問ばかりをする。愛とは、金とは、絆とは、うるさくてかなわん」

「俺たちが訊きてえのはもっと簡単だ」イヌが半歩前に出た。「俺たちのこと、知ってるよな」

八代が目を鋭くし、こちらを眺める。「知らん」

「僕たち二人の顔の傷のことを質問しないのはなぜですか」ネコが問う。「初対面の人間はこの容姿を見過ごすことができないようで、必ず質問をされます」

「長い間こういう生活をしてるとな、そういう顔をした知り合いと毎日のように会う。珍しくねえんだ」

「もしくは、あなたは僕たちがこういう状態になった理由を知っている」

「……面白いことを言うガキだな」

「じゃあ、封筒のことはどうだよ」イヌが話題を変えた。「現金と通帳が入った封筒を、女子大生があんたのところへ持ってきただろ」

「封筒……」

「そのことについても惚けますか」とネコが答えを急かす。「そういえば、受け取った」

「ああ、あれか」八代が大袈裟に膝を叩いた。

「それをどうした？」

「お前たちに話す義務が、俺にあるか？」

「こいつも」イヌが僕の腕を掴んだ。「その封筒を受け取った一人だ。教えろ」

「そうか」八代の小さな黒目がこちらを眺める。「封筒の中に入っていた指示に従った。お前もそうしたのか？」

僕は小刻みに頭を振って肯定した。

「中の金には手をつけてねえのか」

イヌが聞きにくいことをストレートに訊ねる。

「それは、俺という人間を見て出てきた言葉か？」八代は不快そうに表情を歪めた。

「だとしたら、心外だ」

「落ちぶれたヤクザなら、考えられることです」

ネコがそう言葉にしたとたん、八代が反射的に立ち上がる。煙草を床に叩きつけるとネコの胸倉を鷲掴みにし、締め上げると同時に右腕を振り上げる。僕は首をすくめ、身体を震わせた。

せる。

「いいのかよ！」

イヌの大きな声が男の行動を止めた。

「極道がガキ相手に暴行事件だ。あんたの立場はさらに悪くなるぞ。腐っても任俠の世界で生きてんじゃねえのか。今殴れば、そりゃただのチンピラだ」

鼻息を荒くした八代は憤怒を抑えるようにして、椅子に尻を戻した。舌打ちを響かせる。

「ガキに言い当てられて逆上してるようじゃ世話ねえな。落ちぶれた、か。確かにお前の言うとおりだ」

「服装を見ればわかります。質はいいのに手入れが行き届いていない。周囲に貫録と畏怖を撒き散らす必要がなくなった、という証です。それに、組織の中心となる人物なら、昼間に車を使わず、単独で行動することはまずあり得ません」

八代が自分のホワイトシャツを眺める。「ジョルジオアルマーニが泣く、か」

「無許可営業の風俗店じゃ、裏でカジノもやってるそうだな」とイヌ。

八代が驚くようにひょいと濃い眉を上げた。

「誰から聞いた？」

「友達」

イヌはそう答えたが、ヤヒロからの情報に違いなかった。

「そうだ、カジノのルーレットには必勝法があるのを知っていますか」

雰囲気の緩和を狙ったわけではないだろうが、ネコが話を脱線させる。

「そんなものがあるなら、俺は今頃、大幹部だ」

「あるんですよ」ネコは声を跳ねさせる。「まず赤を狙って、百ドルを賭けます。負ければ倍の二百ドル、さらに負ければ掛け金を四百、八百と倍にしてつづけ、勝てば賭け金をまた百ドルに戻す。計算すると、黒が出つづけないかぎり、赤が出た回数掛ける百ドルずつ儲かる計算です」

「待て待て」八代が話を止めた。「七回負けるとすると、次の賭け金は一万二千八百ドルになるじゃねえか。そんな大金がどこにある」

「運がなかった、と退場するしかありません。この必勝法は賭け金が無限にあることが条件ですから。実際、ラスベガスでは十七回連続で黒が出たことがあるらしいです」

「無限に賭け金があるなら、誰もルーレットなんてしねえよ」

「そうですね、この必勝法はカジノで資金を増やさなくてもいい人間限定のものです」

八代が表情を崩し、柔らかな感情を表に出した。

「暇つぶしにはなった」

「じゃあ、その礼ってことで、封筒のことを話せよ」

イヌが図々しく提案した。

「安心しろ、中の金を抜くことはしてねえよ」

「そうじゃねえ。封筒の指示どおりに動いたんだろ。誰に渡したんだ」

「さあ、誰だったか」

八代は惚けるつもりなのか、それとも記憶を探っているのか、顎を上げて天井を眺めるような格好をした。けれど、すぐに視線を戻し、お前は、という言葉とともにこちらを注目する。

その鋭い目がこちらに向けられているようで、僕は逃げ出したくなった。

「お前は、何も喋らないのか」八代が素朴な疑問を吐露した。「ただの付き添いか？」

嘲るような口調ではあったが、その軽口に反抗するほどの男気を持ち合わせてはいなかった。俠気は萎み、沈み、どこにも見当たらない。不細工な笑みを浮かばせるだけだ。

「どうだ、何か言ってみろ。お前の質問にならロも滑らかに動きそうだ」

八代は弱者を弄ぶように口元だけで笑う。

イヌに肘を突かれ、目で合図をされた。簡単な課題だ。そう言っている。

「あの」どうにか唇を動かし、震える声を発した。「あなたは今、二つの風俗店を経営しているんですよね。では、どうしてこのような生活をしているんでしょうか。二つの店舗を切り盛りしているなら、もっと豪勢なマンションとか……」

「それじゃねえだろ」イヌが頭を抱えるように嘆く。「封筒のことを訊くんだろうが」

「いや」ネコが表情を崩しながら、イヌの嘆きを制止した。「興味のある事柄だよ。どうします、八代さん。彼からの質問ですよ」

八代が苦々しい笑顔を足元に向ける。

「そうか、落ちぶれた極道の転落人生に興味がある、か」

「いえ、そういうわけじゃなくて……何というか、すみません」

慌ててそう言葉にするが、時間を巻き戻せるわけではない。取り繕うにしても僕の頭は真っ白で、誤魔化すこともできなかった。

「こう見えても、一年ほど前までは小さいながらも自分の組を仕切ってた」

八代が煙草に火を点けた。声音はさらに低くなり、表情にも影が差す。

「頭が切れ、器用な組織の長は金融、建設会社、中古車販売店やいろいろと手を伸ばし、犯罪とは離れたところで財を築く。そこから毎月、何割かを上部組織に上納するわけだ。経営能力のある傘下組織が多いほど、直参組織が潤うって仕組みだ」

「恨み節が含まれてるってことは」イヌが口を挟んだ。「あんたにはその才覚がなかった、ってことか」

「なかった」八代が自嘲気味に鼻で笑った。「そろばんを弾くためにヤクザになったわけじゃねえ。喧嘩の腕一本で這い上がった俺のような極道は細かいことが苦手だ。

結果、薬物に手を出す。仕入れて、卸すわけだ。まあ、それも言うほど簡単なものじゃない。やばい分、下手を打つと即失脚に繋がる。失敗すれば、すぐに小指が飛ぶ。第一関節から上がなくなる、ってわけだ」

八代が左手の小指を立てた。そこにはちゃんと指が存在し、僕はほっとする。

「あんたはしくじったわけじゃねえのか」とイヌが質問をぶつけた。

「しくじったからこそ、ここにいる。これまでの貢献度を鑑みられ、指だけは飛ばされずに済んだが」八代が立てた小指を弾いた。「自分の組は解散、ほかの組に吸収された。俺は面倒を見ていたかつての組員に顎で使われ、逮捕要員として飼われてる」

「逮捕要員、というのは？」

僕は遠慮がちに訊ねた。

「言葉のとおりだ」煙草の煙を大きく吹き出す。「逮捕の際に必要な人員。違法なサービスや賭博、無許可営業をやってる店はいずれ警察に目をつけられ、摘発される。その時、店の責任者、首謀者として、大人しく逮捕されるのが、俺の役割だ」

「損な役回りですね」とネコ。

「殺されないだけましだ」八代がおどけるように眉を上げる。「普通は適当な人材を見つけ、風営法の許可や登録のために名義を貸してくれ、と騙し、店長に据える。不景気の時代だ、月に五十万円以上を稼げる、と謳えば乗ってくる馬鹿もいる。高給だが、そこには逮捕の際の弁護士費用や罰金の支払いも含まれてる。大人しく履歴書を汚してもらうってわけだ」

「あんたがそんな高給取りには見えねえがな」

「だから、飼われている、と言ったろ。使えない極道は安い賃金で飼われ、逮捕の日を待つ。それだけだ」

「同情はしませんよ」

　ネコが明瞭に伝えた。

「安っぽい共感はいらねえ」

　八代が立ち上がる。腰に手を当て、背筋を反らせるように伸ばした。

「さて、もういいか。俺はもう少し眠る」

「待てよ」イヌが止めた。「俺たちはあんたの身の上話を聞きにきたわけじゃねえ。封筒のことを話せ。寝るのはそのあとだ」

「正体を明かしたあとだ」八代は情けなさそうに首を回した。「零落の身にある極道の脅しじゃ、効果は薄いだろうな」

「そうですね」ネコが答える。「あなた一人のために組織は動かない。それがわかりました。僕たちも多少、強引に話を聞ける。僕の後輩の質問にも意味はあったというわけです」

八代が鼻で笑った。「違いねえ」

「あの封筒は何なんだ」

イヌが改めて質問をぶつけた。

「……知らないな」

「封筒に印刷されてたのは、あんたの会社の名前だろ」

「確かに、封筒にはうちの会社の名前が印字されてた」八代が認める。「けどな、八代開発に封筒があること自体、俺は知らなかった。逮捕要員である俺が備品を管理したり、経営に関与したりすると思うか。俺がやるのは、集まってきた売上金を金庫に入れ、集金にくるまで番犬のように見張る。それだけだ」

「どうして封筒の指示に素直に従ったんですか」

ネコが疑問を声に出した。

「上からの指示だと思ったんだ。薬か何かの取引で必要な行動だ、とな。俺のような立場の人間が、いちいち上に伺いを立てるわけにはいかねえ。黙って動くだけだ。しかし、お前たちの話だと、それも勘違いだったようだが、な」

「なるほど、そうですか」ネコが頷く。「では、別の質問を。唐渡ヒロマサ探偵とはお知り合いですか？」

「……唐渡」

「先日、あなたが唐渡探偵事務所を訪ねるところを目撃しました。唐渡探偵もそのことを認めましたしね。けれど、目的までは言わなかった」

「仕事のことだ。探偵はいろいろと使える」

「唐渡探偵もあなたのことを依頼人だと言っていました」

「だから、そうだと言っただろ」

「しかし、疑問は拭えません。唐渡探偵は数時間で意見を百八十度変更しました。その間に、あなたとの接触があった。僕としては疑いたくなります」

「疑うのは勝手だが、その時間に探偵と接触したのは俺だけか？　直接会わなくとも、電話という手段もある。人は簡単に心変わりをして、平気で裏切る。お前たちの知らない人間の残酷さを、俺はこれまでに嫌と言うほど見てきてる」

「珍しい事象じゃない、と」

「そういうことだ」

「探偵より、封筒だ」イヌが割って入った。「封筒は組織と関係ねえ。そう理解できたんなら、誰に封筒を渡したのか言えるだろ」

「……その質問に答えれば、帰るか？」

「居心地のいい場所じゃねえ。俺たちもさっさと帰りたい」

「佐竹トモジっていう爺さんだ。指示にはそう書いてあった。住所は忘れたが……」

八代はそれから口伝えで、佐竹トモジという人物の住居を乱暴に説明した。僕たちは時々、質問を挟みながら、その場所を明瞭にしていく。

「約束だ、帰れ」

「本当に封筒には関わっていないんですね」とネコが確認する。

「しつこい男は嫌われるぞ」

八代が背中を向けた。

「探索活動に執着はつきものですよ」

「おい、あんたはこれでいいのかよ。このまま黙って逮捕の日を待つのか？」

イヌが問いかけると、八代が足を止めた。振り返ることはしない。

「いいんだ」

その声があまりにも穏やかで、僕ははっとした。諦めでも投げ遣りでもなく、自分の過去と向き合い、優しく撫でているような印象でもあった。

「逆に逮捕される日が待ち遠しい。これでやり直せる」

八代は自分の部屋の前に立った直後、自分の言葉に気づいたようで、心地悪そうに肩を上下させたり、首のあたりを揉んだり、と忙しなく動いた。

自室のドアを開ける。

「負け惜しみだ。聞き流せ」

「どう思う?」

帰り道、イヌがそんなことを訊ねた。

夕刻が近づき、日が傾きはじめている。休日が終わる。そんな憂鬱さが滲み出しているかのように空気が重かった。空には雲が張り出し、薄暗さもある。風も出てきたようだ。

「嘘だね」とネコ。

「やっぱそうだよな。逮捕が待ち遠しいなんて、あり得ねえよ」

「それは、本心だと思うよ」ネコが訂正する。「声に感情がこもってたからね。僕が言ってるのは、別のこと。彼は封筒の一件に関係してる。その話に関してはどこか薄っぺらな印象だった」

「ってことは、佐竹って爺さんのことはでたらめか?」

「それは訪ねてみないと確認ができないね」

「僕もそう思う」僕は頷き、同意を表した。「ちゃんとした返答のようにも聞こえたけど、のらりくらり、って感じだった。唐渡探偵のことに関しても、ただの仕事上の付き合いだとは思えない」

「父親になるからこそ、俺は手を引く」

ネコが唐突につぶやいた。

「何?」

僕は首を傾げた。

「唐渡探偵が意味深な言葉を残しただろ。あの意味をずっと考えてたんだ。八代は組の名前を出して探偵を脅したんじゃないのかもしれない。僕でも彼が落ちぶれた極道者だと見破ったんだ。唐渡探偵が見抜けないはずはない。脅しは半減するどころか、効果は皆無に近い。警察に通報する、と告げれば逃げ帰るしかなかったと思うよ」

「じゃあ、どうやって?」

「説得、納得」

「手を引くように八代が説得し」イヌが話に加わる。「探偵は納得した、ってわけか」

「どんな説得?」と僕。

「それはまだわからないけど、納得したということは共感できるものだったはずだよ。父親として、ね。もしかすると、唐渡探偵は八代とどこかで繋がっていたのかも……」

そこまで話したネコは歩みを止め、僕たちから遅れた。

「何だよ、忘れ物か?」

イヌが腰を捻って後ろを向き、声を飛ばした。

「ここで別れようか」ネコが提案する。「ちょっと寄るところがあるんだ」

「どこへ?」僕は質問する。「どうせ暇だし、付き合ってもいいよ」

「馬鹿」イヌに後頭部を叩かれた。「ネコがああいう顔をしてる時は、勝手にやらせんのが一番だ。俺たちがいると邪魔になる。何か閃いたんだろ」

「まあ」ネコが照れくさそうに鼻先を掻く。「説明は明日、学校で」

「それでいい」

イヌに背中を押され、僕は前方に向き直って歩き出した。不満だったけれど、仕方ない。それがネコのやり方で、そのほうが効率的ならば、静かに待っていたほうが得策なのだろう。面倒が嫌いなイヌは別として、いつかは僕もネコの隣に並び、足手まといにならない程度の知識と行動力を身につけ、手助けができればいいな、とは思うが、それはいつの日になることやら、と空を見上げてしまいそうになった。

僕たちは上りと下り、別々のホームに立っている。ネコはどうやら高松駅に向かうようだった。

「唐渡探偵のところ?」と僕は向かいのホームから訊ねたのだけれど、ネコは大きく腕を交差し、「残念でした」と舌を出した。

（8）

月曜日、依頼の進展を期待して朝早くから教室を訪ねてきたヨウコとマミは、まず僕の顔を見て驚いた。どうしたの、と質問をし、悲哀の混ざった視線を向けてくる。

「猫沢先輩の容姿に変化があったことは知ってるけど」とヨウコ。

その話は早くも学校中の噂になっていた。

「カメ君までそんな状態だったとは知らなかった」

僕の状態が広まるまでには、あと一週間ほどかかりそうだ。しかもそれはネコの話のついでにという状況で語られるのではないだろうか。

「犬崎先輩と喧嘩になった、っていう話だけど……」

目の下のクマが目立つマミが、心配そうにささめいた。

「根拠のない風説が、有力な情報となってるようだね」僕は溜め息をつく。「まあ、タダシ君だけが怪我を負ってないわけだから、そういう話になっても不思議じゃないけど」

「何があったの？」

ヨウコの顔に感興の色が滲む。

「実はさ……」そこまで言って、マミの存在が気になった。「ラグ、ビーでね」

「ラグビー?」

「そう」マミに気を遣って真実を隠したわけだが、はぐらかす自信はなかった。「十五人ずつ二組に分かれて、楕円形のボールを奪い合いながら相手方の陣地にあるゴールにトライするスポーツだよ」

「そのくらい知っている」

「もちろん依頼の調査はちゃんとやってるから、安心して」

「そういうことが言いたいんじゃなくて……」

「この顔のことはもういいだろ」強引に断ち切る。「聞きたいのは週末の成果だよね」

「まあ……」とヨウコは不服そうに承諾した。

封筒と立川タイキについての報告には心遣いが必要だった。封筒の行方については先へと進んだ、と正直に伝える一方で、立川タイキの正体については隠す。

突然知らされる恋人の裏の顔を、彼女は信じられないだろうし、今は受け入れられないに違いなかった。ほかにも、まだ報告を受けていないということもあり、期待をさせてもいけないので、ネコの閃きについては話さなかった。

「あの」マミが遠慮がちに声を発する。「あまり無理をしないでね」

「ぜんぜん、無理なんてしてないよ」

笑顔が強張る。やはり顔の傷を誤魔化すことはできなかったようだ。


「やってられねえ」

昼食時、イヌが唾を飛ばしながら不平を吐露させた。

校舎二階にあるネコの教室に、僕たちは集まっている。テラスのすぐ横にネコの席はあり、陽光が暖かく、頭の働きを鈍らせるようにぼんやりしていると眠気とともに瞼を閉じそうになった。特に腹を満たしたばかりの今は、簡単に睡魔に引っ張られそうだ。

「俺が何をしたっつうんだよ。俺は何もできなかったから、むかついてんだろうが」

「イヌにやられたんじゃない、って否定してるんだけど」ネコが弱った顔をした。「なかなか浸透しなくて困ってるんだ。悪事千里を走る、というけど、さすがに追いつけないよ」

「楽しそうだな、おい」

「まさか」と言ったネコの顔は笑みに溢れていた。「カメは負傷の理由をラグビーって説明しているようだし……」

「明らかな嘘、と認識されてるようだけど」僕は額を掻く。「でも、それが功を奏して、話したくない、っていう心情が伝わったのか、それ以上しつこく訊いてくる友人はいなくなった。新聞部の高部さんも、私はついて行かないほうが安全かもね、って言ってたし」

「それは賢明な判断だね」

「で、昨日はどうだったんだよ」

イヌはまだ不満を払拭できないようだが、質問を向けた。

「二人と別れたあと、図書館に行ってたんだ」ネコが笑顔を消し、話し出す。「八代が唐渡探偵の事務所を訪れた帰り道、手向けられた花に手を合わせたのを覚えてる?」

「ああ、あったね、そんなこと」

僕は記憶をたどり、その場面に行き着いた。

「その行動がずっと引っかかっていてさ。いくら信心深い人間だといっても、見ず知らずの魂の安寧を願って祈るなんてことは、不自然だと思うんだ。で、図書館に行って新聞を引っ張り出して調べてみた」

「あそこで何があったの?」

「ひったくり事件」ネコが忌々しそうに口にした。「今年の七月十一日、午後十二時過ぎ、大間トシキとその娘の大間ナギサが市内の路地を歩いていた。唐渡探偵事務所がある通りだよ。そこへ、後ろから二人に近づくスクーターがある。運転するのは市内に住む未成年。少年Aは腕を伸ばし、大間トシキが持つカバンを狙った。大間トシキはとっさに抵抗して、カバンを離すことはなかったらしい。少年Aは運転操作を誤り、立て直すことができず、壁に衝突した」

「どうなったんだ、そいつ」とイヌが訊ねた。

「死んだ」

感情のこもらない、平坦な声だった。

「じゃあ、あの花はその少年の？」僕は顔を突き出す。「八代が手を合わせていたのはひったくり少年の魂？」

「そうじゃない。運の悪いことに、後ろから親子二人に迫っていたのは少年Aだけじゃなかった。宅配トラックも一緒だったんだ。父親は抵抗のために両手でカバンを摑んだが、娘の手を離してしまった。身体がぶつかったのか、それとも娘自身が避けたのかわからないけど、大間ナギサは車道に出てしまった」

「まさかトラックに撥ねられたの？」

「……後輪に巻き込まれたらしい」ネコの声に躊躇が生まれる。「悲劇が小さな記事となって報道されてた」

「あの花はその娘へのものか」イヌが声を落とした。「事故についてはわかった。八代とはどう繫がる？」

「さあ、それはわからない。でもね、亡くなった大間ナギサは近くの保育園に通っていたらしいんだ」

「あっ」僕は思い出す。「それって、もしかして探偵事務所の階下にある保育園のこと?」

「正解。四歳になる大間ナギサはその無認可保育園に毎日、預けられていたそうだよ。ということは、だよ。その上階に事務所を構える唐渡と何かしらの関わりを持つ可能性はある。ナギサちゃんじゃなく、その父親と知り合う可能性はあると思うんだ」

「もしかして、大間トシキと八代にも何か関わりが?」

「大間トシキは」ネコはそこで市内で一番大きな有名百貨店の名前を口にした。「そこで働いているらしいんだ。唐渡探偵の事務所から、とても近い」

「仕事の前に、保育園に預けてたんだな」とイヌが推理する。

「大間トシキが仕事関係で八代と関わりを持つことはないに等しい。だけど、立ち止まってまで鎮魂の意を表したんだ、どこかで知り合っているはず」

「八代が運営する店の常連ってこともあるよな」

「あるね。それが最も自然だと思う」

「でもさ」僕はそこで疑問を湧き上がらせた。「それが答えだとしても、不充分だよ。それじゃ、唐渡探偵と八代だけの共通点になる。封筒は複数の人間に手渡されてるんだよ。下田マリエ、須崎アキラ、篠崎マコト、奥田ノリヒデ、入来アサヒ、それからまだ訪ねてないけど、佐竹トモジ。みんなが大間トシキと関係がなければならない」

「僕も同じことを考えた。全員が百貨店を利用して、知り合いになった、という可能性はあるけど、大間トシキは売り場の担当ではなく、裏方の事務所勤務だったらしいんだ。客と触れ合う機会は少ない」

「じゃあ、どこで……」

「図書館の帰りにさ」ネコが唐突に話を変えた。「駄目元で入来アサヒさんの部屋に寄ってみたんだ」

「どうだったの？」

「日頃の行いがこういうところで運を向かせるんだろうね、友人と一緒に部屋にいたよ。そこで、大間トシキのことを質問した。もちろん事故のことも話した」

「答えは？」

「百貨店はよく利用するけど、聞いたこともない名前だって。事故のことは知らないようだった」

「それって本当かな」

僕は疑う。

「表情に不自然な変化はなかった。声にも動揺は感じられなかったかな。それに、アサヒさんの友人に話を聞くことができたんだ。彼女の友人っていうのはボランティア活動サークルの仲間で、アサヒさんとはほぼ毎日顔を合わせているというほどの関係らしくてね、彼女が自信を持って、そういう人物と関わったことはない、と証言してくれたよ。男の影がチラつけば気づくはず、だってさ」

「その話が本当なら、最初から考え直さなくちゃならないよね」僕は肩を落とした。「彼らを繋いでいるものは何だろう」

「思いついたことがあるんだ」

ネコの表情に得意げな笑みが広がった。

「何だよ」イヌが頭を後方に倒す。「答えを持ってんなら、もったいつけてんじゃねえよ」

「答えじゃない。可能性だよ。しかも、その可能性も、可能性として昇華するかどうか疑わしい。何せ、その考えに行き着いたのは、今朝のことだから」

「今朝」イヌが首を曲げる。「何があった？」

「イヌが乗る電車に、僕が途中の駅から乗り込んだ。僕はイヌを見つけ、声をかける」

「それがどうした？」

「イヌはいつものように熱血野球少年のトレーニングに付き合って、背中を突いてたよね」

「日課だ」

ネコはそこで意味深長な微笑を浮かべる。

「またその顔かよ。説明はあとで、ってことか」

「イヌは勘が鋭いね。説明の前にやってもらいたいことがあるんだ」ネコがポケットから紙を取り出した。「これまで訪ねた封筒に関わる人物たちが勤める会社と、学校の始業時間を調べてほしいんだ。ネットや電話を駆使すれば、放課後までにはできるよね。八代開発は公式なホームページを開設してはいないだろうけど……」

「須崎さんも？」

彼は確か不採算部門の整理のために肩叩きをされたのではなかったか。

「そうだね、お願い。以前勤めていた会社でいいから」

「頼んだぞ、カメ」

イヌが丸投げする。

「えっ、僕が一人でやるの」

イヌとネコの二人が無言で、同時に頷いた。

「えっと、まずは美人ＯＬの下田マリエさん」

放課後、僕は調査の成果を披露するために日本史のノートを開いた。ポケットに手を突っ込みながらイヌが前を歩き、隣にネコがいる。風は冷たいが、太陽光が強いためか背中を丸めるほどではなかった。下校の流れに身を任せるようにして、僕たちの足はノロノロと動く。

「彼女が勤めるのは、高松市内の医療品販売会社。始業時間は午前十時らしいよ。唐渡探偵に電話をして、教えてもらったんだ。まだやってるのか、って呆れ声だったけど」

「そう、次」

「えっと、唐渡探偵事務所。ここは電話のついでに訊ねた。午前十一時だったかな」

「次」

　何だかネコの態度が横柄に思える。

「須崎アキラさんの食品製造会社は、午前十時。篠崎マコトさんは短期大学、午前八時半。講義の時間は高校と同じく事前に決まっているようで、始業時間は毎日、この時間なんだって」

「なるほど、なるほど」

「で、奥田ノリヒデさんが勤める金属加工会社。午前十時。入来アサヒさんは連絡先がわからなかったんで、椎名さんに電話をした。でも、大学では自分で講義を選択するのが一般的で、始業時間もその日によって異なるそうだよ。だから毎日、同じ時間に講義がはじまるわけじゃない。最後に八代開発だけど、やっぱりわからなかった。風俗店の運営だから、やっぱり日が傾いてからじゃないかな」

「大間トシキが勤める百貨店は？」

「えっと、同じ百貨店に勤める従業員のブログからの情報だと、午前十時。午前十一時の開店だから、そのくらいだよね」

「なるほど、よく調べてる」

「大間トシキ、下田マリエ、須崎アキラ、奥田ノリヒデ」イヌがつぶやく。「始業時間に共通点があるのは、この四人だな。これをどう見るんだ、ネコ」

「すべての人間が繋がらなかったか、残念。でも、別の見方もできる。その共通点を封筒が手渡された順番に見ると、交互に現れているのがわかるよね。封筒の動きは確か、下田マリエ、唐渡ヒロマサ、須崎アキラ、篠崎マコト、奥田ノリヒデ、入来アサヒ、八代シゲオだったはずだよ。偶然かな、それとも意図的。面白いね」

「でもさ、それなら八代も午前十時じゃなきゃ駄目だよ」

「八代が出社していたのは、午前十時なのかもしれない。カメの報告は推測の域を脱していないからね」

「で」イヌが一瞬、振り返る。「ほかにもあるんだろ」

「下田マリエは鬼無駅の近くにマンションがあった。須崎アキラの住宅は香西駅。奥田ノリヒデの家は坂出駅の裏だったらしいね。八代シゲオのアパートも香西駅だ。しかもこの四人の仕事場は高松市内にある」

「あ、ハジメ君から頼まれていたことだけど、唐渡探偵の家は空港の近くなんだって。車で通勤してるらしいよ」

「そう。大間トシキの自宅は、丸亀駅の近く。商店街の少し向こうにあるそうだよ」

「そんなことも新聞に書かれてたの？」

「そこまで細かい情報は掲載されてないよ。その情報を手に入れたのは、保育園。大間ナギサが通っていたところだよ。図書館の帰りに寄ったんだ。道を訊ねることからはじめて、手向けられていた花、事件の話をして、大間トシキが住む地域までたどり着いた。まあ、今は住んでいないらしいけどね。娘さんが亡くなって、百貨店も辞めたそうだから」

「新たな共通点が見えてきたな」イヌが発言する。「大間トシキを含めた五人はＪＲの駅の近くに住んでいて、高松市内に職場がある。ってことは、通勤には電車を利用する可能性が高いってことだ。始業時間が同じなら、乗る電車も同じと考えていい」

「ああ、だから熱血野球少年」

僕は声を大きくした。

「通勤や通学っていうのは単調なもので、自然とリズムや習慣というものが生まれる。

同じ電車、同じ車両、同じ席という具合に。毎朝、そんなことをつづけていると顔馴染みもできる。イヌと熱血野球少年のように、ね。会話をしなくとも、意識している人間は何人かいるし、その人物の姿が何日も見えないと、心配になったりすることもある。次の日に顔を見せると、ほっとする自分がいたりして。生理的に受けつけない人間だっているかもしれない。恋が生まれることもある。不思議な空間なんだ」

「僕は電車を利用しないから、そこのところはよくわからないけど、そんなこともあるんだろうな、とは思うよ」

「大間トシキを含めた五人が、同じ車両で顔見知りだった、とは考えられないかな」

「考えていいんじゃねえか」

　イヌが言う。

「でもさ、それを質問としてぶつけても、真実を語ってくれるかどうかわからないよね」

　僕はそう言って、障壁を作った。

「質問する必要はねえよ」イヌが足を止め、身体ごと振り向いた。「確かめりゃいい。その電車に乗り込めばいいんだ」

「なるほど」ネコが感服するように頷く。「とても単純だけど、確実な方法だね。僕の好みだよ。明日までに可能性のある路線と時刻を調べておく。あ、でも、それを実行に移すには午前中の授業を棒に振ることになるけど、それでもやる？」

「問題ねえよ」

イヌが賛同し、当然、僕も頷いた。


佐竹トモジ宅はバスに乗って十五分ほど南に向かった町にあるらしかった。同じ市内らしかったが、あまり立ち寄らない地域であり、気もそぞろになる。八代に教えられたバス停で下車した。

石材店とうどん店が並ぶ通りは静かで、人影はない。車の往来はあるのだが、住民以外にこの場所が目的地にはならないのか、先を急いでいるような印象だった。

「この近くの一軒家だったよな」

イヌは八代の説明を思い出すように首を回し、周囲を眺める。

「そのはずだけど……」

僕は不安な声を出した。確かに近くに住宅街はあるのだが、その規模は想像よりも広く、詳細な地図でもなければ探し当てるのに苦労するだろうな、と判断できる風景だった。

「探索の基本は歩くこと」ネコが前進をはじめる。「踏み出すことさえすれば、発見に繋がると信じて前に進むことが重要なんだ」

「そっちが前だってどうしてわかるんだよ」イヌが野次るように言った。「後ろかもしれねえぞ。発見から遠ざかってたらどうする」

「間違いだ、ってことが判明する。それは発見に近づく大きな進歩だよ。遠ざかっていたとしても、結局は近づくことになる」

「……納得できる回答だけど、騙されてる気がする」

僕は率直な意見を声にする。

「耳を塞げ、カメ」

イヌは両手で耳を覆い、笑った。

通りを外れると、すぐに住宅街に入った。一軒一軒表札を確認して歩くが、なかなか佐竹に当たらない。また中村かよ、とイヌが大袈裟に嘆き、呪いの可能性を口にした。

「中村家を三軒発見しただけで呪いを疑うなら、偶然が起こるのはすべて呪いのため、ってことになるね」

「うるせえよ、ネコ」

その言葉に苛立ったわけではないだろうが、ネコが歩調を速くして、僕らから遠ざかった。その様子を見守ると、彼が向かう先にほうきを持ったふくよかな体型の中年女性がいるのがわかる。自宅の周辺を掃除しているのか、溝にはまった落ち葉を念入りに掃き出していた。

ネコは低姿勢で女性に声をかける。僕たちも彼に追いつくために駆け足になった。

「部活で負傷してしまって」とネコが説明しているということは、やはり顔の傷のことを訊かれたのだろう。

「訊ねたいことって何なの」

中年女性は紫外線を気にしているのか、つばの広いハットを被っていて、表情が読みづらかった。けれど、声に不審感はなく、怪しまれてはいないようだ。

「佐竹トモジさんをご存知ですか」

「ああ、きっちり爺さんのことね。知ってるわよ」

「きっちり、ですか」

「あだ名のようなものよ。このあたりでは有名な人なの。緩みや隙がない、っていうのかしら。身なりもそうだけど、生活態度も非難のしようがないほど規則正しい。自分に厳しく、他人にも厳しい厳格な人ね」

「立派な人のようです」

「融通が利かない、とも言うけどね」

中年女性は口に手を添え、声を殺して笑う。

ネコは見事なあだ名のついた佐竹トモジ宅の情報を得るために質問をした。

どこかで叱られた仕返しじゃないでしょうね、と中年女性は警戒したが、ネコの巧みな説明に納得し、最終的には詳細な場所を教えてくれる。

僕たちは一礼をし、彼女と別れた。

「ああいう恥ずかしいことが、よく言えるよな」

イヌが呆れと感心をない交ぜにしながら、言った。

「叱られたのは確かです。でも、復讐なんて考えていません」ネコは殊勝な表情でそんなことを言った。「僕たちに自分たちの行いを見つめ直し、猛省するきっかけを与えてくれました。自らの醜悪な姿に気づいたんです。それは佐竹さんの言葉があったからこそ。何かあれば連絡すればいい、と佐竹さんから連絡先を渡されたのですが、やはり直接会って、お礼を言いたくて……」

そんな作り話を、ネコは感情豊かに伝えたのだ。

「韓流映画や昼ドラマに慣れている中年女性には、あのくらい臭いほうが効果はあるんだ」ネコはあっさりと言う。「事実、教えてくれただろ」

「まあ、そうだね」

僕は苦笑し、耳を塞げ、と言いたくなった。

佐竹トモジはそのあだ名に相応しい姿で現れた。七十代後半という情報だったけれど、背筋は伸び、体格も力強く、頭髪も白髪交じりではあったが豊かで若々しい。

右手で扉を支えながら、「用件は？」とぶっきらぼうに訊ねてきた。

僕たちは頭を下げて、自己紹介をする。身元を偽る必要はない、と考えたのか、偽ってても見破られる、と感じたのか、ネコが真実の本名と学校名を口にしたので、僕もそれに倣った。

「訪問の理由は単純明快です。封筒についてお話を伺えれば、と思いまして」

ネコは世間話を抜きにして、直接的に問いを向けた。

「封筒」

左目の下部が痙攣し、思い当たった節はあったけれど、すぐに話すことはしない。こちらの出方を窺うようにじっと見つめる。

「現金と通帳の入った封筒です。おそらくその中には佐竹さんの名前が印字された封筒が入っていて、指示が書かれていたと思います」

「ほう」

佐竹が短く反応した。首元まで留めたシャツが苦しそうにも見えるが、彼にとっては外したほうが苦しいはずだ。

「ご存知のようですね」

「知っていれば、何だというんだ」

敵意はないのだろうが、そのように感じられなくもなかった。

「教えてほしいことがあります。その封筒を誰に届けたのですか」

「……言えん、な」

「ということは、届けたのですね。警察に届け出たり、他人に任せたわけではない」

佐竹が沈黙する。眉が動き、そこには失策をしたような悔しさが滲んでいた。

「理由を話します」

ネコがこちらを見て、目で合図をする。

僕はゆっくりと口を動かして、友人の恋人が行方不明であることを述べた。そのことにはおそらく封筒が関わっていて、自分も封筒を運んだ一人だと伝える。

「なるほど。君たちのやりたいことは理解できた。行動の理由も納得できるものだ。しかし、もうやめておきなさい」

「どうしてですか?」と僕。

「その顔の傷は新しいものだ。封筒の行方を追って、負ったものじゃないのか」

「秘密に危険はつきものです」

ネコが軽やかな口調で言った。

「しかし、これは普通ではない。知らない者から大金の入った封筒を受け取り、また知らない者へと渡す。理由も判然とせず、一方的に指示を出されるんじゃ。しかも、そこには強要も脅迫もなく、受け取った者の心根次第。君たちの話ではその行為が数珠繋ぎのようにつづいているらしい。手を出さないほうが賢明じゃな」

「やめられねえよ」イヌがヌッと身体を入れてきた。「俺の顔は痛まず、痒くもねえ。苦痛を感じてんのはこいつらなんだ。手を引けるはずがねえだろ」

「自分の身が痛んでいたほうがましだった、ということか」

「佐竹さんが僕たちの立場ならどうですか」

ネコが提案するような口調で語る。

佐竹の表情が緩んだのがわかった。

「お願いします」

ネコが深々と頭を下げ、それに従うように僕も、もちろんイヌも頭を低くした。

「私がもっと若く、君たちと行動をともにする仲間だったとしたなら当然、止まりはしなかった。やめなさい、と進言する年寄りに食い下がり、動こうとはしない。おそらく、そうだ」

「だったら……」

イヌが真っ先に顔を上げた。

「一つ条件がある」

「何だ？」

「それ以上、傷つくな」

「約束はできませんが」ネコが笑みを浮かべた。「最善の努力をします」

「年寄りは若者の未来を憂う。そういう生き物なんじゃ」

そう言って笑った佐竹は封筒の行方を委細に教えてくれた。記憶力も衰えていないようで、細かい部分まで覚えており、迷ってはいけない、と地図も描いてくれる。

「最後に一つだけよろしいですか」

別れ際、ネコが人差し指を立てた。

「何だ?」

佐竹が腕を組む。

「佐竹さんは毎朝、どこかに出かけているということはありませんか」

「ほう、どうして知っている」

僕たちは顔を見合わせる。八代の次ということは共通点に当てはまらない順番のはずだった。

「それは電車を使って、ですか?」

「いや、そんなものは使わない。自分の足で進む。町内の掃除を、な」

「ああ、そうですか」

「十数年前に定年退職して以来、電車に乗ったことはない。封筒を多度津駅のコインロッカーに届けたが、電車に近づいたのはそれだけじゃ」

「ありがとうございました」

　僕たちは丁重な礼を、佐竹に向けた。


「気づいてた？」

　ネコがぼそっとつぶやいた。

「何？」

　小さな発見もできなかった僕は瞬きを多くする。

「どうやら僕たちは見張られてるらしい」

　振り返ろうとするところを、ネコに手で止められる。

「無闇に見ないほうがいい。相手は気づかれてない、と思ってる。でも、僕たちはすでに感づいてる。これは僕たちにとって強みだよ」

「いつからだ？」とイヌが訊ねた。

「佐竹さんの家を離れた直後に、気づいた」

「とすると、その監視者は佐竹家を見張ってた、ってことになるな。封筒を動かしてる人間の指示か。八代か？」

「最も疑わしいのは彼だね。彼は僕たちが佐竹家を訪ねること知っているわけだからね。ほかの人間が封筒を動かしている者、もしくはその者に通じる人物なら、アサヒさんや八代のアパートを訪ねた時に監視者の目に気づいてもよさそうだ。でも、何も起こらなかった」

「やっぱり八代が封筒を動かしてるのかな」

僕は囁く。

「もしくは、封筒を動かしている者に、八代が密告したか」

「あのさ」僕は不安がこみ上げる。「今から何か起こるの？」

「おそらく、住宅街を出て、大きな通りに出るまでの間に行動に移すんじゃないかな。あそこは静かだし、物騒なことには向いてる」

「どうする？」とイヌ。

「……別れよう」

それだけの言葉でイヌは理解したのか、「じゃあな」と手を上げて駆け足になると、前方の角を右折した。

「カメ、君は僕と一緒」

「でも……」

「安心していい。今日はイヌがいるんだ」

バス停のある大きな通りに出る直前、ネコの予想どおり動きがあった。僕は意識と神経の半分以上を前方ではなく、後方へと向けていたのだけれど、今まで一台もすれ違うことのなかった車両が迫る音が聞こえてきた。

「来たんじゃない」

僕は早口に隣に伝える。

「たぶんそうだね」ネコの声は落ち着いていた。「おそらく以前と同じ手法だと思うよ。僕たちの前に立ち塞がり、力任せに車両内に押し込む。抵抗の準備はいい？」

「……もう少し時間がほしい」

車がすぐそばを通り過ぎた。黒く、大きな箱型タイプの車両。それは見間違うはずもなく、数日前に僕たちが強引に乗せられた車に相違なかった。

車両がブレーキ音を響かせながら、前方で斜めに停車する。アスファルトを削るような激しい音に、僕はすくみ上がりそうになった。

後方のドアがスライドして開き、二人の男が降りてきた。助手席からも一人、降りてくる。三人は揃いの目出し帽を被り、一目で悪人と判断できる装いだ。ここまでは以前と同じ。けれど、異なる部分がある。それは改良や反省からくる変化ではなく、明らかな油断であることはすぐにわかった。

人員が少ない。さらに、スピードと強引さに欠けている。

「まだ懲りないようだな」と会話をする時間をこちらに与えた。

僕たちは身構え、三人と距離を取る。

「若さ、がそうさせるのかもしれない」ネコが答えた。「そっちは効果がなかったというのに、ワンパターンの拉致ですか」

「今度は前よりも念入りに、執念深く思い知らせてやるよ」

「それは何とも恐ろしい脅し文句だね」

「もう一人はどこに行った？　三人だったはずだ」

驚きと苦痛が半分ずつ内包された声が聞こえたのは、その直後のことだった。誰もがその声のする方向へ視線を飛ばす。

運転席のドアが開け放たれていた。先ほどまでいた運転手の姿が見えない。

「待たせたか」

声とともに現れたのは、イヌ。地面に倒れる男を両手で引き摺りながら、笑みを浮かべる。イヌに首元を持たれた長髪の男は細かい咳を繰り返し、苦しそうに顔を歪めていた。

覆面の男たちは言葉にならない驚きを、短い言葉に乗せる。最も早く心を静めた真ん中の男が口を動かした。

「お前、どこから……」

「それを説明をしても、お前たちは覚えてねえかもしれない」イヌが目を鋭くさせる。「こいつらが味わった痛みを、今からお前たちも感じるんだ。覚悟はできたかよ」

「ガキが……」

覆面の三人がイヌと対峙し、数秒間の睨み合いののち、すぐに乱闘に発展した。

殴る、蹴る、殴る……。拳や身体がぶつかり合う鈍い音が連続して耳に届き、相手を罵倒する声も聞こえ、僕は無意識に身体を動かしてそれらを避けていた。激しい息遣いが絡み合い、苦悶の声も聞こえる。

押しているのは、明らかにイヌのほうだ。相手は数の利を生かせていない。圧倒的というほどの優位さはなかったが、徐々に力の差を見せはじめていた。

イヌの動きを封じるように後方から掴んでも、ありったけの力で振りほどく。正面から殴りかかられても怯まず、動きを止めない。顔面を強打され、腹部に蹴りを喰らうけれど、イヌが倒れることはなかった。

これまで何度もイヌの喧嘩を目撃したことがある。冷静に見ることができるようになったのは最近のことだが、わかったことがあった。彼の強さは技術などではなく、タフさにあるのだ。同じダメージを受けても、倒れるのは相手。そこに経験に裏打ちされた勘のようなものも働くようだ。強いはずだった。

溜まりに溜まった鬱憤を解放するかのように、イヌは暴れる。生き生きしてるよね、とネコはその様を表現したが、確かに楽しんでいるようにも窺えた。

イヌは相手よりも三倍以上、動かなければならない。体力は目に見えて落ちていた。けれど、覆面三人組の戦意のほうが先に萎んでいるようだ。イヌに立ち向かおうと挑戦する回数が顕著に減っている。防御に回る時間が長くなる。

イヌが一人の胸倉を掴んで、引き寄せた。空を仰ぐように頭を後方に倒したのち、自分の額を相手の鼻先に勢いよく振り下ろす。

覆面の男は叫びに等しい声を発して両手で顔を覆い、蹲った。

その様子を目撃したほかの男たちは瞬時に敗北を察知したようで、逃げるように車に乗り込んだ。覆面をしたままハンドルを切る。

鼻の骨を砕かれただろう、覆面の男だけが残された。

「かわいそうに」ネコが覆面男の前に立つ。「置いて行かれちゃったね」

覆面の男は唸り声を垂れ流すだけで、反応しない。

イヌがおもむろに男の頭頂部を掴んだ。覆面とその下にある髪の毛を毟り取るように、勢いよく腕を持ち上げた。

男は顎を上げるような動作のあと、またも自分の顔を手で隠すようにする。鼻から流れ出る血によって顔の下方部は赤く染まり、手の平も同じ色に濡れていた。

短い金髪は目出し帽を被っていたためか押し潰されており、額には血管が浮かび上がっている。整えられた右眉には銀色のピアスが窺え、恨めしそうにこちらを見上げていた。

「おい」イヌが声で威迫する。「名前は？」

金髪の男は肩を揺らすだけで、声を発することはなかった。

「君に動くように命令したのは、誰？」ネコがつづく。「恩人だ、ってことだったけど」

金髪の男はじっとこちらを睨みつけ、口を真一文字に閉じて動かさない。

「声を出すのが苦痛なら、ジェスチャーで答えて。君は八代シゲオに命令されて行動してるの？」

金髪の男がゆっくりと唇を震わせる。

「……死ね」

イヌが素早く腕を伸ばした。男のスウェットを握り、捻り上げる。顔を寄せ、再び頭を男の顔面にぶつけた。

金髪の男は地面に横になってのた打ち回る。痛い、ということを苦しみ悶える声で伝えた。

「さっさと答えろ！」とイヌが恫喝する。

「もういいよ」ネコが止めた。「彼は、何も喋らない、と決めてるようだ」

「だったらどうするんだよ」

「それ」ネコが男の首周辺を指差す。「タトゥーだよね。どこで彫ったの？」

イヌが膝を折り、男の首元を隠すスウェットを強引に伸ばした。

顔は八重歯の長い美女、首から下はコウモリという個性的な図柄。半獣の彼女は男の首元に噛みつこうとしているかのようだった。

「そのまま、イヌ」

ネコはそう言って携帯電話を取り出した。男の首元に照準を合わせ、シャッターを切る。

「それをどうするんだ？」

「ヤヒロ君に送信する」ネコは携帯電話を操作している。「珍しい絵だから、何か知ってるかもしれない」

「そういうことか」

「あのさ」僕はようやく発言することができた。「この人、どうするの？」

「一人で帰れるよな」

イヌが声をかける。

金髪の男から返答はなかったが、「帰れる、ってよ」とイヌは自己判断をした。

「じゃあな、覆面マン」イヌが別れの言葉を向ける。「帰って雇い主に報告しろ。恩はもう返しただろ、ってな」

僕は地面に倒れ込む金髪男に一礼して、立ち去る。

自分がやられたことを振り返ると、ざまを見ろ、と嘲ってても罰は当たらなそうだが、何だか申し訳ない心持ちになった。

（9）

「明日、乗り込む電車のことだけど」

翌日の放課後、学校を出たところでネコがそんなことを言った。明日、午前中の授業を放棄して、自分たちの推理を確かめに行くのだったな、と僕はそこで思い出した。うん、と頷く。

「JR予讃線普通電車、伊予西条駅午前六時四十八分発に乗車するから。この電車に乗れば、高松駅に午前九時三十二分に到着する。大間トシキを含めた五人の共通点である始業時間、午前十時にちょうどいい時間帯だと思うんだ。五人とも職場は駅の周辺だし、始業開始までの準備時間は優に取れる。特急や快速という手段もあるけど、二つとも香西駅のような小さな駅には停車しない。ほぼ間違いないと思うけど、意見はある？」

「始業時間までの準備にもう少し時間をかけたい人もいるんじゃないかな」僕は問題点を挙げるように発言した。「朝の苦手な人は本調子になるまで動きが鈍いから、それを見越してもう少し早く出社するかもしれない」

「その可能性もあるね。今説明したものより前の普通電車となると、高松駅着が午前九時四分になる」

「どっちがいいかな」

「とりあえず、遅いのでいいだろ」イヌが選択する。「不満足な結果だったら、翌日に時刻の早い電車に乗ってみればいい」

「イヌは早く起床するのが嫌なわけだよ」

ネコがイヌの心情をわかりやすく説明した。

「じゃあ、とりあえず遅い電車で」僕は頭を縦に揺らす。「えっと、僕は丸亀駅を利用するから、何時の電車に乗ればいいのかな」

「丸亀駅は、午前八時四十六分発。僕たちもカメと一緒に乗り込むよ」

そんなことを話していると、丸亀駅の駅舎が見えてきた。今日はこれから佐竹トモジ氏から聞いた、次に封筒を渡した人物宅を訪ねる予定になっている。

周囲には中高生の姿が多く、見慣れた箱型の駅舎に彼らが吸い込まれる様子は珍しいものではなかった。駅前広場の一角で、他校のダンスチームが演舞の準備をしている。そんな光景を横目に、僕たちも駅構内に足を踏み入れた。

下りの電車は数分間の待機ののち、プラットホームに滑り込んできた。乗り込むと混んでいるようで、座席はすべて埋まっていた。仕方なく車両の中ほどで吊革を握った。

電車が発車してから数分が過ぎた頃、軽快なリズムの着信音が響いた。

沈黙が漂っていたわけではなかったが、それはやはり際立ったもので、すぐに自分だと気づいた僕は急いでブレザーのポケットに手を突っ込んだ。焦りからなのか、それともすぐに音を消したいという一心だったのか、僕は電話を耳に当ててしまう。

「マナー違反だ」と隣でネコが指摘した。

「あ、やっぱり高校生君だったか」

受話口から聞こえてきたのは椎名のものだったけれど、不思議なことにその声は重なって聞こえていた。

「右を向いて」

僕は従うように首をその方向へと曲げる。

「あ」

僕は口を開けたまま固まる。そこにいたのは椎名セイイチ。肩に掛けたカバンを直しながら、近づいてきた。

「偶然だね」椎名が口元をほころばせる。「まだ立川タイキの行方を追ってるの？」

「まあ」僕は成果の上がらない苦労を思い出し、苦笑した。「椎名さんは？」

「講義を終えて帰るところだよ。家は県西にあるんだ」

「そうですか。だったら、間違いなく偶然ですね」

「ボランティア活動サークルの入来アサヒからは何か有力な情報を得ることはできたかい」

「気になりますか？」

ネコが下から顔を覗き込ませる。

「そうだね」椎名の表情に変化はなかった。「少しだけど、僕も関わってしまったからね」

「話を聞いてもいいですか」

「僕に答えられる事項なら、下車するまで答えるよ」

ネコは礼を口にする。

「七月の中頃に高松市内で起きた事件のことです。ひったくり事件が起こり、幼い女の子とスクーターに乗っていた少年Aが死亡した」

「被疑者が死亡のまま事件の幕引きをした、あれだね」

「何か知っていることはありませんか」

椎名は睨むような表情になった。「どうしてその事件のことを僕に?」

「何となく、ですよ。事件のあったその日に高松市内にいて、その事件をたまたま目撃した、という可能性もある」

「僕が目撃者か」椎名が渇いたように笑った。「それはとても都合のいい展開だね」

「こうして偶然に出会うこともあるんです。都合のよい展開を期待してしまいます。というのは冗談で、毎日のように高松へ通っているなら、何か知っているかと思いまして」

「残念だ、僕は目撃者じゃない」

「でも、椎名さんは何かを知っている」ネコが断定した。「僕の質問に対する反応は不自然でした」

「……そうか」

「まだ目的の駅じゃねえんだろ」イヌが割って入る。「知ってることがあるなら、話せよ」

「まあ、僕には関係のないことだ」数秒間悩み、椎名は内心でそう結論を出したようだ。「ひったくりを働いた少年Aというのは、うちの大学の学生なんだ」

「そうなんですか」ネコが驚く。「でも、アサヒさんは知らないようでした」

「同じ大学に通っているからといって、すべての学生が同じ情報を共有しているとはかぎらない。知らない人間がいても別に不思議じゃない」

「なるほど」

「その少年Aには別の顔があってね」椎名が表情を暗くさせた。「闇の職業安定所に登録している人物なんだ」

「ええ！」と僕は声を高くして驚いた。

「この情報はサイトを利用した者しか知らない。翌日の掲示板では、仕事を失敗した、と大騒ぎになった」

「ということは」ネコが自分の顎先を触る。「少年Aは仕事を請け負う側の人間ということですね。彼がひったくりをしたのは、誰かに依頼をされたため」

「そういうことになる」

「その誰か、というのはわかりませんか？」

「掲示板には様々な憶測や実名も流れたが、確かな情報じゃないだろうな。愉快犯的な書き込みが多かった。だから、管理人の手によってしばらく掲示板は閉鎖されたんだ」

「繋がったんじゃねえか」イヌがつぶやくように言った。「ひったくりの被害者である大間トシキと闇の職業安定所の管理人である立川タイキ。思わぬところで結びついた」

「ひったくり事件と立川タイキが消えたことっていうのは関係してるのかい？」

「さあ、どうなんでしょう」とネコが首を捻ったところで、電車が速度を緩めた。次の停車駅がアナウンスされる。「あ、僕たちは次で降ります」

「僕はまだ先だ」と椎名が進行方向を指で示した。

電車が到着し、扉が開く。下車する乗客の背中を眺めながら、僕は降りた。

「また」椎名が電車内から軽く手を上げる。「偶然にどこかで」

そんな彼にイヌがぐっと身体を寄せた。

「さっきあんたが言ってたことだが、本当に自分には関係のないことかよ」

椎名が自分の爪先を見る。すぐに視線だけ起こした。

「痛いところを突くね、君は」

扉が閉まり、椎名を乗せた電車が動き出す。僕たちはその様子を何となく見送った。


「そうですか、ありがとうございます」

ネコが携帯電話を耳から外した。駅舎をあとにした直後に彼の携帯電話が鳴り、対応をしていたところだった。

「誰からだ？」とイヌ。

「ヤヒロ君だよ。お願いしてた、タトゥーのこと」ネコはそこで高松市内に拠点を置く反社会的組織の名前を口にした。「その団体の下で活躍する準構成員らしいよ」

「そこって八代開発と関わりのある組織だよな。やっぱあの覆面どもは、八代が動かしてた、ってことか」

「組織母体が高校生相手に向きになるとは考えにくいからね。恩人、と言ってたし、彼個人の人望が覆面たちを動かした。そう考えるのが妥当かな」

「どうして八代は僕たちが動くのを嫌がるんだろう」

僕は独り言のように謎をつぶやく。

「その答えにたどり着くのも近い気がする」

ネコが予言のような言葉を囁いた。


「この時間にいるかな」

僕は歩きながら、心配を口にする。視線の先には自動車学校の大きな看板が見え、敷地内からゆっくりと出てくる乗用車を確認することができた。とても慎重に、恐る恐るハンドルを切る運転手の様子が想像できた。

「きっちり爺さんが別れ際に言ってただろ」イヌが振り返る。「爺さんが封筒を届けたのは、火曜日の夕方。社会人ってのは生活習慣がだいたい決まってる。爺さんが訊ねた時にいたんなら、今日だっているはずだ」

「その日だけ、ちょうど休みだったってこともあると思うけど」

「その時は」ネコが割り込む。「どこかで時間を潰そう。今は、奈良サキさんがいることに期待しようよ」

自動車学校の裏に回ると、古い住宅が五軒ほど寄り添うように建つ一角に出た。奈良サキの住む住宅はその中にあるようだ。築三十年を超えているだろう外観は少しばかり心細いように思われたが、住人と生活をともにした長い時間が滲み出ているようにも感じられ、ただの劣化のようには思えなかった。

二軒の木造住宅を過ぎ、僕たちは小さなガレージの前に立った。軽自動車がこちらを向いて停まっており、二階のベランダには洗濯物が揺れている。

「ここもJRの駅に近いね」

ネコがそう言いながら、インターホンを押した。

門柱にあるスピーカーからの対応ではなく、奥の建屋から住人が直接顔を出した。半分ほど開いた扉から、四十代前半の女性が顔を出す。ふくよかな体格の上に低身長で、全体的に丸い印象だった。表情は笑顔であったが、その目には警戒心が溢れ、「何かしら」と近づくことなく、応対した。

「お忙しいところをすみません」ネコが礼儀正しく頭を下げる。「奈良サキさんでしょうか」

自分の名前を言い当てられたためか、女性はひどく驚き、首を傾げた。

「そうですけど……」

「封筒について話を聞けないか、と思い、訪ねました。ご存知ですよね？」

ネコのその説明に慌てるように彼女はドアを閉め、門柱の閂《かんぬき》を外して門を開けた。

「君たち」サキは声を裏返させる。「封筒って何のこと」

明らかに知っていて、惚けている。その反応が何らかの意図を持った演技ならば優れているが、彼女がそのように器用な人間には見えなかった。

「現金と貯金通帳の入った封筒です。佐竹トモジさんという人物から受け取りましたよね。彼はきっちり爺さんという異名を持つ人物です。初対面の方を訪ねるなら彼の性質上、必ず自己紹介をしていると思うのですが、どうです？　お忘れなら、頭の隅の記憶を探ってみてください」

「あ、ああ」思い出したような反応だったが、それも臭かった。「あのお爺さんのことね。封筒って、あのことかしら。ええ、受け取ったわよ。本当に何なのかしらね、迷惑だったわよ」

「でも、煩わしく思いながらも、封筒の中に入っていた指示どおりにしたのですよね」

「ええ、まあ……」

「警察に届けることもせず、佐竹さんに突き返すこともせずに、ですか。頑として受け取りを拒否すれば、おそらく佐竹さんは強引に置いて行こうとはしなかったと思います。その後、佐竹さんは警察に届けたはずですよ」

「警察は面倒よ」

「そうですね、そう仰った方もいました」

「……その時は忙しくて、受け取ってしまったのよ。もちろんあとで後悔した」

「なるほど。では、質問を変えます」ネコが少しだけ間を空けた。「大間トシキという人物をご存知ですか。高松市内にある百貨店に勤めていた人物です」

「……さ、さあ、知らないわね」

嘘をついているようだったが、確信は持てない。

「では」

ネコは早口に封筒を受け取った者の名前を羅列した。

「ごめんなさい、わからないわね」

「そうですか。では、サキさんが封筒を渡した人物について、ですが……」

「その人物のことは名前と住所しかわからないわよ」サキが先に答えた。「まったく知らない人だから」

「はい。その情報だけで充分です。あ、それと、その人物というのはいい人でしたか?」

「……どういうことかしら」

「その人物とは直接、お会いになったのですよね。その時の印象はどうだったかな、と思いまして」

「まあ、優しい感じの男性だったとは思うけど……」

「わかりました。僕たちが知りたいことはこれですべてです、ありがとうございました」

ネコはあっさりと会話を打ち切った。

「そう……」

サキは心なしかほっとしているように窺える。

「あ、そうだ」ネコが思い出したように声を跳ねさせた。「今日は休日ですか？」

「ええ、そうだけど、何か？」

「火曜日が休日というのは珍しいですね。どういったお仕事ですか？」

「それも封筒に関係していること？」

「違います。ただの興味です」

「私の場合はそういう契約で働かせてもらっているだけ。両親の介護があってね、デイサービスに預けられない時は、どうしても休まなくちゃいけない。駒野工務店っていうただのリフォーム会社に勤めているだけよ」

「高松駅の周辺に事務所がある、あそこですか」

「ええ、よく知ってるわね」

「たまたまです」

ネコは頭を下げ、時間を割いてくれたことに対する礼を言った。

「今回はやけに淡白じゃねえか」帰り道、イヌが不満そうに口を開いた。「あれで何かわかったのか」

「人間には嘘の得意な人と、不得手な人がいる。彼女は間違いなく、後者のほうだね。真実が顔に出る。彼女は大間トシキのことを知っている。充分な成果だよ」

「じゃあ、あのまま突っ込んで質問をすればよかったんじゃない」

僕は、チャンスを逃したのではないか、とそんな口調になった。

「嘘は下手だけど、それだけだ。彼女の口から真実は出てきそうもなかった。こちらにはそれを引き出せるだけの証拠も推理もない。だから、必要な質問だけをして引くことにした」

「奈良サキの勤務先が判明した、ってことか。カメが出勤時間を調べるわけだな」イヌがこちらを見る。「で、その勤務先は高松駅の近くにある。彼女は電車通勤だ。封筒を受け取る人物に交互に現れる共通点。合致しそうじゃねえか」

「それに」ネコが人差し指を立てる。「唐渡探偵、篠崎マコト、入来アサヒ、佐竹トモジについての共通点も見えてきた」

「何だ？」

「前にも冗談気味に言ったことがあると思うんだけど」ネコが僕と視線を合わせた。「全員がいい人なんだ」

「何だよ、それ」

イヌは鼻で笑う。

「唐渡探偵は職業柄、誠実であることを求められる。篠崎マコトは日本一の保育士を目指す志高い大学生。入来アサヒは自分の時間を削って人の役に立ちたいと願う奉仕者。佐竹トモジは曲がったことが嫌いで、時間に正確な厳格な老人だ。誇れるほどの人物たちじゃないか」

「だから何だっていうんだ」

ネコが小さく唸った。

「その反応が返ってくるとは思っていたけど、いざそうなってみると答えようがないね。だから何だっていうんだろうね」

「知るかっ」

(10)

翌日の朝、僕はいつもと同じ時間に家を出る。行って来るから、と母親に登校する旨を伝えたのだけれど、いつもそのような声掛けをしていなかったことに気づき、怪しまれないように行動しようと努めていたのだが、慌ててしまった。

母親が違和を湧き上がらせて呼び止めるかもしれない。そう思った僕は逃げるように飛び出た。

学校までは徒歩で十分弱。通学路には学生が流れるように同方向へと進んでおり、僕もその中に加わった。

学校を通り過ぎる。当然、学生の流れの中に同じ制服を着た者はおらず、若干の居心地の悪さを感じた。気のせいかもしれないが、どうしてあいつは自分が通う高校を通り過ぎるのだ、と疑問の視線を向けられているような気がする。道路の反対側にはこちらとは逆の学生の流れがあり、彼らは駅から歩いてきている者たちで、同校の生徒ばかりが目立っていた。

友人や知り合いに会うと説明に困るな、と思っていたが、運よく声をかけられることはなかった。

丸亀駅の券売機で切符を買い、改札を潜る。階段を上り、二番乗り場へと急いだ。

プラットホームにはすでにイヌとネコの姿があった。僕は小走りに近寄る。それほど混雑している様子ではなかったが、白い息を吐くサラリーマンや着物姿の中年女性の姿も窺えた。

二メートル手前で、朝の挨拶をすると、ベンチに座る二人の顔が同時にこちらを向く。

「二人とも早いね」

「いつもの電車に乗らなきゃ目的の電車に乗れねえんだ」イヌは不満そうだった。「無駄な時間を過ごしてる」

僕はネコの隣に腰を下ろした。

「奈良サキさんが勤める工務店の始業時間は午前十時だったよ」

「共通点は健在か」

「あ、そうだ」ネコが何かを思い出す。「昨夕、爆弾犯が捕まったそうだね。ほら、高松市内の地下駐車場内にあるトイレを破壊した、っていう」

「そうなの！」知らなかった。「じゃあ、連続爆弾事件はこれで打ち止め、ってことだね」

「僕は、爆弾犯って言ったんだ。頭に連続はついてないよ。他県で起こったほかの六件については否認してるらしい。面白そうだから真似した、って二十四歳で無職の男が供述してるそうだよ」

「迷惑な奴だな」

イヌが足を前に投げ出す。

「迷惑な人間が、全国にあと六人いるかもしれない」

イヌがクスッと笑い、立ち上がった。「迷惑な人間は六人だけじゃねえよ」

「そうだね」

僕は二人の会話を聞きながら、あとを絶たない陰惨な事件や党利党略に固執する政治家のことが頭の中を過った。

午前八時四十五分。時間どおりに電車がホームに入ってきた。シルバーの車体にブルーのラインが印象的に映る。二両編成のようだ。

「何だかドキドキするね」と僕が言うと、「必死に解いた問題の答え合わせをするような心境だね」とネコが微笑んだ。

僕たちは下車する乗客を待ち、一号車に乗り込んだ。

混雑を覚悟していたが、それほどひどいものではなかった。とはいっても、ゆっくりと過ごせる座席はなく、立っている者は乗降口付近に固まっていた。僕たちも奥へと進むことはせず、乗り込んだ乗降口の近くに留まった。

すぐに電車は動き出す。

「ここにはいないようだね」ネコが車内を見回した。「二号車に行ってみようか」

僕たちは進行方向に逆らって車両内を進む。先頭を歩くネコは道を作ってもらうために「すみません」と声をかけていたが、次に従うイヌは無言で身体をぶつけていた。

車両を繋ぐ連絡口でネコが止まり、扉を手動で開ける。ガシャン、と激しい音が鳴り、二号車内にいる人間の注目を集めた。

「偶然ですね、奈良サキさん」

ネコは二号車両に足を踏み入れた途端にそう声を発した。

視線を向けると、手前の座席に奈良サキの姿があった。昨日、自宅に伺った時よりも小奇麗な格好で、メイクや髪形も手抜きなく整った彼女がこちらを見上げて驚き顔を浮かべている。

「あら」サキは生唾を飲み込むように喉を動かした。「どうしたの、君たち」

「何があった、というわけじゃないんです」ネコが遠い目をする。「友人と一緒に登校する途中、いつも下車する駅ではなく、もう少し先まで進めばどうなるか、と考えたわけですよ。映画やドラマであるじゃないですか。特にこれといって不満のないサラリーマンが主人公なんです。海まで行って、夕方までぼうっと風景を眺めて何もないまま一日が終わる。上司には叱られ、妻には疑われるけど、何だか気持ちがすっきりとしている」

また適当なことを、と僕は苦笑し、サキが困ったように眉を下げた。

「君たちは爽快感を求めているわけ？」

「正解です。胸の中のモヤモヤがすっきりとすればいいんですが……」

そのまま会話は止まり、十分ほどが経過した。窓の外では坂出市内の街並みが後方へと移り動き、もうすぐ同名の駅に到着するとのアナウンスが流れる。

坂出駅では車内にいる半分ほどが下車し、また新たな乗客を乗せた。

「この中に奥田ノリヒデがいるかもしれないわけだよな」とイヌがつぶやく。

サキにもその声は聞こえたはずだったが、反応することなく窓の外に視線をやっていた。

「そうだね」ネコが頷く。「でも、僕たちはその顔を知らない。名前を叫んで反応を見る、という手法もあるけど、どうする？　カメ」

「丁重にお断りします」

「だろうね」

さらに三十分ほどが経過した。電車の速度が緩み、鬼無駅が近いことが体感できた。

電車の扉は開くが、降りる者は一人もいなかった。代わりに十数人の客が乗ってくる。僕たちはその者たちを一人ずつ確認した。

「あっ」

僕は思わず声を出す。

ネコが動いた。グングン車両の後方へと進む。最奥の乗降口の付近で足を止めると、朝の挨拶を口にした。

下田マリエが目を大きく見開き、驚く。半分ほど口を開いたまま表情を固まらせた。

「ど、どうしたの？」

彼女もやはり訪ねたあの夜とは違って、清楚で整った印象だ。髪の毛にも艶があり、凛とした強さが滲み出ているようにも受け取れる。しかし、こちらを確認したマリエの表情はおどおどとし、瞬きを多くしている。

ネコは彼女の質問に答えることなく、笑みを浮かべた。「その後、恋人とは何もありませんか？」と話題を別の方向へと誘導する。

「え、ええ」マリエが首肯した。「彼とはあれ以来、会ってない。電話もないわ。あなたたちの介入がきっかけとなって、すべてがプラスに働いたみたい」

「それならよかった」

「それで、君たちはどうしてこの電車に？　その制服は県西の学校のものよね」

「気にしないでください」ネコは愛想なく言葉を流す。「僕たちが求めるのは爽快感なんです」

「学校をサボることが？」

「解放感にも爽やかさが内包されますが、少し違います」

三分後、次の駅に到着した。アナウンスにより、香西駅と告げられる。

こちらの駅でも下車する者は少ないようだ。乗り込む客のほうが多かった。

「見つけたぞ」

イヌが動いた。今度は車両の中央部まで進み、足を止める。

「おっさん、元気か」

「や、やあ、君たちか」

車両に乗り込んだ須崎は笑顔を引き攣らせる。声が喉で詰まったのか、そのあとの発言がつづかなかった。

「この時間帯にネクタイを締めて電車に乗り込むということは、まだ家族には打ち明けられていないようですね」

「そ、そうだな」須崎の声と目が面白いように慌てる。「家族はまだ私が毎日、この電車に乗って会社に出勤していると思っている。……しかし、君たちはどうして？」

「さあ、どうしてでしょうか」ネコは余裕を感じさせる口調で惚けた。「どうしてだと思いますか、奈良サキさん」

前方の座席に座る彼女の頭がはっとしたように動く。関係のない若いサラリーマンが振り向いた。

「知っていますよね、須崎さん」ネコが向き直る。「奈良サキさんです。いつも同じこの電車に乗る、お仲間です」

「いや……」須崎は声を高くする。そのことに気づいたのか、咳払いを挟んだ。「確かに、知らないわけではない。この電車を利用する方だ。見かけることはある。しかし、仲間と表現するほどの関係ではないよ。名前なんて知るはずもない」

「では、あの女性のことも」

ネコが二号車の後方を指差す。その所作に感づき、下田マリエがこちらを気にしている。心配そうに眉根を寄せ、こちらを窺うような表情だ。

「知っているのではありませんか?」とネコが須崎に訊ねた。

「ああ、まあ、彼女も見かける人間の一人だ」

「それだけですか?」

「何が言いたい」

須崎の声は焦燥を伴い、大きくなった。

「何かを隠してるな」イヌが威圧的に身体を寄せる。「そういう受け答えだ」

「あの、何かお困りですか」

唐突に別の声が割り込んできた。

振り返ると、三十代半ばの男性がすぐそばまで迫っていた。若い頃はスポーツに打ち込んだのだろうと想像できる体つきに、茶系のスーツがよく似合っている。頭髪のサイドは綺麗に刈り込まれ、壮健な印象だ。

「いえ、大丈夫です」と須崎が答える。

「もしかして」ネコが男と向き合った。「奥田ノリヒデさんですか」

男の眉が跳ね上がり、雄弁に反応する。けれど、男は何も言わず、視線を外して距離を取った。逃げるように背中を向けた。

「おい」とイヌが呼びかけるが、男は振り返らない。もういいよ、とネコが止めた。

「八代さんはいないんですか」

向き直ると同時に、ネコが質問を口にした。

「誰だって？」

須崎は小首を傾げ、眉根を寄せる。

「そうですか、惚けますか」

そうこうしている間に五分が経過し、電車は終点の高松駅に到着した。

僕たちは先を急ぐ人々の流れを塞き止めるように、プラットホームに立っている。他人の距離を保ちながら、須崎たちが改札口へと急いでいた。会話を交わす様子もない。

僕の目は遠ざかる下田マリエの後ろ姿を捉えていた。こちらの視線を意識しているのか、ピンと背中が伸びている。

そこで僕ははたと気づく。

僕たちは誤った解釈をしていたのかもしれない、と。

(11)

二日が経過した。奈良サキが封筒を渡したという男性を訪ねようかとも話したが、これ以上の追跡に意味はないように思われた。封筒について本人は知らず、何もわからない。封筒は次の人物に渡した。いつものパターンが待っているだけだろう。そして、それはきっと立川タイキの手に封筒が渡るまでつづくはずだ。

ネコがそう推理し、イヌも僕も頷いた。

では、これからどうするのか。僕たちは昼食後、ネコの教室に集まり、机を挟んで相談していた。

「もう一度、須崎のおっさんか八代を訪ねるってのはどうだ」イヌが案を出す。「駄目なら、下田マリエか、奥田ノリヒデのところでもいい。二人を引き合わせるのもいいな」

「手分けをしてそれぞれを引き合わせても、シラを切られればそれまでだよ」

「目的は何だったんだろう」僕は声を落とした。「同じ電車で通う仲間が、大金入りの封筒を繋いで、何がやりたかったんだろう」

「立川タイキの消失。もしも、それが目的なら、彼らがやりたかったことは復讐かもしれないね」

「当然、そうなるな」イヌが腕を組む。「大間トシキが依頼したのかもしれねえ。娘は立川タイキが開設した闇の職業安定所のせいで死んだんだ。大間トシキはそのことをどこかで知ったんだ。実行犯が死んで怒りのぶつけ場所がなくなった父親の感情が、そっちに向いてもおかしくはねえよ」

「それで復讐に手を貸すために通勤仲間が立ち上がったの？」

僕は納得できない。それほど濃い関係には思えなかった。

「封筒を動かすことが、どうして復讐に繋がるのか」ネコが唸る。「それがわからないんだよね」

「あのさ、気づいたことがあるんだ」

僕はゆっくりと口を動かした。

「何？」

「須崎さんやマリエさんたちが知り合ったのは、通勤電車。それは間違いないと思うんだ。でも、彼らを繋いだのは大間トシキではなく、その娘の大間ナギサなんじゃないかな」

「どういうこと？」

「下田マリエさんを訪ねた時のことを思い出してほしいんだ」

「DV男か」とイヌ。

「そうじゃなくて、マリエさんが携帯電話につけていた、キャラクターのストラップ。ハジメ君が、子供がいるのか、と勘違いをした、あれだよ」

「うん、覚えてるよ」

「あれって、安っぽいものだったよね。グッズとしてもお粗末だった。思うんだけど、あれって自分で作ったんじゃないかな。シールや切り抜きをラミネート加工して、ストラップ部分を取りつけた」

「何でそんなことをするんだよ」

イヌが、理解できない、というような顔をした。

「大切なものだから」

「シールや切り抜きが？」

「大間ナギサに貰った、とは考えられないかな。唐渡探偵が言ってたんだけど、子供っていうのはいたるところにシールを貼りたがるそうだよ。マリエさんも携帯電話にシールを貼られたのかもしれない。ナギサちゃんってお父さんと一緒に毎朝、あの電車に乗って保育園に通ってたんだよね。だったら顔見知りになる」

「子供と大人がそれほど深い関係を築けるのかよ」

「……築けるかもしれないじゃないか」

「築けるかもしれないね」ネコの援護射撃が飛んだ。「あのストラップがナギサちゃんから貰ったもので、マリエさんがそれを大切にしているのなら、そういうことだってあり得る」

「須崎のおっさんや八代もか？」

ネコが肩を大きく上下させ、鼻から盛大に息を抜いた。

「あり得ない、とは言い切れないけど、想像しづらいね。特に八代は苦手そうだ」

「けど、まあ」イヌが勢いよく立ち上がった。「そのあたりのことを突いてみるのもいいかもしれねえな」

「じゃあ、動いてみようか」ネコも立ち上がる。「今日は下田マリエさんの家に」

「どこに行くの？」

僕は二人を見上げる。

「トイレ」と二人同時に答えた。

放課後、僕たちは正門で待ち合わせて一緒に校外に出た。今日は晴れているにもかかわらず、首を縮めたくなるほどの冷たい風が吹き、思わず目を細めた。ダッフルコートに身を包む女子生徒や手袋をした手を頬に当てる男子生徒が隣を行き過ぎる。

「何だか嫌な予感がする」

ネコがそんなことを口にし、僕たちは足を止めた。

「どうして?」僕は上空を仰ぎ見る。「カラスは飛んでいないようだけど」

「だけど、カラスのような色の車は停まってる」ネコが前方を指差した。「しかも見覚えのある車両だ」

視線を移動する。車道を挟んだパン屋の隣に、なるほどカラスの色のように黒い車両が、こちらに尻を向けて停車していた。エンジンをかけたままのようで、マフラーから排気ガスが漏れ出ている。

「確かに覚えがあるよ、あのバンは」僕は渋い表情を浮かべる。「身体の痛みがぶり返しそうだ」

「俺たちを待ってんのか」イヌが自問するようにつぶやいた。「こんな人の目がある場所で物騒なことをするつもりじゃねえだろうな」

「自棄になったのかもしれないよ。自暴自棄になった人間は包丁を握って人通りの多いところで振り回すこともある。僕たちの常識は通用しないんだ」

「別の道から行こうよ」

僕は提案する。

「逃げるのは好きじゃねえな」

「逃げるんじゃなくて、回避。危険回避だよ。常識人の知恵」

「嫌だ」

「嫌だ、って……」

僕は助けを求めるようにネコを眺めた。

「引き返したり、遠回りするのはつまらなそうだよね」ネコが足を踏み出し、前進する。「おかしみが多いほうを僕は選択する」

「軽妙な滑稽さが待っているとは思えないんだけど……」

僕は渋々、二人を追った。

バンに近づいたが、窓にフィルムが貼られているせいで、中に誰がいるのか確認できない。

イヌがおもむろに拳の横で運転席のドアを叩いた。その行為に気づいた数人の生徒が心配そうに振り返った。

運転席のドアがゆっくりと下りる。黒髪を後ろに撫でつけ、後方で一つにまとめた男が運手席からこちらを睨んだ。二十代前半くらいだろうか、頬骨と顎が外に向かって出っ張っている彼は、不機嫌そうに口を動かす。

「後ろだ」

一歩下がると、後部座席の窓がゆっくりと開いた。

顔を出したのは、八代シゲオ。ウエリントン型のサングラスをかけ、Vネックのセーター姿だ。首から金のネックレスがぶら下がっている。

「やっぱり僕たちを襲わせたのは八代さんの指示でしたか」ネコが顔を近づけた。「で、何の用事ですか。謝罪なら承りますが、許しません」

「誰が許しを請うか」八代は視線を合わせようとしない。「話がある、乗れ」

車両の扉がスライドして開いた。八代が身体を動かし、奥へと詰める。ほかに人は乗っていないようだった。

イヌが躊躇なく上半身を縮め、車内に身体を入れた。

「あっさりと受け入れて大丈夫?」

僕は小さく不安をこぼした。

「話がある、ってことは話をするんじゃない」ネコが振り返った。彼も乗り込むつもりのようだ。「それよりも僕が気がかりなのは、この状況を見られて変な噂が流れないか、ということだよ」

「噂なんて気にしないくせに」

僕はブツブツと文句を言いながら、二人につづいて車内に進んだ。

すぐに車が発進する。運転手は行き先を知っているようで、「おう」という八代の号令で走り出した。

「どこに行くんですか？」

ネコが訊ねる。

「到着すればわかる。黙って乗ってろ」

「さっきは話があるようでしたが」

「黙ってろ。話は車を降りてからだ」

「じゃあ、その間は眠っててもいいんだな」

イヌが挑発的な顔を向けた。

「勝手にしろ」

「到着したら起こしてくれ」

イヌは身体を斜めにして、シートに頭をつける。静かに瞼を落とした。

「ふざけたガキだ」

八代が顔を背けるようにして、不満を吐き出した。

四十分ほど乗車していた。ずっと沈黙がつづいている。運転をすることが不満なのか、腹の立つ車が周りにいるのか、運転手の舌打ちが最も大きな音だった。

八代が何本目かの煙草に火を点ける。窓を少しだけ開け、冷気が侵入してきた。寝息を立てるイヌがブルッと震え、首をすくめた。ネコは相変わらず涼しい顔で車窓の外を流れる風景を眺めている。

僕だけが不安なのだろうか、と小さく嘆息を落とした。

高松市中心部を過ぎ、海に近づいていることがわかる。港湾施設が遠くに見えるが、そこへは向かっていないようだ。幹線道路を外れ、幅の狭い車道に入った。

倉庫が連なって建つ様子が視界に映る。とはいっても、防波堤のそばに三つほどが並んでいるだけだ。近くには民家も窺える。

見覚えのある風景だった。僕は思わず頬を触り、それからネコを見た。彼もこちらを気にしたようで、目線が合う。ネコはにっこりと笑みを浮かべた。

僕にそんな余裕はない。今も完全に癒えぬ身体の傷はあの場所で負わされたもので、恐怖としてしっかりと刷り込まれていた。

バンが倉庫前で停車する。

「着いたぞ」

八代が後部座席のドアを開けた。

「カメ、イヌを起こして」

ネコが八代につづいて車を降りた。

僕は内心で、「もー」と不満の声を上げながら、イヌの身体を揺り動かした。

揺すっただけでは、イヌは起きない。軽く頬を叩いてみたが、疲れ切って寝入ってしまった子供のように反応がなかった。

強めに額を叩く。

危険を察知したかのようにイヌの瞼が開かれ、身体を起こした。

「到着したよ」と伝える。

「ああ、そうか」

寝ぼけ眼のイヌがシートに掴まりながら、降りた。眩しそうに空を見上げ、こちらを振り返る。

「なあ、叩かなかったか」

「タダシ君は叩かれるようなことはしてないよ。自信を持っていい」

「そういうことが聞きてえんじゃねえよ」

僕はイヌを置き去りにするように早足になり、ネコを追った。

倉庫内の空気は冷えていた。今から起こる何か、を暗示しているようにも思え、僕の心配は増すばかりだ。何もない倉庫には危険が潜んでいるようにしか思えず、階段の隅に転がる小さなネジや柱に書かれた奇妙な記号など、細かなところが気になってしまう。

倉庫の二階に上がり、八代が扉を開けて部屋の中に入った。僕たちが暴行を受けた場所だ。ネコがつづいて入室する。

僕は部屋に足を踏み入れた瞬間に、硬直した。「この状況は僕にも予想できなかった」とネコも驚いているようだ。

「こりゃ何の集まりだ」

イヌが視線を動かして眺める。

倉庫の二階には三十名ほどの人間が詰め込まれるようにして待っていた。気配などは感じられず、声も聞こえなかったので、まさかこれほどの人間がいるとは思ってもみなかった。それは異様な光景であり、閉じ込められているようにも窺える。

「ここに集まった人間の顔をよく見てみろ」八代が促した。「推測くらいできるだろ」

須崎アキラ、下田マリエ、奈良サキ。それに一昨日、電車内で僕たちに声をかけてきた男性サラリーマンの姿も見える。

「これだけの人数だ」イヌが威嚇するように睨みつける。「囲まれりゃ太刀打ちできねえな」

「あれ」ネコが声を上げた。「唐渡探偵もいらっしゃってたんですか」

集団の中から掻き分けるようにして、唐渡が出てくる。後頭部を掻きながら、居心地の悪そうな笑みを浮かべていた。

「まあ、一応な。お前たちを手伝う、と言ったり、やめる、と言ったり、フラフラと揺れてたからな。ここではっきりさせておこうと思って、八代さんの誘いに乗った」

「僕が見るに」ネコがグルリと見回す。「唐渡探偵を除いたここにいる全員が、通勤仲間という理解で構いませんか。毎朝、午前六時四十八分伊予西条発、高松行きの普通電車に乗り合わせる仲間です」

「当たりだ」

八代が率直に認め、緩やかに拍手をする。

「そこの」ネコが右方向を指差す。「大学生風の男性、一昨日の電車に乗っていましたよね。僕たちがマリエさんと話している時、ずっとこちらを気にしていた」

ダウンジャケットをはおる短髪の若者が自分の眉を触った。「よく覚えてるな」

「何となく目に入り、記憶の残滓として留まっていただけです」

「で、話ってことだったが」イヌが待ちくたびれたように話を前に進めた。「この大人数で話すのか？」

「すべての人間が集まったわけじゃないが、ほとんどの人間が集合した」八代がサングラスを取る。「見てもらったほうが話は早いと思ってな」

「ここにいる全員が、封筒の移動に関わっていたというわけですか」

ネコが眺めるように見た。

「ほらな、話が早い」八代が苦笑する。「が、少し違う」

「そうですね。ここには篠崎マコトさんや入来アサヒさんの姿がない。彼らは通勤仲間ではなかった。要するに、封筒については何も知らない。彼らは通勤仲間であるあなたたちに挟まれるようにして、封筒を移動させただけ」

「そうだな、お前の言うとおりだ」

「目的は、市内の私立大学に通う立川タイキの手にその封筒を届けることですか？」

「最終的な目標は違う」須崎の声が聞こえた。「一つの目的ではあったがね」

「最終目標は立川タイキを消すことか」イヌが訊ねる。「立川ってのは闇の職業安定所を主催してる悪人らしいじゃねえか。あんたたちの通勤仲間である、大間トシキの娘が亡くなった事件に絡んでる。ここにいる全員が知ってんだろ、百貨店に勤めていた大間トシキだ」

「よく調べてるな」八代の口調は感心と呆れがない交ぜになっていた。「確かに、我々は大間トシキと顔馴染みだ」

「でも、間違ってる」

先ほどネコが指差した大学生風の男が一歩、前に出た。前髪を指で払い、咳をした。細い目をこちらに向ける。

「どこに間違いがある？」とイヌ。

「大間ナギサちゃんが亡くなった事件に、立川タイキが絡んでいる」

「その部分か？　絡んでねえ、とでも言いたいのか」

「違う。絡んでないどころか、立川は積極的に関与していた。彼は確かにうちの大学で闇の職業安定所なるサイトを開設し、運営していた。だけど、彼は大間さんのひったくり事件に関しては、依頼人でもあったんだ」

「依頼人ってことは、立川自身が、大間トシキのカバンをひったくってくれる人間を募集した、ってことか」

「僕は立川タイキの友人だった。利用したことはなかったけど、闇の職業安定所の存在も知っていた。時々、サイトに関係している事件が起こると、こっそりと教えてもらい、その話に興奮していたのも覚えてるよ。ある日、僕の家で過ごした立川は僕と一緒に電車に乗った」

「いつもの普通電車か？」

「そう。そこである会話を耳にしてしまうんだ。僕もその話を聞いた」

「俺と大間トシキとの会話だ」

八代が眉間に皺を寄せ、鼻の先を摘まんで引っ張った。

「あいつは俺の姿を見て、いいですね、と切り出した。当然、どうしてだ、と俺は質問する。大間トシキは百貨店の裏方として働いていた。週に何度か、銀行へ現金の両替に行くそうだ。百貨店に入る専門店やテナントが、釣銭が足りなくなると事務所の両替機で現金を細かくする。その両替機が万札でいっぱいになると、大間トシキが銀行へと走る、ってわけだ。あいつは大金を持って銀行へと向かう、その瞬間が緊張する、と言って情けない顔をしていた。八代さんのように威圧感のある風体なら誰も近寄って来ないだろうに、とな」

「大間さんは迂闊にも、現金を運ぶ曜日と時間帯を喋ってしまった」大学生が話を継ぐ。「それが僕に聞こえたわけだから当然、立川にも聞こえたはずだ。確かめはしなかったが翌日、嫌な予感がしてサイトを覗くと、ひったくりの依頼が一件増えていた。急いで立川に連絡を取ったが、彼は否定した」

「でも、事件は起こった」ネコがつぶやく。「立川の反応は?」

「あいつは……」大学生が拳を握った。「笑いながら惚けた」

「許せなかったわけだな」とイヌが声を大きくする。

「でも、そのことに対して怒りを抱くのはあなたと八代さんだけですよね。いくら通勤仲間といっても、これほど多くの人と会話を交わし、交流を深めていたとは思えません。大間トシキという人はそれほどあの車両では人気者だったんですか」

「僕たちのアイドルは大間トシキさんではないよ」大学生が頬を緩ませる。「僕たちは毎朝、大間ナギサちゃんに会うためにあの電車に乗っていたんだ」

イヌとネコの顔がこちらを向いた。お前の推理が当たったな、とその目が語っている。

「あの子は何というか」須崎が目を細め、優しい声を出した。「とても無邪気なんだ。いつも笑顔で、恐れを知らず、先入観もない。真っ白で、見ているこちらが眩しくなる。真っ直ぐな瞳と発言は時々、ドキリとさせられることがあった。ここにいる全員が、彼女のファンだ。大学生の彼が言ったように、彼女と挨拶を交わしたくて電車に乗る者も多い」

須崎の話に賛同するように数人が頷いている。

「私は彼女に救われた」須崎は話をつづけた。「職を失い、秘密を抱えて通勤を繰り返す私に、彼女はいつも元気に挨拶をしてくれた。最初は驚き、鬱陶しく思えた朝もあったが、私はいつの間にか彼女の挨拶を待っていたんだ。元気がないよ、ご飯食べてる？　なんて世話を焼いてくれて。父親である大間トシキは謝っていたが、私は嬉しかった。ある日、私は懺悔のつもりだったのか、家族に秘密を持っていることを話してしまった。もちろん、内容までは話していない。その事実だけを伝えた。まだ小学生にも上がっていない女の子に告白などと馬鹿げていると思うだろうが、私はそんな気持ちになった」

「ナギサちゃんは困ったでしょうね」とネコ。

「そう、困った顔を浮かべた。しかし、電車を降りる寸前、彼女は私に走り寄り、私の足にしがみ付くようにして、こう言ったんだ。私の秘密を教えてあげる、とね。彼女は母親を亡くしていて、本当は寂しい、と早口に言った。だから頑張って、と。最初は意味がわからなかったが、彼女の笑顔を見て、理解したよ。彼女も努力をしているんだ。笑顔を浮かべる努力だよ。彼女は母親を亡くして寂しい。けれど、それを言うと、父親が悲しむ。それを幼心に理解していて、そのことを口にしないんだ。彼女は頑張っている」須崎はそこで言葉を止め、感情が胸に刺さったのか、天井を見上げるようにして口元を押さえた。「私も……落ち込んでばかりはいられない。そう気づかされた」

「私もナギサちゃんに助けられた」下田マリエだった。「あなたたちも知っているように、私は恋人の暴力に悩まされていた。毎日、毎日、繰り返される暴力に息切れがする思いだった。彼のことは信じていたし、期待にも応えたいと思う。殴られ、蹴られるのは私が悪いから。私がもっとちゃんとしていれば、彼は立ち直ってくれる。そんなふうに思っていたのは最初だけ。あとは地獄だった。束縛され、管理され、従わないと殴られる。身体にはいまだに消えない痣がある。そんな日々の中、逃げ出したい気持ちもあったけど、勇気が出なかった。今から思えば、恐怖によって身体を縛られていたのかもしれない。でもね、その恐怖の箍《たが》を外してくれたのはナギサちゃんだった」

「もしかして、携帯電話のストラップですか」

「ナギサちゃんは私の腕に痣を見つけたの。最初は誤魔化していたんだけど、子供心におかしいと思ったのか毎日、質問をしてくる。それでも、私が小さな女の子に恋人からの暴力のことを話すわけにはいかない。いつものように、大丈夫よ、と受け流していると、ナギサちゃんは、大丈夫じゃないから言ってるんでしょう、と強い口調で言ったの。まるでお母さんみたいに。お父さんである大間トシキさんがびっくりして、すみません、って私に謝罪したくらいだから。母さんそっくりの口調で驚いたぞ、って大間さんが苦笑いをしてた」

「それでナギサちゃんは大人しくなったのですか？」

「いいえ。ナギサちゃんは改札口を出たところで私を呼び止め、腕を出すように言ったの。渋々、腕を出すとシャツの袖を捲られて、痣のところにシールを貼られた。それから必死にシールに描かれた女の子のキャラクターのことを話すの。悪と戦っている、とか、絶対に諦めない、とかね。それからナギサちゃんは大きくなったらそのキャラクターの仲間になる、と教えてくれた。その時はお姉ちゃんも一緒に、って誘われた。その日、私は貼られたシールをそのままにしていた。仕事の時も、昼食時も、帰って彼に殴られている時も……。不思議と強くなれた気がしたの。心を取り戻せた、というのか、現状を打破しようという気持ちが湧いてきた。ナギサちゃんに、強くなれ、と言われたような気がしたのかな……」

「だからか」イヌが納得する。「あんたが、独りで大丈夫、と強気だったのは、そのお守りがあったからだな」

「結局、それを実行できたのはずっとあと。あなたたちが現れてからだけど……。おかげで、ナギサちゃんに報告できた」

「私も」今度は奈良サキだ。「この歳になっても結婚してなくて、子供もいない。友人も少なく、仕事場でも何だか浮いている。家に帰れば両親の介護が待っていて、心が休まる時間がなかった。そんな私にとって、ナギサちゃんとの触れ合いは間違いなく楽しみだった。彼女の笑顔は私の心を解きほぐし、他愛もない会話は私の胸を弾ませた。プレゼントを持って行くと、小さなぬいぐるみなのに、すごく喜んでくれた。大間トシキさんは申し訳なさそうだったけど、もちろん私は迷惑だなんて思っていない。ナギサちゃんは、私にはいっぱいお母さんがいる、と手を握ってくれた。それだけで力が湧いたの」

「僕もそうだよ」

サラリーマンの男が重たい声を絞り出した。

「奥田さんですか？」とネコが問うと、彼は頭を縦に動かして答える。

「私は事故で娘を失った。ナギサちゃんには申し訳ないが、私は彼女と娘を重ね合わせていたんだ。心の中では彼女に向かって、娘の名前を呼んでいた。最初は人懐っこいナギサちゃんのことを疎んでいた。娘のことを思い出してしまって、どうにも受け入れがたかったんだ。けれど彼女は私を励ますように毎朝、挨拶をしてくれる。わざわざ私の前に立ち、深々と頭を下げるんだ。それから、解けるようになった計算式や覚えたばかりの言葉を披露してくれる。英語なんかも話していたかな。私は毎朝、彼女の成長に触れるたびに嬉しくなっていった。そしてついには、凄いな、と頭を撫でていたよ。娘に再会したような気分になって……いつしか、彼女に会うことが楽しみになっていた」

「僕もさ」大学生が口を開く。「恋愛や友人関係について悩みがあって、煮詰まっている時にナギサちゃんに声をかけられた。何だか変な子だな、という印象だったけど、彼女はそれが誰であっても躊躇なく話しかけ、巻き込んでいく。周りの乗客は彼女を通じて繋がっているようにも見え、それが何だか愉快だったんだ。あの時間の二号車は彼女の独壇場でさ、繋がるっていうのはこんなにも楽しいものなんだって教えられた。片意地を張らずに大学生活を過ごせるようになったのは、それがきっかけ。だからこそ、僕はあの朝、立川タイキをこの車両に乗せたことを後悔しているんだ」

「なるほど」ネコが顔を振って、集まった者たちを確認する。「ほかにもナギサちゃんに何らかの力を与えられた人がいるんでしょうね」

「全員だ」と八代が総意を唱えるように答えた。

「もしかして、あんたもか」

イヌが不思議な表情を浮かばせた。

「クソ生意気な嬢ちゃんんだ」八代が柔らかな笑みを滲ませる。「朝っぱらから本部に呼び出され、たまたまあの電車に乗ったのがはじまりだ。嬢ちゃんは吊革に掴まって立つ俺の腰を突いて呼び、振り返らせた。その顔は厳しく、笑顔はなかったな。子供だとわかった時は正直、驚いたよ」

「それで」ネコが興味深そうに顔を突き出した。「ナギサちゃんは何と言ったんですか?」

「何も言ってねえよ」その時のことを思い出したのか、八代は小さく噴き出す。「嬢ちゃんはいきなり殴りかかってきた。もちろん、小さな拳だ。ダメージを受けるほどのものじゃねえ。何て言ったかな、エレクトリックアタックとか何とか、そんなことをつぶやきながら、拳を前に突き出してた。たぶん、あれだろ。漫画の主人公の必殺技ってやつだ」

「大間トシキさんは慌てたんじゃないですか」

「ああ、そうだな。嬢ちゃんの行為に気づいた大間は慌てて娘を引き離し、謝罪した。それで終わりにしてもよかったが、気になったんだ。嬢ちゃんはどうして俺を殴ったのか」

「ナギサちゃんはどうして殴ったんですか？」

「悪者だから。はっきりとそう言った。そんなことはとっくに自覚してることだが、あの純粋な目を真っ直ぐに向けられながら言われると、衝撃は強かった。グラッと崩れそうになるくらいに、な。ここにいる私の友達たちが怖がってる。最初は何のことを言ってるのかさっぱりわからなかった。周りを眺めてみるが、子供の姿などなく、こちらを不安げに窺う大人たちばかりだ。ほら、怖がってる、ってな、嬢ちゃんはそんな大人たちを指差した。笑えたな。子供に守られる情けない大人の姿に、じゃない。年齢も性別もバラバラの大人たちを友達と言える、その状況が愉快に思えた。その日はすぐに電車が到着し、別れることになったが、その時に約束をさせられた。いいことを考えたから明日も会いましょう、だってよ」

「あんたはその誘いに従って電車に乗ったんだろ」とイヌ。

「そのとおりだ。いい考え、というのが気になった。というのは後付けだな。俺は嬢ちゃんに会い行ったんだ」

「いい考えというのは何だったんですか」

ネコの顔と声には先ほどまでの緊張感はなく、学校の教室で友人の話を聞くような顔つきになっていた。

「みんなと友達になりましょう。嬢ちゃんは車両内にいる大人たちを俺に紹介し、握手をしろ、と命令する。これから仲良くしてね、だってよ。ここにいる全員と手を握り合った。最初は当然、違和があり、首筋のあたりがむず痒いような心地になった。これで友達だね、と言われてもそんな実感はねえよな。こんなものか、と電車を降りたが、嬢ちゃんは言うんだ。また明日ね、ってな」

イヌが楽しそうに笑う。「あんたは用事もないのに、翌日も同じ電車に乗った。そうだろ？」

「笑いたきゃ、笑え。最初はぎこちなかった関係も、日を重ねるうちに馴染んでくる。人となりがわかってくると、何だか居心地がよくてな。家族なんておらず、殺伐とした関係しか築いてこなかった俺には新鮮だったのかもしれねえ。いつだったか、嬢ちゃんに言われたんだ。もう悪者じゃなくなったね、とな。俺はまだ悪者のままだ」そこで八代は柏手を打つように両手を合わせた。「足を洗うことを決めたのは、それから数日後だ。店に警察の手入れが入ることに怯えていた日々はなくなった。その日が待ち遠しいくらいに、な。……堅気になるんだよ。俺が死んでも嬢ちゃんと同じ場所へは行けねえだろうが、地獄からでも噂くらいは届くだろ。少しはましな人間になった、ってな」

俺も同じ気持ちだ、と集団の中から声が聞こえた。私も彼女の笑顔が毎日の楽しみだった、と女性の言葉がつづく。

空気が沈む。重たく、肌がチクチクと痛い感覚もした。大間ナギサは触れ合う人々の心を和ませ、気力を与え、前を向かせた。彼女はそんなつもりはなかったろうが、彼らからしてみれば、かけがえのない恩人と言ってもいいのかもしれなかった。そんな存在であった大間ナギサがある日突然、亡くなったと聞かされる。しかも、死因はひったくり事件に巻き込まれるという許すことのできない結末。彼らは何を思い、どう感じたのだろうか。

「ナギサちゃんはその日」唐渡探偵が口を開く。「風邪をひいて体調を崩していたそうだ。大間さんは保育園から連絡を受け、銀行に寄る前に保育園に立ち寄った。ついでだ、と思ったのか、ちょうどいい、と思ったのかはわからないが、ミスと言えば、ミスとも思える。ナギサちゃんを迎えに行った大間さんは外に出た直後に、ひったくり事件に遭ってしまった」

「そういうことか」イヌが不機嫌そうに舌打ちをした。「で、あんたらは何をやったんだ」

「嬢ちゃんのいなくなった車両は昨日までのことが嘘のように沈んでてな」八代が話す。「俺たちは目も合わせない。終点に着くまで、そんな感じだった。……下車した俺たちの足は示し合わせたわけでもなく、嬢ちゃんが亡くなった事件現場に向いていた。すでにそこには多くの花束とぬいぐるみが並んでた。花を捧げる者、お菓子を供える者、それを眺めながら涙を流す者、怒りをぶつけるところもない。そんな時、そこの大学生の話を聞いたんだ。犯人は死に、とそれぞれだ。この理不尽な出来事を消化することなど、できねえ。立川タイキを許すわけにはいかない」

「僕たちは立川に罰を与えよう、と決めた」と大学生。

「みなさん同意見だったようですね」ネコが見回す。「悲しみ、怒り、恨み、それらの感情が一気に渦まいた。感染、と言ってもいいかな。感染症は変革を起こします。よく知られているのは、十四世紀にヨーロッパを襲い、数千万人の命を奪ったペスト。流行を防げなかったとして教会は権威を失い、のちの宗教改革に繫がりました。ほかにも、二十世紀に世界的に流行したスペイン風邪は、第一次世界大戦の終結を早めた。みなさんが感染したのは復讐という名の病原菌。普段は穏やかで、和やかな性質のみなさんの胸中で、大きな変革が起こったんです」

「復讐したんだろ」イヌが声を大きくする。「あの封筒と金はそのための小道具だ」

八代が鼻で笑う。「復讐ではない。我々はチャンスを与えたんだ」

「どういうことだよ」

「我々は集まることにした。まさにこの場所だ。確かに、許せない、という声が多かった。何とか裁けないか、という声も上がる。一致した意見は、立川タイキがこのままのうのうと暮らしているのは許せない、というものだ。聞くと、反省もなく闇の職業安定所などというサイトをつづけているらしい。警察に通報しても立川が拘束されるまでには時間がかかるだろうし、起訴されても罪は軽いはずだ。すぐに社会復帰する」

「チャンスというのが見えてきませんが」とネコ。

「立川タイキに苦しみを与えるのは、簡単だ。俺が動けばそれで済む。けどな、その手段を止めたのは嬢ちゃんの笑顔だった。いくら嬢ちゃんの弔い合戦だといっても、直接的な暴力行為はあの笑顔を消すようで、気が咎めた。賛成する者もいたが、大半の者が躊躇する。立川タイキは罰を与えられるべきだが、その方法に問題があったんだ。神の裁きを待つしかないのか、と誰かが肩を落とす。立川タイキにもチャンスを与えよう、と言い出したのが誰だったのか、そんなことは忘れた。しかし、いい方法だと思った。神に裁きを委ね、罰を受けるのか、罰を回避するのかは本人が決める。そこで考え出したのが、あの封筒だ」

「ようやくそこにたどり着きましたね」

「封筒に入っていた金と通帳は、うちの店から盗み出したものだ」

「通帳には、増田、という名義人の名前がありましたが……」

僕は発言した。

「銀行口座は適当なホームレスから買い取ったものだ。カジノの売上金を管理する通帳でな、表には出せないものだった。俺が管理していたものとはいえ、堂々と八代開発の名前で銀行口座を開設するわけにはいかねえよ」

「要するに、組織のお金ですよね」ネコが訊ねる。「そんなものを盗んで封筒に入れて、どうするんです？」

「手渡していくんだ」

「それが神の裁きとチャンスですか？」

「まずは嬢ちゃんとは関わりのない人物を、それぞれが一人だけ選出する」

「唐渡探偵や大学生の入来アサヒさんのことですね」

「ああ、ほかにもここにいる人数分、選び出している。全員をシャッフルし、ここにいる者と選出者を交互に並ぶように順番をつける。そして、封筒の中に指示書を入れ、一番から順に封筒を移動させていった。神の裁きだ」

「どのあたりが？」

「封筒の中には大金が入ってる。通帳もだ。顔も知らない人物に渡され、次へと運ぶように指示される。それは謂れのないことで、従う必要もない。放棄しないまでも、数枚の紙幣を抜いても罰はあたらねえ。そのことについてはこちらも何も言えない。けどな、確認だけはしなければならない。交互にしたのは、そのためだ。関わりのない人物から我々の手に渡された時、紙幣が減っていなければ、次へと進む許可が与えられたと理解し、封筒を移動する。一枚でも減っていれば、封筒の移動はそこで終わり、紙幣を抜いた人間を責めるわけでもなく、すべてが終了だ。俺たちは恨みを押し殺し、封筒を回収する」

「それが神の裁きですか」

「俺たちの行動が間違ってるなら、紙幣は減ってるはずだ。神は立川タイキに対してチャンスを与えることを許したんだ」

「ということは、封筒が立川タイキの手に渡るまで、紙幣は減っていなかったということですか」

「そうだ」

八代は自慢するように胸を張る。

「それが神の裁きと言えるのかよ」イヌが言葉を吐き捨てる。「あんたらのさじ加減じゃねえか。関わりのない人物を選んだっていうが、いい加減に選んだってわけじゃねえだろ。真面目で、温和で、厳格な人間を選び出したんじゃねえのか。俺たちが訪ねた人間はみんなそうだった。きっとほかの人物も実直で、善良な人間ばかりに違いねえ。封筒をつつがなく先へ進めるためにそうやって、金をちょろまかしそうもない人間を選んだんだ。神の裁きだと？　馬鹿馬鹿しい」

沈黙が流れた。図星を指されたためなのか、反応が鈍かった。

「まあ、それぞれ思うところはあるでしょう」ネコが声を発する。「僕は彼の意見に賛成ですが、それも一つの意見に過ぎません。話を進めましょう。封筒運搬の途中にコインロッカーを挟んだのは、指令書を入れるためですか？」

「それもある」八代の勢いが明らかに落ちていた。「もう一つの理由は、封筒を運んでる人物を確認するためだ。計画というのはほとんどの場合、計画どおりに進まない。ハプニングがつきものだ。お前のようにな」

八代に睨まれ、僕は背筋に力を入れる。

「お前は探偵に封筒を渡され、動いた。思いがけない出来事だ」

「そ、そうですね……」

「なるほど」ネコが頷く。「では、チャンスを与える、という箇所の説明をお願いします」

「封筒は四ヵ月ほどかけてゆっくりと人から人へと渡りながら、立川タイキの手に届いた。もちろん、そこには指示書も入っている」

「そうか」ネコが膝を打つような声を出した。「立川が指示どおりにすれば何も起こらなかった、というわけですね。それが彼に与えられたチャンス。彼に善の部分が垣間見られれば、復讐心を抑えるつもりだった」

「話が早い」八代がニタリと笑う。「金を抜くくらいなら、何も起こらなかったかもしれねえ。そのまま封筒を次へと移動させていれば、な」

「金は抜いてもセーフだったんですか」

「……かもしれない、と言っただろ。その判断は組織がする。お前がさっき言ったように、あの金は組織のものだ。俺が金と通帳を盗まれたと報告すれば当然、人員を割いて探し回る。金くらいなら使っても足はつかねえだろうが、通帳の中身を下ろそうとすれば、その情報は組織へと伝わる」

「そうなれば、立川タイキの身は危険ですね」

「立川タイキは通帳の中身に手をつけた、ってわけか」とイヌ。

「キャッシュカードを使って数万円を引き出した。二度、三度と引き出すたびに金額は増える。情報は内部協力者によって、組に伝えられた」

「立川タイキは許されるチャンスを逃した」今まで黙っていた須崎が口を動かした。「彼は組織に追われることになったんだ」

「おいおい、もし関わりのねえ奴が通帳の金を下ろしてたらどうなってたんだよ。そいつが組織に追われることになるだろ」

「その時は」八代が答える。「小指でも、命でも差し出して、必死に許しを請うつもりだった」

「迷惑な話だ」

「唐渡探偵はこの話を聞いて、僕たちを手伝うことをやめたんですね」

ネコが視線を移動する。

「ああ」唐渡がゆっくりと頭を揺らした。「ナギサちゃんとは顔見知りでな、父親のトシキとも交流があった。ナギサちゃんが、俺のことを何と呼んでいたか知ってるか。正義の味方のお兄ちゃんだ。俺はそう呼ばれるたびに背筋が伸びた。あの子は本当にいい子だったよ。あの子とトシキの幸せを奪う権利は、誰にもない」

「立川タイキがいなくなって、悲しんでる人間がいます」

「それは君たちの友人のことかい」須崎が訊ねる。「そのまま付き合っていても、いずれその友人も立川タイキという人間の醜悪さに気づく。今は悲しいだろうが、こういう別れのほうが幸せだったんだ」

「あんたがそんなことを言うとはな」イヌが不満を弾けさせた。「それは恋人関係にあった彼女自身が決めることだ。あんたが決めることじゃねえだろ」

須崎は背中を丸めるようにして、俯いてしまう。

「ナギサちゃんがそんなことを望んでいたとは思えません」僕は月並みながら、そう意見する。「きっと悲しんでいますよ」

「死人は悲しまねえんだ」八代が声を曇らせる。「怒ることも、喜ぶこともしねえ。だから許せねえんじゃねえか」

「そうじゃないです。ここにナギサちゃんがいたら、という話です」

「嬢ちゃんがここにいたら、俺たちは何もしなかった。そういう仮定の話は意味がねえんだ」

彼らを後悔させたい、という強い気持ちではなかったが、真意が通じず、僕は地団太を踏むような心地になった。

「で、立川タイキはどうなったんですか」ネコが質問を向けた。「殺された、とか」

「簡単に殺すことはない、とは思うが、殺されたほうがましだと思える生活をしているかもしれない。俺に知るすべはねえ」

「組織の判断、というわけですか」

「そういうことだ」

「自分たちは手を出すことなく、関係のねえ組織に復讐をやらせた、ってわけかよ」イヌが唾を飛ばす。「それを偉そうに、神の裁きだ、チャンスだと言いやがって、胸糞が悪い。ここにいる全員で立川タイキを囲んで暴力を加えるほうが、よっぽど理解できる」

　ネコが同意するように頷いた。

「ナギサちゃんという姫を慕う騎士たちが、姫の死を嘆き、神の名を借りて仇討に立ち上がった。こう言ってしまえば聞こえはいいですが、他人任せというのは騎士道に背く行為のようです」

「お前たち、話を聞いてたのか」八代が苛立つように眉根を寄せた。「感情に任せて拳を振り上げては嬢ちゃんの笑顔に反すると言っただろ。封筒はな、金でもなく、深い懇願でもなく、一片の善意によって繋げられた。神の意思が立川を裁けと判断したんだ」

「何が善意だよ。あんたのような強面の男から封筒を渡されりゃ恐怖で言うことを聞くかもしれねえだろ。警察は面倒だ、って考える人間だって話を聞いた中にはいた。それが純粋な善意だったと言えるのか」イヌが早口にまくし立てる。窓ガラスがビリビリと震えるような声だった。「大間ナギサのせいにしてんじゃねえぞ。お前らは自分の手を汚すことに躊躇があったんだよ。事実、立川タイキが消えても何の罪にも問われねえ。お前もそうだよ、八代。堅気になるのかどうか知らねえが、極道なら極道らしく自分で動け。そうすりゃ俺の仲間は封筒の行方を追って傷つかなかったし、あんたんところの若い者も俺に殴られることはなかった。迷惑がかかってんだよ、違うか」

八代は何かを言いかけたが、それを呑み込んだ。反論をしても、さらなる反論によってその議論は打ち消される。そう予感したのかもしれなかった。

「まあ」ネコがイヌの背中に手を当てる。「僕たちの求めていたのは爽快感。その目的は一応、達成できた」

「爽快、という感情とは程遠いんだけど……」

僕は小声で伝える。

「だから、一応だよ。立川タイキの安否はわからないけど、どういう理由だったにしろ封筒の謎は解けた。僕たちがやるべきことは終わったんだ。これ以上、関わることはない。彼らがここに集まって、僕たちに真実を話したのもきっと、これ以上余計な動きをしないように、という説得だったんだろうね。効果はあったよ。やめるきっかけになった。イヌはどうする？」

「やる気がなくなった」

「そういうことだから、カメ、帰ろうか」

ネコが白けるような平坦な口調で誘った。

二人が出口に向かって歩き出す。どうすればいいのか、と僕は迷うが結局、二人を追った。

　無言で階段を下りる。階下には外から射し込む陽光が見えたけれど、それが希望には思えなかった。僕は気がかりだったことを口にする。

「あのさ、水尾さんにはどう伝えようか」

「簡単」ネコが振り向かずに言った。「正直に話せばいい。立川タイキの裏の顔も全部ね。彼のことを食事もままならないほど心配している彼女には、真実を知る権利がある」

「でも、さ……」

「俺たちには伝える責任がある」イヌがやはり振り返らずに言った。「それに、助けを求めたのは水尾マミのほうだろ。助けを求めるほうにも責任は発生するんだ。それがどんな真実であっても受け止める。それを放棄するなら、助けを求めるべきじゃねえ」

「そういうことだから頼むよ、カメ」

「え、僕が説明するの」

　マミの反応を想像すると気が重くなる。

「僕やイヌよりも適任だと思うよ」

　ネコは淡々と事実を説明し、心遣いもなくさっさと終わらせてしまうだろう。イヌは面倒そうに詳細を語らず、結果だけを伝えるかもしれない。だったら僕の出番なのだろうが、報告には工夫が必要かもしれなかった。

倉庫を出ると、煙草を燻らせる運転手の男がこちらに感づいた。壁から背中を外し、「終わったのか」と声をかけてきた。

「一応」とネコが意味深な口調で答える。

「本当にお前らが先に出てきたな」

「どういうことですか？」

「倉庫の中には、お前らだけじゃなく、ほかにも大勢の人間がいただろ」

「いましたね」

「八代さんが言ってたんだよ。お前らだけが先に出てくる、ってな。八代さんとほかの奴らはいったい中で何をやってんだ？」

「……僕たちに非難され、呆れられて先に立ち去られることを予想していたようだね」

ネコが力を抜くような笑みを浮かべた。

「案外、ナギサちゃんのことを偲びながら、彼女に謝罪でもしてるのかもしれないよ」

「何だよ」イヌが嘆息する。「自分たちの行為が間違ってるってわかってんじゃねえか」

「おい、ナギサって誰だよ」と運転手の男。

「さあ」

ネコが首を傾げ、視線を外した。

「ちょっと待てよ。八代さんに送って行くように言われてんだ」

「必要ないですよ」

数歩進んだネコの足が思いつくように止まった。振り返る。

「この近くに花を売っているような店はありませんか」

運転手の男は周辺地図を思い出すように顔をしかめ、それからたどたどしく生花店の場所を教えてくれた。

「花なんか買って、誰に渡すんだ」

「かわいい女の子に」

ネコがいっぱいに口角を上げた。

「俺もドロップアウトせずに高校生活ってやつを味わっときゃよかったな」

運転手の男が大声で後悔を口にする。僕たちはすでにその言葉に背を向けていた。

「だったら、菓子も買って行こうぜ」とイヌが提案した。

大間ナギサに会いに行くのだな、とわかる。

僕は緩んだネクタイを締め直し、彼女の笑顔に対面する準備をした。

この物語はフィクションであり、実在する事件・個人・組織等とは一切関係ありません。

本書は文庫書き下ろし作品です。

文芸社文庫

丸亀ナイト

二〇一三年二月十五日　初版第一刷発行

著　者　山下貴光
発行者　瓜谷綱延
発行所　株式会社　文芸社
〒一六〇-〇〇二二
東京都新宿区新宿一-一〇-一
電話　〇三-五三六九-三〇六〇（編集）
〇三-五三六九-二二九九（販売）

印刷所　図書印刷株式会社
装幀者　三村淳

ISBN978-4-286-12670-8